流星划过悄无声

文馨 著

中国言实出版社

图书在版编目（CIP）数据

流星划过悄无声 / 文馨著. -- 北京：中国言实出版社，
2022.4
ISBN 978-7-5171-4115-0

Ⅰ.①流… Ⅱ.①文… Ⅲ.①长篇小说 – 中国 – 当代
Ⅳ.①I247.5

中国版本图书馆CIP数据核字(2022)第052367号

流星划过悄无声

责任编辑：薛　磊
责任校对：李　岩

出版发行：中国言实出版社
　　　　　地　址：北京市朝阳区北苑路180号加利大厦5号楼105室
　　　　　邮　编：100101
　　　　　编辑部：北京市海淀区花园路6号院B座6层
　　　　　邮　编：100088
　　　　　电　话：010-64924853（总编室）　010-64924716（发行部）
　　　　　网　址：www.zgyscbs.cn　电子邮箱：zgyscbs@263.net

经　销：新华书店
印　刷：河北赛文印刷有限公司
版　次：2022年6月第1版　　2022年6月第1次印刷
规　格：710毫米×1000毫米　1/16　14.25印张
字　数：200千字

定　价：68.00元
书　号：ISBN 978-7-5171-4115-0

献给为了人类禁毒事业默默牺牲和奉献的所有禁毒人！

相传，一个仙女与凡间书生相爱了，他们一个在天上一个在地下，不能天天在一起。书生相思成疾，仙女便用心头的血化成了丹，书生的病好了，而仙女却死了。死时，仙女将自己的泪水变成流星雨，从爱人头顶的天际划过，她希望爱人看见它并且能够得到幸福。

引 子

　　一架银燕航空公司腾冲飞往江阳的空客 321 飞机平稳降落在江阳国际机场。年轻漂亮的空姐尚晓月拖着专用拉杆箱刚出机场，就被眼前用 999 朵玫瑰花摆成的"尚晓月我爱你"造型惊呆。帅气逼人的刘星宇捧着一个满绿玻璃种的翡翠玉佛深情款款向她走来，正当她满怀期待准备接过时，两条龇牙咧嘴、异常凶猛的狼狗突然冲来，一个跃身就将刘星宇扑倒在地，疯狂地撕咬。紧随其后的是两个威猛高大、满脸横肉的中年男人，瞪着血红的眼睛，挥舞着铁棍狠狠砸向刘星宇。刘星宇满面是血，慢慢倒在地上……

　　尚晓月惊恐万分，大叫一声"救命啊"，腾地坐起。这些天，像这种夜半惊醒的噩梦，她已经不是第一次了，而且每一次都吓得她一身冷汗、夜不能寐。尤其是这次刘星宇被狗咬的惨状，令她心有余悸、伤心不已。说什么她也不敢再睡了，害怕梦境成真，再也见不到她日思夜想的刘星宇了。

　　窗外下起了瓢泼大雨，从江面刮过来的大风发出阵阵的怒吼声，已经乱了分寸的尚晓月，此时显得更加的孤寂无助，她下意识地裹了裹被子，迷茫的双眼望着天花板发呆。

　　门外传来急促的敲门声，尚晓月又是一阵的紧张。半夜敲门，要不是

3

有意想不到的急事、险事，就是访客、外卖、维修保洁等人员敲错了门。作为一个单身且年轻漂亮的女人不管是哪种情况，这个时候无论如何都不能轻易将门打开，弄不好就会引狼入室，招惹杀身之祸。

敲门声越来越响亮，越来越急促，同时伴有高分贝的叫喊声："尚晓月，尚晓月，我是黄强，请开开门，开开门。"

听说是黄强，尚晓月立刻转忧为喜。她知道，黄强和刘星宇是要好的朋友，整天形影不离，兴许能从黄强那里得到一些刘星宇的信息。

门开了，黄强一改往日的嬉皮笑脸与休闲打扮，穿着笔挺的西装，神情凝重，一脸憔悴，怀里还抱着一个裹得严严实实的箱子。黄强过于庄重的衣着和严肃的面容，完全出乎了尚晓月的意料，她实在想不出黄强如此这般的原因。不等她说话，黄强就蹑手蹑脚走进了书房，并慢慢地取下胸前的箱子，小心翼翼地放在书柜上，用手拉了拉紧闭的窗帘，然后才缓缓地对尚晓月说道："就放这里，别动！14 天后我来取。"说完，他转身出门。

黄强异常的举动，令尚晓月十分地不悦，进屋待了不到两分钟，总共说了 12 个字，既没有说清楚箱子的来龙去脉，更没有提一句刘星宇的任何消息就莫明其妙地走了，真让人匪夷所思。她顾不得身上单薄的秋衣秋裤，趿着拖鞋就追了出去，大声喊道："你等等，等等，深更半夜匆匆地来放下一个箱子后又匆匆地走，连一个说法都没有，这是不是有点说不过去啊？"

已经按下电梯按钮的黄强停住了脚步，转过身来盯着尚晓月沉默不语，过了好一会儿他才弱弱地重复道："我说了，就放这里，别动！14 天后我来取。"

黄强的重复让尚晓月如坠烟海，简简单单的一件事情干嘛要一遍一遍地重复，是他本人脑子出了问题，还是在怀疑自己的智商？

"刘星宇呢，怎么没有回来？"尚晓月忍不住还是问了她最为关心的问题。

"星宇，他，他不是在吗？"黄强望着尚晓月敞开的房门喃喃地回答道。说这话时，他的眼里似乎含着无尽的绝望和悲伤。

尚晓月越听越糊涂，穷追不舍地问道："在，在哪里？我要立刻见到他，说好今天回来的。"

"今天不行，14 天，14 天后也许你能见到他。"

"14 天，为什么是 14 天？请给我一个说法。"

"没有什么为什么，这是星宇的意思。我走了，14 天后再见！"

不管尚晓月明不明白，黄强一扭头就钻进了电梯。

"哎哎，别走啊……"

尚晓月使劲地拍了拍电梯门，一脸沮丧地回到屋里。她这才仔仔细细打量起书桌上那个神神秘秘的箱子。说实话，从外观看，这个箱子与普通的快递箱子没有明显的区别，只是黑色而厚重的外包装显得格外的深沉，特别是在尚晓月这间不大的书房里，给人一种风雨欲来、黑云压顶的悲凉与窒息。这对于一向喜欢缤纷浪漫的尚晓月来说是绝对不能接受的。于是，她从衣柜里找出那件刘星宇曾经穿过的红色防风外衣搭在箱子上面，她那糟糕的心情才有所好转。随后，她将刚刚才发生的奇奇怪怪的事情微信给了文梦婕、马舒同、盛开莱等闺蜜。

初秋的江阳，天气渐渐转冷。清晨，虽然下了一夜的暴雨慢慢停了，但仍有些凝聚在树叶和屋顶上的雨珠不时"滴答""滴答"掉入路边的水坑里，溅起一朵朵小水花。

临近天明，折腾了一宿的尚晓月刚刚合眼就被一通手机铃声吵醒。先是区防疫办打来的，告诉她腾冲飞江阳的航班上发现一名乙类传染病密接者，要求她居家观察 14 天。紧接着是文梦婕的电话，说航空公司要求当天执飞的乘务组全员停飞，居家观察结束后检查无异常申请返岗。

14 天居家观察、足不出户，天天一个人孤守空房，多么无聊，想想都很恐怖。更可怕的是，家里冰箱空空如也，外卖不让进小区，仅存的酸奶、面包和鸡蛋顶多能撑三天。唯一可以依靠的男朋友刘星宇，手机一直处于关机失联状态。唉，早知如此，说什么也要去商超采购足够的食物和日用品，以备不时之需。

门外敲门声又重又响，开门后两名身着白色防护服的医务人员和一名手捧白玫瑰的社区志愿者站在门口，看着志愿者手上的白玫瑰尚晓月十分诧异。她虽然对花卉颜色没有特别的偏好，但相对而言，还是比较喜欢红色，它象征着轰轰烈烈、激情澎湃。而白色则过于圣洁，她觉得今生今世自己做不了洁白无瑕的圣女。她想，他们有可能是敲错了门。

敲错了门？志愿者退后一步再次核实了门牌号码，问道："8 号楼一单元 909，尚晓月，对吗？"

尚晓月："对啊！"

志愿者："那就没错。介绍一下，我是社区志愿者蔡怡芬，你叫我小蔡就好了，这两位是社区医院的工作人员，我们是按区防疫办的统一安排来给你做传染病检测和流调的。"

尚晓月："这我知道，刚才已接到通知了。我只是好奇，你们做检测都要送白玫瑰吗？"

听尚晓月这么一提醒，蔡怡芬才知道误会了，忙说："这束花是我刚刚从你家门口地上捡起来的，本想帮你拿进去的，没承想你误会了，对不起对不起。来，拿着吧。"蔡怡芬随手将鲜花递给了尚晓月，尚晓月极不情愿地接过，顺手放在了书房覆盖箱子的红色防风衣上。

传染病检测做得很顺利，流调却遇到了麻烦。行程大数据显示，此前的 14 天，尚晓月手机信息不完整，多数时候没有监控记录，这让流调人员颇感意外。期间，究竟发生了什么事，恐怕只有尚晓月本人才能够说清楚道明白。

对于此事，尚晓月的解释是，这 14 天活动轨迹非常简单，除了正常的飞行之外，不是和刘星宇在一起，就是在寻找刘星宇的路上……

9月12日，这是尚晓月居家观察的第1天。

这一天印象最深的就是那束格外刺眼的白玫瑰，不知是何人何事何因送来的，尚晓月真担心这白玫瑰背后不为人知的故事。她想，如果这个故事与自己和刘星宇有关，她会非常的期待，因为在这短短的14天里，他们经历了太多太多的坎坷与曲折。相反，如果与他俩无关的话，那么这个故事对她来说就毫无意义，因为她大部分时间都献给了蓝天，没机会也没兴趣倾听别人的故事。

尚晓月出生在川东一个贫困的家庭里，从小就想当一名空姐。大学毕业后，凭着自己清秀的脸庞、高挑的身材和优秀的成绩，顺利考上了无数少女心仪的银燕航空公司，圆了她的空姐梦。

空姐这个职位，虽说工资不是很高，但在江阳这个一线城市租个两室一厅的房子，隔三岔五跟闺蜜出去吃个火锅、撸个串、K个歌、打打麻将什么的，还是轻轻松松、说走就走的事儿，比起在老家的生活那简直是一个天上一个地下。

当然，作为高颜值的空姐天天穿行在万米高空，偶遇公子哥和富豪的概率相对较高，不少师姐师妹都嫁给了"高富帅"，挤进了富贵阶层，过上了衣食无忧的上流生活，这何尝不是尚晓月当初选择空姐这个职业的一个动因呢。

说来也巧，刚当上空姐不久，尚晓月在一次执飞惠灵顿至国内的航班上就遇到了外籍华人赵启亮。赵启亮的母亲是江阳人，父亲是新西兰人，一个典型的中外混血儿。立体有型的五官与柔和圆润的脸庞，将东方人和西方人的优点完美呈现，再加上一双大长腿和一头黑色的卷发，帅气十足，迷人极了，走在街上常常惹来许多羡慕热辣的目光，这也让她在闺蜜面前赚足了面子。回到江阳他们很快就成了如胶似漆、形影不离的情侣。本来两人关系发展很好，已开始选择吉日置办酒席。可是，赵启亮长期旅居国外的母亲却坚决反对，她不希望自己的儿子找娶一个天天在空中飞来飞去的女子为妻。理由嘛有两点。第一，空姐表面光鲜亮丽、妆容精致、举止端庄、温柔甜美，实则既辛苦又委曲。每天飞行时间长、没有精力照顾家庭和孩子不说，面对乘客的粗言冷语与各种刁难，还要面带微笑、忍气吞声，长此以往除了坚强还是坚强，影响身心健康。第二，职业危险，遇到空难九死一生。这让父母、爱人和孩子天天提心吊胆，飞机不落地，吃不香睡不着，心永远是悬着的，一般的人承受不起这种焦虑与等待。

对于赵妈妈的担心，尚晓月一半是理解，一半是不理解。她承认，空姐生活单调、离群索居，忙的时候昼夜颠倒、时差混乱，飞了睡，睡了飞，不是在飞机上，就是在回家的路上，要不就是在睡觉中。可是，她们在紧张、忙碌之中还学会了独立，收获了自信，这种经历是许多人无法分享的。危险，当然是有的。以前不爱联系亲人，现在每一次起飞前和落地后，都会第一时间给家人发一条平安的信息，告诉他们自己安全抵达。做空姐以来，自己还故意养成一个坏习惯，就是执飞前不洗碗，留在回来后再洗。言外之意，我会回来的，碗（挽）留。这些做法虽然有些迷信色彩，但从统计的概率上看，飞机也是最安全的交通工具。据权威部门发布，飞机造成伤亡失事的事故率约为三百万分之一，也就是说，你要乘坐三百万个航班才有可能碰上一次空难事故，这说明飞机这种交通工具比走路、骑自行车都要安全，更不用说跟乘汽车、坐火车相比了。

尚晓月本来是飞国际航线的，两个月前她坚决要求公司把她调整到国内航线来，这倒不是刻意照顾赵启亮妈妈的情绪，主要是家里出了一个让她和母亲寝食难安的坏消息——她的妹妹尚晓可突然失踪了。

尚晓可是一个天资聪颖、清纯靓丽的高三学生。出生以来，一直生活在秦巴山区，从未离开过家乡。前些年，父亲吸毒早亡，母亲又重病缠身，妹妹就过早地接过了家里的重担，既要照顾母亲，又要完成学业，十分辛苦。听说村里其他孩子假期里外出打工挣了不少钱，她就跟着去了。

经人介绍，尚晓可很快就成为了江阳梦幻世界夜总会的一名服务员，主要负责为客人端茶递水以及清扫卫生等杂务，保底工资外加小费，收入还算可以。但在这种地方工作，难免让人想入非非，为了打消家人的疑虑，她专门从闲鱼上买了部二手手机，经常与尚晓月和母亲视频通话，言下之意，我没学坏，更没有做什么"三陪小姐"之类的事情。每日能与妹妹保持联系，了解她的工作和生活情况，尚晓月和母亲自然宽心了许多。

不久前，母亲打电话说妹妹失联了，开始的时候尚晓月还不怎么在意，以为妹妹临时去什么地方会同学，或者手机信号不好联系不上而已，过几天就会回来的。可是，好多天过去了妹妹还是音讯杳无，她这才意识到问题的严重性。

这一天，她和闺蜜们说起此事，大家七嘴八舌，议论纷纷。有的认为可能是与人私奔了，不想让家人知道；有的说可能被人拉去搞传销被控制自由了；有的说可能坐出租车、网约车遇上了色狼，被人害了；还有的说可能是长得太漂亮被人盯上，借着请吃请喝的时候给迷晕藏起来了……

各种各样的猜想，弄得尚晓月寝食难安，魂不守舍。为此，她才一次次恳请领导调整自己的岗位航线，改飞西双版纳、腾冲、普洱、保山、沧源、芒市等妹妹可能落脚的城市。

"尚晓月,你打算到哪里去找你妹妹?"那天刚回到江阳,文梦婕就问道。

"妹妹曾经在梦幻世界夜总会打过工,先去那里找人问问,看能不能发现点线索。"尽管看起来尚晓月一副天不怕地不怕的样子,可是从她的言谈话语中明显感觉有些底气不足。

"没事,不管你去哪个地方咱姐们都陪着,从小我对悬疑、推理之类的东西特别感兴趣,一直想成为一个女福尔摩斯,可惜老汉(西南地区方言中父亲的称谓)不同意,说是太危险喽。"同机组的马舒同也凑过来说道。

马舒同是江阳国际机场的安检员,年纪不大,但性格像江阳的火锅,有时似热浪翻滚的红汤,有时似淡水慢炖的清汤,热情爽快,颇有些大姐大的范儿,所以,在江阳国际机场人称"马姐"。

对于主动声援的马舒同,尚晓月自然心存感激,但多少有点过意不去,问道:"马姐,你不是说有事要去找你那个大老板舅舅吗?"

"你的事是火上房、狼叼羊、新郎官儿入洞房的急茬,必须优先办理。"马舒同压低了声音透露道:"我那舅舅成天泡在外面吃喝玩乐,属于家里红旗不倒外面彩旗飘飘那种。我舅妈也管不了,只好各玩各的啰。正好今天他俩都不在家。"

尚晓月随口应了一声:"哦,如今都这样啊。"

"那咱们干脆一起到梦幻世界夜总会嗨皮一下?"文梦婕兴奋起来。

尚晓月:"好是好,那你的男神杨伟怎么办,你不是约了他吗?"

"没事,他好办,我们先去找个包房,叫他带几个'小鲜肉'赶过去,看有没有合你们几个'胃口'的菜,免得整天盯着帅哥流口水。"

文梦婕说起话来眉飞色舞,尚晓月忍不住用胳膊撞了她一下,说:"我在想方设法找妹妹,你们竟然还有心情涮我,有没有一点革命同志之间的同情心呀?"

马舒同看看尚晓月沮丧的脸，安慰道："尚晓月，依我的经验，什么事都是反着来的，你越是想要的，却偏偏要不来。你觉得毫无希望的，反而不请自到，这叫有心栽花花不开，无心插柳柳成荫，懂吗？"

尚晓月对马舒同的所谓经验好像不太认同，她轻轻拍了拍马舒同的屁股："你这叫什么经验哪，整个一马屁精，对本小姐不太适合哟。"

马舒同微微弯下腰，故意撅起她那肥硕丰满的臀部："你说我这是马屁？你好好感受感受，我这马屁到底怎么样啊？"

尚晓月狠狠拍了一下马舒同高翘的屁股，一脸坏笑地："肉太肥，脂肪太多，过于油腻，口感不太好。像这种食材在城里销路不好，要不我在网上推销一下？"

马舒同见尚晓月脸上终于有了笑容，站直身子，冲着尚晓月嬉皮笑脸道："嘿嘿，盛开莱比我更大更肥，要不要叫她一起去，你再给点评点评？"

尚晓月跟着笑笑："我看行，赶紧打电话，我回家收拾收拾就来。"

尚晓月的家坐落长江南岸，是一个面积不大位置却很好的江景房，推开窗户长江和嘉陵江交汇处鳞次栉比的高楼大厦尽收眼底，每当夕阳西下，楼宇、街道错落有致的灯火与江上游船流光溢彩的灯饰交相辉映，岸上岸下，亦动亦静，美轮美奂。

房间里，赵启亮正在收拾行李。见尚晓月进屋，立刻放下手头的衣物，上前一把抱住尚晓月想亲热，尚晓月使劲将他推开："干嘛，早告诉过你，我是很传统的，没那么开放，亲昵这些事儿还是等到瓜熟蒂落的时候再说吧。"

赵启亮耸耸肩表示不理解："Ok，我也是很传统的，希望瓜熟蒂落那一天早点到来。记住啊，你可千万别把我的耐心耗尽了哈。"

尚晓月十分不屑地看了一眼赵启亮。

"告诉你一个好消息。"尚晓月、赵启亮几乎同时开口。

"好消息，什么好消息？你先说。"听说有好消息，赵启亮有些迫不及待。

尚晓月往赵启亮身边靠了靠："晚上，我们几个闺蜜要去梦幻世界 K 歌，顺便打听打听晓可的消息，你去不去？"

"就这个？"看得出来赵启亮对尚晓月的好消息并不怎么感兴趣，去梦幻世界 KK 歌还说得过去，可是借机寻找尚晓可他就不乐意了，在他看来，人失踪了该报警报警，多简单的一件事，干嘛非要劳师动众、亲自上阵呢。他的手指在尚晓月额头上轻轻敲了敲，说道："Dear，你看这样好不好，今天我们尽情放纵、好好 K 歌，晓可的事明天再说，How？（如何）"

"明天？明天？还不知道明天和意外哪一个先来呢。我真的等不了啦，我去的目的是找尚晓可，哪有什么心情 K 歌。既然我们的目标不一样，我看你还是别去了。"听赵启亮这么一说，尚晓月的脸色夏日天气般说变就变，刚才还晴朗万里突然就阴云密布，她推开赵启亮的手刚要走进卫生间，突然又转过身，指着地上的旅行箱问道："你收拾行李干嘛，要出行啊？"

"这就是我要告诉你的好消息。"赵启亮拿起餐桌上的手机追了过来："我妈咪刚才微信我，说她为我俩的事着急上火，生病住院了，让我马上回新西兰。对了，她还说如果你放弃空姐工作的话，也可以跟我一起去新西兰定居，新西兰那可是无数人梦想的天堂啊。怎么样？这个意外比明天先来了吧。"

尚晓月知道赵启亮是一个从小被宠坏的"妈宝男"，对于母亲的话百依百顺、唯命是从，即便是真心喜欢自己，在母亲和她的天平上，明显倾向于母亲，这一点是毋庸置疑的。尚晓月从未见过他的母亲，不知道这个母亲是个什么样儿的人让她的儿子如此敬重。沉思片刻后，她拿出手机打开相册，翻看她和赵启亮的照片，问道："这一张照片怎么样？"

赵启亮翘起拇指点赞："棒棒哒！"

尚晓月手指一划："删了。这一张呢？"

赵启亮望着尚晓月，轻声地说道："也很棒啊！"

尚晓月手指又是一划："删了！这一张呢？"

赵启亮感觉尚晓月的举动反常，抢过手机怒吼道："Are you crazy（你疯了吗）？Witness our love！"（它见证我们的爱情）。

"马上就要 Getout（滚蛋）了，留着它占用我手机内存，你觉得有意思吗？告诉你，我活不成你妈想要的样子。"尚晓月伸手夺回手机。

"Ok! Ok!"赵启亮满脸通红，咬牙切齿地说道："看来，还是没有等到明天，意外今天就先来了。"他猛扑过去，一把抢过手机，恶狠狠地扔向窗外。

尚晓月被赵启亮这一疯狂的举动惊呆了，她箭步跑到窗边，看着自己心爱的手机漫漫跌落在滨江路上，又被一辆疾驶而来的长安75Plus碾过，她的心"咚"的一下，口中大喊"完了"。随后，汽车停在路边，穿着休闲牛仔装、戴着一副帕莎 prsr 墨镜的司机下车吼了几声，见无人应答，便捡起手机驾车离去。

望着远去的车影，尚晓月瘫坐在地，随着手机里妹妹尚晓可照片的消失，仿佛她真的从这个世界上消失一般。

接下来的场景不说你也想象得出，赵启亮的衣服、帽子、鞋子、眼镜等物品连同他本人统统被扫地出门。

唉，年少时我们曾自信满满地认为，有情饮水饱，即使两手空空、一无所有，也坚信相爱就能决胜未来，更可以抗拒一切流言蜚语。长大之后，才意识到生活的无奈，现实的残酷，根本不是只有爱就足够了，它还受到许许多多条件的限制和人为因素的干扰。比如，赵妈妈的价值观、婚恋观就毁了一段本可以执子之手、与子偕老的爱情。

梦幻世界夜总会坐落在长江南岸一处背靠山、前临江的密林里，山和水、树和花，将它衬托得神秘而浪漫。夜总会正门装饰得金碧辉煌，在霓虹灯下闪闪发光，光彩夺目。向里望去，是一个极其奢华的前厅大堂，天花板上缀着华丽的意大利进口水晶吊灯，每个角度都折射出如梦似幻、斑斓无比的灯光。华美的北欧桌椅、小巧精致的吧台，都漆成奶白色，处处散发着贵族气息。

这个夜总会在当地的声望，奢华尚在其次，各色婀娜多姿的美女才是它长盛不衰的"王炸"。因此，这里自然而然也就成了江阳富豪和公子哥们找乐子，或是招待贵客的首先之地。不过，夜总会实行的是会员制，大门有保安把守，二门有人脸识别，包房门口更是 24 小时服务生侍候。所以，要想在这里"潇洒"，仅有钱还不够，你得有体面的身份和足够的人脉，否则，会直接被拒之门外。

当然，梦幻世界夜总会能够在如今量贩式卡拉 OK 大行其道和"唱吧"随处可见的文化洪流中屹立不倒，仅仅是美女这一"王炸"肯定不够。在国人眼里，江阳是有名的美女之都，但凡节假日去市中区、滨江路、民国街等人流密集的地方打打望，个高、肤白、身材好的美眉满街都是。甚至有人大言不惭地说，如果你想寻个开心，玩个"露水情"，只要包儿鼓、嘴皮溜、胆儿肥，应当不是件困难的事情，何苦去夜总会、夜总会、歌舞厅这种跳进黄河洗都洗不清的地方呢。那么，这个夜总会另一个秘密武器究竟是什么呢，这恐怕只有老板王文帝本人才说得清楚。

据说，王文帝是近年江阳商界冉冉升起的一颗新星。他不仅拥有酒店、夜总会、珠宝店、建筑公司等诸多个经济实体，而且还有帅气的男团、漂亮的女团等演艺队伍，是江阳响当当的大富商，业内尊称他为"王老大"。

夜总会一个装饰华丽的 VIP 包房里，一群打扮入时的女孩在领班的带领下，高耸着鼓囊囊的胸脯，踩着恨天高鞋子鱼贯而入。她们顺势站成一排后，向着贵宾露出风情万种的笑容，然后弯腰鞠躬，齐声喊道："老板好！"

领班站在一侧，凤眼含笑招呼道："各位美女，这么多的帅哥、老板前来捧场，还不赶紧自报家门？"

美女们依次上前一步作自我介绍：

"您好，一号，22 岁，来自渝都。"

"您好，二号，20岁，来自路州。"

"您好，三号，18岁，来自江城。"

"您好，四号，19岁，来自哈里尼亚。

……

王文帝身着剪裁合体的炭灰色名牌西装，脖子上系着浅蓝色领带，溜光水滑，处处透露出成功人士加金主的阔气。他右手举着红酒杯，率先走到姑娘面前，摸摸这个的脸，捏捏那个的胸，拍拍这个的屁股，满意地点点头，然后转身笑对大家，慷慨陈词："各位老哥，谈笑有鸿儒，往来无白丁，今天承蒙大家前来我这小小的地方捧场，鄙人不胜感激。长期以来，各位对王某关怀备至、厚爱有加，早应好好款待大家。可王某实力不济，不敢轻易张罗，打扰各位。今天，特地安排一场小型的Party，并精心挑选了几位年轻貌美、如花似玉的美眉过来助兴，请大家给个面子，各取所需，尽情享受！"

不等王文帝客套话结束，老板们早已按捺不住了，纷纷拉着自己心仪的女孩落座。美女们妖娆、妩媚而又大方，或坐在客人腿上忸怩作态，或与客人摇骰子划拳喝大酒，或半裸着上身蹦着迪。有的则干脆悄悄拉着小妹进入卫生间翻云覆雨，其场面十分辣眼。

爱到尽头覆水难收

爱悠悠恨悠悠

为何要到无法挽留

才又想起你的温柔

给我关怀为我解忧

为我平添许多愁

在深夜无尽等候

独自泪流独自忍受

……

年轻帅气的玉石商人刘星宇一身休闲打扮，孤零零地坐在一边，拿着话筒深情地唱着周华健的歌曲《让我欢喜让我忧》，与周遭灯红酒绿和满室醉生梦死的景象有些格格不入。

一曲终了，王文帝举杯同刘星宇碰了碰，问道："老弟，今天的安排怎么样啊？"

"牛掰！"刘星宇称赞道。他知道现的有钱人，大多喜欢模仿国外贵族，用名表、豪辆和高档奢侈品为自己镀金。那些社会地位和经济条件一般的人则有样学样，通过礼仪、健身、穿戴、妆容等，努力靠近权贵和金主。像他这种混社会的人，只能是拼命地请吃请喝、混圈子、拜码头，以此来寻找机会和拓展人脉。王文帝今天举办这个 Party 的目的，显摆是一个方面，主要是聚集人气，搭建更大的舞台。

王文帝满意点点头，接着问道："老弟，最近你的玉石生意如何？"

刘星宇苦笑着："王总，还能怎么样啊！如今很多有头有脸的人行事格外谨慎，稍微贵重点的东西都会吃闭门羹，他们都不收了，买的人自然就少了。再说，现在的年轻人呢，都喜欢什么钻石、碧玺、海蓝宝、珊瑚、珍珠、蜜蜡等这些新玩意儿。翡翠呢，仅有少数有点钱、有点闲、知性的中年妇女喜欢，她们要的还是那种价格不高不低的样子货，真正高档的出货很少。您说这生意还怎么做？唉！"

王文帝劝道："别烦呐。俗话说，玉遇有缘人。遇到了对的人，那生意自然就来了，要是遇到个不识货的主儿，白瞎了你的好东西。老弟，我说的对不对？"

刘星宇举起杯，心怀感激地说道："王哥，您说的句句在理。来，小弟敬您一杯，今后有什么好事一定要拉着兄弟一起干，跑腿卖力气这种活是我的长项。

"那是一定的，谁叫你是我的兄弟呢，回头我给你介绍几位出手阔绰的大金主。"王文帝满脸堆笑，举起杯与刘星宇碰了碰说："今天我们就不说生意上的事了，我看还是先消化消化眼前的这群美眉吧。哎，这些美眉可是专门为你们这些贵客准备的，各种口味的应有尽有，不要浪费资源哟，是你自己来，还是老哥帮你选一个？"

扑面而来的香氛在酒精的刺激下，刘星宇感觉有些上头，他用余光扫过剩下的几个美女，仰起头十分豪爽地喝了一大口酒，说道："王哥，您是老大，久经沙场，经验丰富，还是请老哥帮忙掌掌眼吧。"

"到底是做珠宝生意的，满口都是专业术语，那要不要我再给你一只强光手电和 10 倍的放大镜，让你把这一切看得清清楚楚、真真切切？"王文帝看着刘星宇胸前那只羊脂白玉的和田佛像，笑着说："看来眼前这帮美眉没有入星宇老弟的法眼啊，OK！领班：下一拨。"

刘星宇知道娱乐场所的小姐都是编着组的，不同的领班带不同的小姐，即便是同一领班也会根据小姐的颜值和气质高中低档进行混编，要不然漂亮的都被挑走了，后面的客人就没得挑了。当然，实在是应付不过来，那只好让那些上台率高的小姐串台了，这是心照不宣的游戏规则。见这一拨小姐转身要走，刘星宇急忙拦住："算了算了，又不是挑老婆，老哥随便安排一个就 OK 了。"

王文帝笑笑招手让领班等等，指着一位身材高挑、丰满的女孩说："我看就她吧，三围应该是 85、63、86，是比较少见而又 sexy(性感)的极品，与你这阳刚之气很搭哟。"

刘星宇伸出大拇指点赞，客气又不失真诚地称赞道："还是王哥老道，目测就能看出女孩的三围，这比我可专业多了。人说，闻道有先后，术业有专攻，看来这方面我得拜你为师了！"

"哈哈哈，泡姐有什么好学的，无师自通，多泡上几回你也会成为专家。"王文帝招招手，女孩过来偎坐在刘星宇旁边，嗲声嗲气地招呼道："帅哥好！"

刘星宇笑笑，搂着女孩的肩，仔细瞧瞧，脖子又白又长，锁骨还十分明显，他满意地点点头。

　　"帅哥，妹妹敬您一杯！"女孩子双手举起酒杯，置于刘星宇酒杯下端，未等刘星宇说话，她自己就先干了。

　　见女孩子熟练的动作和过于油腻的口吻，刘星宇就知道这是个风月场上的老炮，他象征性地抿了抿，问道："妹儿，会 POle dance（钢管舞）吗？"

　　女孩嫣然一笑："当然啦，小 Kiss 喽。要不要我现在表演给您看看？"

　　刘星宇一挤眼，笑着举杯同王文帝碰了碰："够辣的！"

　　"越辣越刺激嘛，哈哈哈。"王文帝得意地说道。随后，他举杯与坐在刘星宇对面正搂着一个漂亮女孩的胖老板问道："老哥，好好 Happy，要不要再来一个？做回皇帝。"

　　胖老板举起酒杯喝了一口，搂着身边女孩说："今天就算了，就这个吧，花样多，服务好，合我的胃口。"

　　王文帝耸耸肩笑道："那就好，食材不重要，合胃口最要紧。如果再配点美酒，可能就更有味道了。"

　　刘星宇循声望去，对面的胖老板看上去四十好几，短粗身材，一双小眼睛，圆圆的脑袋，活像滚圆的面团被调皮的孩子嵌上了两个小枣核，大大的将军肚感觉要将腰带撑断，头上不多的头发往后梳着，典型的油腻大叔。他那两只像棒槌一样的手臂紧紧地搂着女孩窃窃私语，虽然声音不大，但偶尔也能听清几句："妹儿，上次那个东东还有没得？再去整点，格老子巴适得很。"

　　女孩抿嘴笑笑，用白嫩柔软的双手捧着胖老板的肉脸使劲亲了一口，故意撒娇道："还说呢，害得我第二天走路都打偏偏，大叔，你昂藏七尺、老当益壮，好多年轻人都比不过您。"

　　这尽管是女孩子骗钱的套路，可在胖老板那里还是很受用的，他笑嘻嘻地往女孩手里塞了一把钱，兴奋地说道："那是，我是谁！格老子今天晚上你不要衣呀呀的哈！"

　　女孩不紧不慢地收起钱，拉开手包拉链，指了指里面的饮料道："就知道你好这口，走吧！"

胖老板搂着女孩正要离开却被刘星宇拦住，胖老板十分不悦，瞪大眼问道："老弟，你要做啥子？"

刘星宇笑嬉皮笑脸地回答道："大哥，有好东西一起分享分享嘛，给我也来点噻？"

胖老板眯起眼睛认真地打量了刘星宇一番，然后狠狠地拍了拍刘星宇的胸膛，说道："你娃这身体杠杠的，我看用不着吧？"说完拉着女孩就出了门。

刘星宇也没有再纠缠，远远地送上一句："老哥，好好 Happy！好好 Happy 哈！"

这时，站在一旁观看的王文帝走了过来，递给刘星宇一瓶饮料道："老弟也想要啊？早说呀！"

刘星宇接过饮料在手里掂了掂："还是王哥懂我，谢了哈！"

王文帝有些愠怒道："见外了不是？跟我还这么客气。"

刘星宇端着酒杯与王文帝碰了碰说："那我就不客气喽，谁叫你是我哥呢。"

"这就对喽，过分的客套就相当于拒绝。"在王文帝的调和下，现场始终洋溢着一种和谐的氛围。见刘星宇心满意足的样子，他略带歉意地说道："老弟，对不起啊，我去隔壁包房里敬敬酒，你先玩着。"

刘星宇起身相送："王哥有事就去，我这里有这小妹就行了。"

王文帝转身冲着女孩道："妹儿，这是我最尊贵的客人，要是陪不好的话，回头看我怎么收拾你。"

妹儿一只手紧紧挽着刘星宇的胳膊，另一只手往额头上靠了靠，做出敬礼的姿势："老板您就放心吧，不管炮火多猛烈，本小姐保证人在阵地在，誓死完成任务！"

刘星宇推着王文帝出了门，催促道："赶紧去吧，别的不行，风月场上那点事你弟弟我就没有弱项，从来就没有打过败仗。"

在刘星宇的半推半就下，王文帝乐呵呵地出了门。

再说胖老板，他搂着美女刚出包厢门，就碰上从大堂款款走过来的尚晓月、文梦婕、马舒同和盛开莱几个大美女。胖老板忍不住回头，正与马舒同目光碰在一起，两人同时一愣有些尴尬。还是马舒同先开了口："舅舅，您也喜欢 K 歌呀？"

"唉，这不是在陪客户吗？现在的生意难做，不吃好喝好玩好，谁跟你合作呀。再说了，天天这样花天酒地我也烦哪，但为了养家糊口，只能舍命陪君子……"胖老板毕竟是见过大世面的人，说起谎话来连眼睛都不带眨的。

马舒同看着舅舅身边那个身上布料超少的风骚美女也笑了，急忙摆摆手说："舅舅，您忙您的，今天我什么都没看见哈。"

"啧，还是舒同懂事，看来小时候舅舅没有白疼你。"胖老板转身冲着前台经理大声喊道："哎，今天晚上这几个女孩子的消费记都在我的账上哈，要什么给什么，听明白了吗？"

前台经理大声应道："知道了，您就放心吧！"

"不用了舅舅，我们自己可以的……"马舒同刚出声，就被文梦婕狠狠踩了一脚，低声责怪道："马姐，你怎么这么二啊？这是封口费，不要白不要，难道你要举报他呀？"

"是吗？"马舒同有些短路，恍然领悟后，又极其夸张地做了一个鬼脸，把文梦婕几人都逗乐了。

梦幻世界夜总会一个普通包厢里，暧昧的灯光、慵懒的氛围让几个女孩很快进入放飞模式。此刻，她们可以收起刻板的微笑，不必一遍遍机械地重复"您好！"、"请系好安全带！"、"您有什么需要帮助的吗？"而是同其他女孩子一样，随心所欲，尽享生活。

我的思念

不再是决堤的海

为什么总在那些飘雨的日子

深深地把你想起

我的心是六月的情 沥沥下着心雨

想你想你想你 最后一次想你

因为明天

我就要成为别人的新娘

让我最后一次想你

……

文梦婕、马舒同一人举着一杯红酒，手舞足蹈地唱着《心雨》。

尚晓月明显酒量不行，才喝半杯，就满脸红霞飞。

文梦婕唱着唱着就泪眼婆娑。尚晓月递上一张餐巾纸："明天就要嫁人了，应该高兴才是，为什么突然伤感起来？"

"因为明天我就成为别人的新娘。"文梦婕重复着歌词。

"这不是废话吗，全世界都知道你要嫁人了。哎，我问你，你不是一直高举不婚主义旗帜吗，怎么这么快就要投降了，不会是中奖了吧？"话毕，尚晓月立刻把头埋进文梦婕的腹部故做倾听状。

文梦婕一把推开她，"蹭"的一下跳到沙发上拿着话筒高声吼道："各位听好了，在我文梦婕的字典里压根就没有'奉子成婚'这四个字，本人要嫁就嫁给幸福，要输就输给追求！"

"好！总结得非常经典到位，鼓掌鼓掌！"马舒同放下酒杯带头鼓掌："要我说呀，梦婕伤感的原因不是有了意外，而是对前任、前前任、前前前任的真情道别。你想啊，领了一张纸就是一辈子，做什么事再也不能任性随意了，怎么也得看看另一半的脸色吧。"

马舒同正说着，盛开莱穿着韩国名媛时尚衣装，曲线毕露无遗地走进包房，一见面就将一个礼品盒扔给文梦婕："喏，这是给你的新婚礼物，回去再打开看哈！"

"谢谢开莱姐！"文梦婕接过礼物轻轻地放在一旁，然后摊开双手对着尚晓月和马舒同说道："你们两位呢？怎么也得意思意思吧？"

尚晓月一巴掌拍过去："喜糖还没吃到就伸手要钱，过分了吧？告诉你别逼我哈，逼急了我就关机，彻底从你们这帮贫民阶层中消失。"

盛开莱吃吃笑了："至于吗？冲你和梦婕的关系，9999 就行了。再说，份子钱就当是投资了，到你结婚的时候，梦婕一定会连本带利奉还的，是不是梦婕？"

"现在本小姐钱包干瘪瘪的，几张银行卡倒来倒去，拆了东墙补西墙，上个月的支付宝还没上，如果再参加几场婚礼就要彻底破产啰。"尚晓月一副被宰得很痛苦的表情，她一边装穷叫苦，一边从微信上给文梦婕转去 66.99 元，随后高声说道："哎，梦婕，记好账哈，等我结婚的时候，你可要连本带利哟。"

见尚晓月如此抠门，马舒同也不甘示弱："那我的也要还本带利哈。"

文梦婕指着手机屏幕抱怨道："我勒个去，这么点碎银也好意思要利息？诸位看看，诸位看看，连点个外卖都不够。真是亏大发了，一帮穷鬼！说什么下辈子也要投胎到皇宫大院，至少跟巴菲特、比尔·盖茨之流当邻居。"

尚晓月举起杯子一仰脖，一大杯红酒下了肚，高声问道："你们家阳什么萎呢？怎么还没来，不是说要带几个'小鲜肉'来吗，怎么爽约了？难道又加班做'作业'？"

马舒同端着酒杯走向尚晓月："你赶紧拉倒吧，天刚黑做什么'作业'呀，要做也是夜深人静的时候。嘻嘻！"

文梦婕嶡起小嘴，明显的不高兴："各位，我必须郑重其事地纠正一下，是杨伟，W-E-L，wei，同声不同字，谢谢！"

"哎呀，我们文化水平低，伟、萎分不清，究竟是什么 wei 只有你自己晓得，关我们的屁事！"尚晓月站起来故意扭了几下，然后继续调侃道："我只关心那几个'小鲜肉'。哼哼，要是爽约的话，对得起我今天这身打扮吗？"

文梦婕一拍大腿说道："哎哟哟，刚分手就闲不住，你看你那点出息。"

尚晓月自己给自己斟满一杯酒，轻轻地品了小口，然后深情款款地说道："过去的事情已经过去，只当是当了一回练习生，不要再提了。本人渴望真情，相信缘分，信守承诺，对于爱情一直信奉不着急、不将就、不攀比的'三不主义'，深信我的真命天子会在某一个时刻、某一个地方，以一种不同寻常的方式出现……"

话虽这样说，但尚晓月内心还是有种五味杂陈的味道，甚至有一种被赵启亮欺骗的感觉，自己还没有从妹妹失踪的悲伤里走出来，又走进了"剩女"的行列，这实在让人怀疑人生。她正想继续发表"人生感言"，不料文梦婕神神秘秘地把她拉到一边，耳语道："刚才我把你的事微信杨伟了，他回复说，他有个侄女高中刚毕业，因为她妈妈要做手术，托人通过水滴筹了些钱，自己则到中缅边境一带帮人打工，虽说辛苦点，可是挣了不少的钱，她妈妈手术费用总算解决了。我看，这个情况和你妹妹应该差不多，没准尚晓可也要给你一个惊喜呢。"

醉意朦胧的尚晓月听了文梦婕的介绍，一下子兴奋起来，她主动举起杯："来来来，喝一杯，好久没有听到这样的好消息了。"

盛开莱叹了口气，说道："唉，家家有本难念的经，我家里一个堂弟前段时间说是跟人去边境地区搞边贸，结果出去以后，手机打不通，人也没有消息，家里急得要死呢，全家人都不知道到哪里去找。"

文梦婕捅了一下盛开莱："哎，开莱姐，你是怎么安慰人的，我好容易才让尚晓月忐忑不安的心平静下来，你这么一搅和，她不又乱套了吗？"

尚晓月的心确实有些乱了。文梦婕让她刚刚升腾起的希望，一下子就被盛开莱亲戚家的遭遇给浇灭了。包房顶上旋转的彩色射灯本来就让她天旋地转，加上酒精的作用，胃里突然一阵翻江倒海，喝进肚子里的酒差点给喷了出来。她捂着肚子，边走边说："Sorry，本宫膀胱都快撑爆了，我得去趟卫生间，回来再 Go on!"

马舒同嘲笑道："我说，不装 13 我们还是朋友，就你那点小酒量，还 Go on! Go on! 我看呐，狼没啦，只剩下狗了，还是只单身狗。哈哈哈……"

文梦婕也跟着起哄："哎，亲爱的，能找到厕所门吗？莫进错了哈……"

尚晓月痛苦难忍，拿着手机就冲门而出。由于出门过急，恰好与路过门口的刘星宇碰了个满怀。这意外的一碰，将尚晓月醉意碰醒了一半，看着一身休闲牛仔装、戴着一副帕莎 prsr 墨镜的刘星宇，她眼睛放着绿光，一把抓住他的手："你别走，我终于抓到你了。"

刘星宇摘下墨镜，认真打量着眼前这个姑娘，鼻梁笔挺，嘴唇丰满，抿嘴儿的时候双唇略略鼓起，显得既健康、壮实又蓬勃阳光，即便是生气的样子，也灵动可爱，楚楚动人。他使劲松开尚晓月的手，问道："喝多了吧？这是谁家的女人，赶紧带走！"

在刘星宇打量自己的同时，尚晓月也在观察刘星宇，俊俏的脸庞有些发黑，头发像钢丝般硬硬的挺着，眉毛下那一对流光泛彩的眼睛异常专注，威严而又逼人。看来是个不好惹的主儿。尚晓月知道这个时候口气不能软，一软就输了气势。她尚晓月借着酒胆说道："我没喝多，你压坏了我的手机还有理了是吧？敢作敢当，像个男人不行吗？"

刘星宇从衣兜时间掏一个已压碎的手机，在尚晓月眼前晃了晃："你说的是这个吗？"

尚晓月伸手去拿："是，是这个，给我！快给我！"

刘星宇收起手机，说道："你说是你的就是你的啊，怎么证明这个手机是你的？"

"手机壳上有我的照片，你还要我怎么证明，给我！"尚晓月一屁股坐在地上，双手死死抱着刘星宇的大腿，大喊大叫，惹得不少人围观。

听到外边吵闹声，王文帝急忙从包厢里出来，看着眼前的尚晓月他一下子愣住了，快步上前问道："这不是尚晓可小姐吗？你去哪里了？什么时候回来的？"

一听这个陌生男人叫着自己妹妹的名字，尚晓月也愣住了，她怎么会认识尚晓可呢？难不成尚晓可的失踪与他有关系？她试探地问道："尚晓可？你认识尚晓可？您是谁？"

面对尚晓月不停地追问，王文帝也很诧异，他再仔细看看面前的人不由得长长地叹了一口气，原来是虚惊一场，自己认错人了，他连忙解释道："对不起，对不起，认错人了，以前我们这里有个小妹跟你长得很像，我还以为她回来了呢。"

王文帝的解释并没有打消尚晓月心头的疑虑，直觉告诉她，眼前这个陌生男子肯定知道些什么。她一步蹿到王文帝面前："大叔，您没有认错人，我是她姐姐，她现在人在哪里？"

"哎呀，我也在到处找她呀，在这里上班好好的，突然就不见了。"

王文帝摆出一副同样焦急的样子，随手递给尚晓月一张名片："小姐，这是我的名片，如果有尚晓可的任何消息，请务必第一时间告诉我。"

接过王文帝的名片，尚晓月感觉离找到妹妹又近了一步。

王文帝直勾勾注视着这个不可方物、长得很像尚晓可，但比尚晓可又多了几分野性和韵味的漂亮女子，有些想入非非，直到文梦婕、马舒同、盛开莱等姐们赶来，他才如梦初醒。

几个闺蜜听说刘星宇将尚晓月的手机压坏了，不由分说扭着他去派出所理论。

江阳滨江路派出所调解室里，围绕手机的问题刘星宇和尚晓月吵得面红耳赤，互不相让。

所长是一个声音洪量、干脆利索的中年男人。他闻到了几个女孩子身上浓烈的酒味后不禁摇了摇头，他指着桌子上压坏的手机问刘星宇："你赔她手机没问题吧？"

刘星宇一幅满不在乎的样子："这个，完全 NO problem（没问题），我可以赔她一部刚刚推出的苹果手机……"

听着这个公子哥不可一世的口气，尚晓月心里就来气，好好的一场聚会，被他"撞"得一地鸡毛不说，现在又来公开炫富，这让她十分不爽，她打断刘星宇的话，呵斥道："你给我 Shut Up（停止）! 我只要我原来的手机，能听懂人话吗？"

刘星宇气冲冲地吼道："说手机就说手机，不带这么骂人的哈。You are sick（有病）！"

听刘星宇骂自己有病，尚晓月不干了，她猛地站起来指着刘星宇怒吼道："你骂谁有病呢？我看你才有病。Brain-impaired（脑残）！"

见两位年轻人唇枪舌剑、你来我往，所长一巴掌拍在办公桌上，桌子上的茶杯差点飞了起来："请注意，这里是中国的派出所，别给我洋腔洋调的，请用中文，Chinese，Chinese，懂吗？"

刘星宇和尚晓月面面相觑，几乎同时回答道："OK！ OK！"

"看你们两个都是有文化有涵养的人，就为一部手机大动干戈，没完没了，至于吗？有话好好说嘛。"所长一脸的严肃地训斥着道："都说鲜衣怒马，不负韶华。你们都好好看看自己，年纪轻轻的，有没有点意气风发、家国情怀？整天除了吃喝玩乐，还能干点啥正经的事吗？你们是不是看现在天下太平，就可以放纵、享受了？我告诉你们，虽然现在的中国比任何时候都接近走进世界舞台的中央，可是，在这个过程中困难很多、阻力很大，假如有一天风云突变，世界不再太平，国家需要你们冲锋陷阵、流血牺牲，你看你们行吗？"

尚晓月、刘星宇还是头一次被人训斥而不敢顶嘴，两人只好不断地重复道："警察同志，我们错了，真的错了。请给我们一次改过自新机会吧！"

"希望你们眼有星辰大海，心有繁花似锦，找点利国利民的正经事干。"所长有些哀其不幸，怒其不争，喝了口茶，才缓缓地说道："这样吧，他赔你的手机你先拿着，至于里面的照片吗，建议你们去手机修理店，看请专业的师傅能不能导出来。假如能导出来，这事不就结了吗？多简单的事儿。"

尚晓月有些不服地说："那假如导不出来呢？"

没等所长说话，刘星宇强拉着尚晓月的手出了派出所，边走边举手发誓："如果真是这种情况，我可以把自己赔给你！"

尚晓月一边揉着被刘星宇攥得生疼生疼的小手，一边鄙夷地瞪了他一眼："就你？真把自己当盘菜了？"

刘星宇抿着嘴，笑而无语。

从派出所出来，两人直接来到对面手机修理店。

师傅拆下手机外壳，用数据线反复测试后摇头道："手机的主板已经坏了，资料很难恢复。我这里是没有什么办法了，要不，你们去别的地方看看？"

尚晓月拿着拆得七零八落的手机狠狠地剜了刘星宇一眼："你看怎么办吧？"

刘星宇两手一摊，道："一个破手机，没完没了，至于吗？"

"你什么意思？听你的口气，活该我倒霉哟？"尚晓月怒视着刘星宇。

刘星宇知道自己说错了话，语气立刻软了下来："我可没有这么说哈，别小人之心度君子之腹。"

见对方态度转变，尚晓月也不好意思再纠缠，嘟囔道："本来事情不大，被你整得越来越复杂，真是！"

刘星宇好奇地问道："我说，手机里面究竟有什么重要的东西呀？你那么在意。"

尚晓月将脸甩向一边，懒得搭理他。

刘星宇看看四周无人，坏坏地问道："难不成有艳照？"

尚晓月狠狠踢了刘星宇一脚，怒斥道："你妹妹才艳照呢，你全家天天光屁股。"

刘星宇："开个玩笑而已，至于这么认真吗？再说了，一般通讯录、照片、图片、视频都会在线上储存备份，即便手机丢了，这些资料也都是可以找回来的。你的信息上传了吗？"

尚晓月："没有！"

"哦，这样啊。"刘星宇上前拉着尚晓月的手说："走吧，我去给你买个新的手机赔你。"

尚晓月用力甩开刘星宇的手："别碰我，滚一边去！买买买，买得了手机，买得回那些珍贵的照片吗？"

刘星宇见对方再一次发飙，一声"拜拜"之后就大步流星离开了。

等尚晓月回过神时，刘星宇已经转过街角没了踪影。想起对方连个手机号码都没留下，尚晓月一屁股坐在路边生闷气。

这时，文梦婕、盛开莱两人搀着马舒同匆匆忙忙走过来。看着马舒同煞白的脸，尚晓月忙问道："舒同，怎么啦？"

文梦婕："舒同舅舅出事了。"

"舒同舅舅？我们今天在夜总会遇见的那个人吗？"尚晓月惊诧至极。

文梦婕："是啊。"

尚晓月："出什么事了？"

文梦婕说："人没了，发现时赤身裸体躺在宾馆客房床上，地上还有未喝完的饮料瓶和女人的内衣，陪他的那个女的也不见了。"

最近是怎么啦，奇怪的事情是一桩接着一桩。尚晓月望着阴霾笼罩的天空不解地问道。

逃离尚晓月的纠缠，刘星宇径直来到出事宾馆。宾馆门口拉着警戒线，围观人群被警察挡在外面。

这时，公安分局局长刘安定带着法医和一群刑警从警车上下来，急匆匆朝着宾馆大门走去。

刘星宇远远地望着他们匆忙的身影，不知是出于好奇，还是对警察职业的崇敬，心里有一种说不出的感觉。眼看安定就要走进宾馆大门，他突然一回头，与刘星宇正好四目相对，刘安定嘴角微动，似乎想说什么，却欲言又止，随后转身走进了宾馆。刘安定这一不经意的举动，让看热闹的刘星宇心里一阵慌乱，他急忙移开视线，迅速离去。

刘星宇猜想，按警方的破案套路，他们另一组人马此刻应该在梦幻世界夜总会调查取证。想到这里，他快步向梦幻世界夜总会走去。

刘星宇刚进夜总会大门，就看见两个警察在询问王文帝和几个服务员，他赶紧躲在一旁。

服务员从饮料柜拿出一瓶饮料给警察："这就是今天晚上客人消费的饮料。"

警察将饮料装进袋子，转向旁边的王文帝："这个饮料我们要带走化验。"

王文帝连连点头："可以、可以。"

警察又问："今天晚上还有谁喝过这种饮料？"

王文帝挠了挠头说："其他人我记不住了，有个叫刘星宇的玉石商拿走两瓶，我送的。"

警察继续问："刘星宇？有他的联系方式吗？"

王文帝打开手机通讯录："喏，这就是他的手机号码。"

警察记下号码后提醒道："你最近不要离开江阳哈，先配合警方调查清楚后再说。"

王文帝看着警察胸前佩戴的执法记录仪，赶紧回应道："好的，我一定认真配合，查清楚了我自己也就清白了，要不然我周身长满了嘴也说不清楚。"

警察收起物证："知道就好。"

王文帝送走警察，刚要离开，一道靓丽的身影就挡在了他面前。王文帝见到来人，沉着脸道："小姐，您是来看热闹的吗？"

尚晓月见王文帝阴阳怪气的样子，忙上前解释道："王总，您误会了，我是来找我妹妹的。"

听罢来意，王文帝双手抱在胸前，一副拒人千里的样子："你说你找你妹妹？听你这口气，是要我替你妹妹的失踪负责任啰？"

尚晓月："王总，我不是这个意思。不过，您是她的老板……我妹妹是在您这里失踪的，这是事实吧，作为家属我来了解了解情况总是可以的吧……"

不等尚晓月说完，王文帝就挥手打断了她的话："行了行了，你给我打住吧。我是夜总会老板不假，但我手下有上百个服务员，我认识她是谁呀？再说了，像你妹妹这种靠陪伺挣钱的职业，本身就是个灰色地带，她陪谁？跟谁走？去干什么？她会告诉我吗？再说了，我有必要知道吗？真是的。"

听着王文帝的这席话，尚晓月如鲠在喉，竟无言以对。一时间，羞愤、悲伤、焦虑交织在一起，令她伤心不已。

见尚晓月沉默下来，王文帝立刻换了副面孔，和颜悦色地劝说道："妹儿，我劝你呀，还是省省吧。猫有猫道，鼠有鼠道，该发生的事情早晚也要发生，不要乱找了，听天由命吧！"

一个活生生的人说没就没了，还让听天由命？一向不怕事、不惹事的尚晓月，哪里受得了这个，她昂着头，左手叉腰，右手指着王文帝吼道："夜总会是不是你开的，人是不是从你这里失踪的，这事你脱得了干系吗？你必须给我个说法！否则，我跟你没完。"

王文帝仰天大笑，蔑视地看了看尚晓月："看你人长得漂亮，脑子却不好使哦！做三陪小姐这种事传出去，恐怕你一家子也都不好做人啰。自己好好想想吧，哈哈哈。"

"流氓！无耻！"面对王文帝的侮辱嘲讽，尚晓月气得浑身发抖，她大骂一声之后，长发一甩，转身离去。

尚晓月在前面走，刘星宇悄悄在后面尾随，他想知道这个美女究竟住在什么地方。夜虽已深，但尚晓月并没有叫车，而是沿着石阶走进了一条十分狭窄而又空无一人的巷子。昏黄的路灯下，一幅形只影单、落魄无助的样子。

突然，一个身影急匆匆跑过来，重重地将她撞倒在地，还未等尚晓月反应过来，那人又惊猿脱兔般迅速逃去。

刘星宇见状，两脚生风，健步如飞，不出百米就将其抓住。那个身影立即跪下，紧紧抱住刘星宇的双腿连声求饶。

听着有些耳熟的声音，刘星宇这才仔细打量着眼前这个人，原来是歌厅陪胖老板的小姐："怎么是你？这么巧啊，胖老板呢？"

见是刘星宇，歌厅小姐这才站起身来，不慌不忙地说道："他呀，好着呢！"

刘星宇知道胖老板已经死了，而这小姐却当面撒谎，想必另有隐情。他指着小姐的手机道："是吗？那你给他打个电话，我正好有事找他呢。"

小姐感觉刘星宇话里有话，急忙说："今天太晚了吧，明天，明天如何？我让他主动联系您。大哥，我有事先走了哈！"

说完小姐撒腿要跑，刘星宇一把拉住她："哎，等等，话还没说完呢。"

正在这时，不知什么时候从什么地方冒出来的三个"杂皮"将刘星宇团团围住，骂骂咧咧地叫嚣道："怎么着，想找小姐啊，你娃有钱吗？"

刘星宇见来势不少，便放开小姐，挽起衣袖，摆出一副迎战的架势："嚯嚯，幕后的帮凶还真不少哩。"

"你娃敢说我们是帮凶，胆子不小。兄弟伙，上——，打他个龟儿子。"

为首的一个"杂皮"大吼道。

　　一个满脸粉刺的"杂皮"抡起拳头，朝着刘星宇狠狠砸来，不料拳头刚伸出去，刘星宇就一把扭住了他的手腕，使劲一扭，"杂皮"惨叫一声倒在地上。另外两"杂皮"见状挥舞着棍棒一起扑向刘星宇，刘星宇迅速下蹲，两根棍棒打在半空发出响亮的碰撞声，刘星宇右腿一个横扫，两个"杂皮"迅疾倒地，哎哟哟叫个不停，随后起身拉着小姐逃之夭夭。

　　刘星宇正想追去，想着刚才昏黄路灯下踽踽独行的身影，他立即停住了脚步，当他回望过去的时候，尚晓月早已不见踪影。

　　望城门老街位于长江和嘉陵江交汇处的半岛之上，是江阳有名的网红打卡地。这里有一街两埠四院十景，老街的正中是一条从坡顶通往江边的石板路，这条路不知经过了多少岁月的侵蚀，也不知经过了多少游人的步履，光滑平坦，斜阳之下泛着一层刺眼的光芒，配着两侧古老的建筑，让人仿佛一下子穿越到了遥远的古巴蜀时代。

　　王文帝在一间装修得古色古香的茶舍雅间喝着茶，看到刘星宇行色匆匆地走进来，他急忙起身相迎。刘星宇落座后，他递上一杯茶，随口问道："老弟，忙啥呢？"

　　刘星宇一脸无奈地说："王哥，别提了，昨天下午在滨江路上不小心将一个妹儿的手机压坏了，这个妹儿跟我不依不饶的，弄得我脑壳疼，正准备去买一个新的赔她呢。"

　　王文帝笑了笑说："这种小事还用你亲自操劳吗？言语一声，我叫个手下送她一部最新款的苹果手机，准保没事。现在的小女孩都挺物质的。我看你呀就是太怜香惜玉了，怪不得这么讨女孩子喜欢呢。"

　　刘星宇喝一口茶说："哪里呀，她要是要手机就好办了，她非要我帮她找回手机里面的那些照片，说是她妹妹的，这手机卡都毁了，照片还能留下吗？真是的！"

王文帝笑笑说："唉，这些都是套路，依我看她八成是看上你了，要不才不会这样没完没了的纠缠。昨天晚上这妹儿也来找过我了，说是她妹妹不见了，要找我要人。简直莫名其妙，自己妹妹失踪了跟我有什么关系？我去哪里给她找啊？"

　　尽管王文帝一幅云淡风轻、若无其事的样子，但从他游离的眼神中刘星宇还是看出了他的焦虑与不安。刘星宇先是叹了一口气表示同情和理解，随后关心地问："唉，不说这些糟心事了。王哥，你今天找我有何贵干啊？"

　　王文帝边往刘星宇茶杯里续茶边一脸轻松地说道："也没什么大事，就是想你了。"

　　王文帝越是轻描淡写刘星宇心里越是起疑，他和王文帝交情并不深，凭什么人家一清早就你喝茶，这里面肯定有事，而且还是比较紧迫的事。刘星宇故意起身："真没事啊？那我走了哈！"

　　见刘星宇要走，王文帝一把拉住他："坐坐坐，这茶刚第一泡就走，岂不太可惜了。你没听说过吗？一道水，二道茶，三道四道是精华，五道六道也不差，坐下好好品品，顺便摆摆龙门阵。"

　　王文帝这么客气，刘星宇倒不好意思了，他重新坐下，端起茶品了一口："听您这口气，还是有事啊。"

　　王文帝点点头："到底是我老弟，知我者刘星宇也！不过，也没什么要紧的事，就是想问问警察找过你没有？"

　　说到昨天晚上的事，刘星宇终于知道王文帝请喝茶的目的了，他爽快地回答："找过呀，刚刚还给我打了电话。"

　　王文帝忙问："那你怎么说的？"

　　刘星宇一副无所谓的样子，张口说道："哎呀，我还能怎么说，实话实说呗。"

　　王文帝皱起眉头："实话实说？"

　　刘星宇害怕王文帝想歪了，赶紧补充道："是啊，我就说大家在夜总会包房一起喝酒、聊天、唱歌，没有做什么出格的事情。"

显然王文帝对刘星宇的回答还算满意，他附和道："是啊，我这个夜总会一向遵纪守法，按时纳税，每年对当地的财政贡献不少呢。"

"那是当然。这个政府应该都清楚的嘛，一个夜总会不仅丰富了当地的夜生活、拉动了消费、促进了旅游发展，而且还解决了不少人的就业问题。冲着这个，政府就应该好好奖励奖励你。"刘星宇说道。

王文帝举起茶杯与刘星宇碰了碰："唉，奖励就算了，只要政府多理解理解我们，在放管服上再到位一点、在营商环境上再提升一点，我们就阿弥陀佛、感激不尽了。"

刘星宇说："王总，你这要求也太低了，起码在税收优惠方面也要体现一下，这样到手的真金白银才会多一点嘛。"

"如果那样当然更好，不过我是不敢奢望了。"王文帝笑着回应道："除了这些，警察还问别的了吗？"

刘星宇认真想了想，说道："对了，他们还问了饮料的事。"

提到饮料王文帝脸上掠过一丝不安，快要到嘴边的茶杯突然停住，他盯着刘星宇小声问道："他们是怎么问的？"

刘星宇喝了一口茶，轻描淡写地："问你送我那两瓶饮料喝了没有，我说喝了，他们又问喝了有什么反应，我说什么反应也没有，就是普通的饮料。"

王文帝追问道："那后来呢？"

刘星宇想了想，说："后来，他们将饮料瓶带走了，我猜可能要做化验。"

王文帝放下茶杯激动地站起来："好，这样好，化验结果出来了，我也就清白了。"

刘星宇拉着王文帝坐下，不解地问："王哥，你这饮料究竟怎么了？警察这么感兴趣。"

对于刘星宇的问话，王文帝没有立即回答。

刘星宇接着说道："我听说有的人在饮料里掺杂些毒品，喝了后劲头很足，你家的饮料要是加点这些东西，说不定销路更好。"

"别拿话来套我。"王文帝打开手机，指着上面的几种中药图片说："这个饮料是我们家的祖传秘方，是用多种名贵中草药熬制成的，而且是有保健部门准字号的正规产品。"

刘星宇看了看手机上的图片与文字说明，感觉这与他关心的问题有一定的关联度，但不是问题的本质，于是，他更加直白地说道："这些我知道啊，我主要是想问，现在市场上的保健品很多很多，你们家的饮料与别人的究竟有什么不一样啊？"

王文帝见四周无人，低声对刘星宇耳语道："《黄帝内经》强调'治未病'、'志闲而少欲、心安而不惧、形劳而不倦'等等，都是中药养生保健的理念，因此，遵从祖训，各家的保健品其实都是在治未病上下功夫，总的功能应该都差不多，无非是在口感、营销、宣传等方面各有不同罢了。"

刘星宇："看来这里面的学问还蛮深的。不过，我觉得你们家的饮料和别家的不一样，口感好，味道特别，而且喝了上瘾，一天不喝就难受。王哥，今后你可要保证供应哈。"

王文帝端起茶杯与刘星宇碰了碰，说道："这个没问题，回头我聘你为本饮料的品尝员，有什么新产品第一时间让你品尝。"

刘星宇拱手致谢："谢谢王哥！我当品尝员后，天天喝你家的饮料，我想不出两个月，也会和你一样，神采奕奕，人见人爱。"

王文帝说："这，我要和你多说几句了。我气色好可不是饮料的原因哈。《黄帝内经》还说，'恬淡虚无，真气从之，精神内守，病安从来'，意思是说，养生重在养心，保养精、气、神"。

刘星宇："王哥，那我就多问一句哈，那胖老板的死究竟与你家饮料有没有关系啊？"

提到死去的胖老板，王文帝的脸一下子就拉长了，怒骂道："那个胖老板就是他妈一个老色鬼，生意好，兜里有了点钱，就天天找小妹开房鬼混，不要说他这把年纪了，就是年轻人也吃不消啊。自己做了风流鬼不要紧，还害得我跟着吃瓜烙，你说这叫他妈的什么事？弄得我现在喝茶都不敢在自己店里喝了。唉！这人要倒霉啊，喝水都塞牙，放屁都崩脚后跟。"

刘星宇笑笑说："王哥，几个警察去了夜总会一趟，就把你吓成这样？至于吗，咱也是经过大风大浪的，别让人看笑话哈。"

"哪有你说的这么简单哟。"王文帝停了停说道："老弟有所不知，前段时间服务员告诉我，几个警察还在夜总会附近提取污水，你说他们是不是怀疑我这夜总会里有吸毒问题？"

刘星宇想了想："取污水与吸毒是两个完全不相关的东西，你想多了吧？哎，王总，我听说有的娱乐场所还有'冰妹'陪伴，很刺激。我很想尝试尝试，看看醉生梦死的感觉到底是个啥感觉。你那里有没有啊，下次给我安排安排？"

听刘星宇这么一说，王文帝倒有了几分淡定。他半开玩笑半认真地说道："我也想啊，可惜还真没有。哎，今天我们不说这个了，你不是经常去云南那边进玉石吗，下次去能不能帮我也选一块，拿回来避避邪，都说石来运转，我也想转转运。"

刘星宇虽然有点失望，但一提到石头他又立刻兴奋起来："石来运转，寓意很好，在我们业内也有这种说法。既然王哥笃信这个，老弟照办就是了，你要什么样的？"

"只要是老弟带回来的，什么样的都行啊"。王文帝起身道："走走走，我请你吃火锅。"

刘星宇跟着站起来说："又吃火锅呀？"

听得出来，刘星宇对火锅有些排斥，王文帝关心地问道："怎么，怕辣啊？那你想吃什么？"

刘星宇摆摆手说："不是不是，你没听说吗，都说四川人不怕辣，湖南人辣不怕，贵州人怕不辣，我虽然是江阳人，但出生在四川，怎么会怕辣呢？我只是在想，在江阳除了火锅好像也想不出有什么更好吃的了。"

王文帝说："火锅是个好东西。你没有听说过吗？在江阳没有什么事情是火锅解决不了的。如果有，那就是吃两顿。"

"如果有这么神奇的话，我天天吃火锅。"刘星宇哈哈大笑。

二

9 月 13 日，这是尚晓月居家观察的第 2 天。

这一天，刘星宇依然关机失联。保洁阿姨早早就来到尚晓月住处，她进屋后二话不说就将一束白百合放在黑色箱子旁。

尚晓月对于来历不明的花十分反感，昨天收到白菊花时她就告诉过保洁阿姨，非经她本人同意不准收取任何东西包括鲜花。可是，保洁阿姨对她的话似乎并没有理会，该怎么样还怎么样。这让尚晓月心里非常不舒服，她叫过保洁："阿姨，昨天我告诉过您，不要收取任何东西包括鲜花，您怎么忘了？"

保洁阿姨是一个本地人，六十来岁，身材虽然比较瘦小，但长得还算清秀，穿着也较为得体，应该是个讲究的人。尚晓月居家观察的当天，她自称受刘星宇的雇用专门到尚晓月家做保洁。可是，保洁阿姨刚进房门区防疫办就通知她，飞机上那个密接者已经确认为感染者，尚晓月所在乘务组由次密接者改为密接者，管控升级，屋内人员只进不出。这下可好，保洁阿姨只能留在她家直到管控结束。开始时，尚晓月还很高兴，有保洁阿姨陪同起码有个说话聊天的对象。然而，仅仅过了两天她就不这么想了，保洁阿姨不听招呼天天收白色的鲜花招惹她也就算了，最主要的是保洁阿姨整天沉默寡言、脸色阴冷，时不时还对着黑色箱子发呆，尚晓月怀疑她患有阿尔茨海默病。

这不，对尚晓月刚才的问话她想了半天才缓慢地说道："这花是从云南快递过来的，很贵，扔了可惜了，放在这里还有个念想。"

"念想？您当是祭祖啊？真是！"尚晓月终于说出了内心压抑已久的不满："阿姨，您可记好啊，明天您要是再收就立马给我走人，到时候甭怪我不客气哈。"

"大小姐，如果这样的话我恐怕不好向刘星宇交代吧？你要是不喜欢那些鲜花，可不可以先放那里，等我离开时我带走处理。"保洁阿姨言外之意，她只对佣主负责，尚晓月的话可听可不听。

看着阿姨怯懦、伤感、可怜兮兮的样子，尚晓月的心也软了，她不再多说，打开电脑又继续回忆她过去的 14 天。

一架银燕航空公司客机的机舱内，乘客们悠然自得，或闭眼休息、或观看电视、或翻看报纸、或谈天说地、或喝茶饮水……。尚晓月和文梦婕一前一后推着小车正在做客舱服务。突然，一名乘客惊恐万状地叫道："不好了不好了，飞机发动机冒烟了。"

听到乘客报警，尚晓月和文梦婕立刻停止服务，两人快步跑向紧急出口处，一左一右顺着舷窗探望。尚晓月发现左侧发动机冒着浓烟并伴有火花，她立即将此情况报告了机长和乘务长。随后，飞机急速下降，乘客座位上方的氧气面罩纷纷掉落下来，机舱内尖叫声、哭喊声响成一片，文梦婕一边呼喊大家赶紧戴上氧气面罩，一边帮着老人和小孩子戴上。

这时，广播里传来尚晓月略显紧张的声音：

女士们，先生们：

现在飞机客舱失密，正在紧急下降，请不要惊慌，系好安全带，氧气面罩脱落后，请您用力拉下面罩，将面罩罩在口鼻处，进行正常呼吸，请不要走动，谢谢！

尽管尚晓月一遍一遍的广播，但丝毫没有安抚住乘客紧张的情绪，有个乘客干脆站起来，摇摇晃晃走到文梦婕面前，抓紧她的手问道："你告诉我们，飞机是不是失事了？我们是不是要完蛋了？"

文梦婕没有回答这名乘客的问题，而是跑过去抢尚晓月手上的话筒，平静地说道："女士们，先生们：我们的飞机遇到了小小的故障，飞机正在紧急下降，请大家保持镇静，听从乘务人员指挥，不要擅自离开座位，戴好口罩，系好安全带，身体前屈，两手握紧脚踝，全身紧迫用力，直到飞机停稳……"

文梦婕一番操作性极强的提示语依然没有稳住乘客的情绪，流泪抹眼、哭天喊地的乘客越来越多，机舱内充满了绝望和恐怖的气息。

"停停停！"一旁观看的男教官未等练习结束就将其叫停。他把尚晓月和文梦婕叫到一边，极其严肃地问道："你俩知道川航遇险事件吗？"

"知道。"尚晓月抢先回答道。

"那跟我说说。"

尚晓月："2018年5月14日，四川航空股份有限公司3U8633航班在成都区域巡航阶段，驾驶舱右座前风挡玻璃破裂脱落，机组实施紧急下降，飞机于当日07:46分安全备降成都双流机场，所有乘客平安落地，有序下机并得到妥善安排。"

听完尚晓月的介绍，教官脸色变得更加严肃，他冷冷地说道："你这是重复媒体报道的事件过程。我是想问，整个事件处置中有没有特别值得我们学习和借鉴的地方，听懂了吗？"

尚晓月看着教官面无表情的脸，心里一阵紧张，她看了看同样紧张的文梦婕，怯怯地说道："有，我觉得最值得佩服、最值得学习的是刘传捷机长了。事件处置过程中，他在挡风玻璃破裂、天气恶劣、极度缺氧、气温失衡的情况下，从容不迫操纵飞机，突破重重难关，依靠自身坚定的意志和较好的身体素质以及丰富的操作经验，最终将所有乘客和机组人员安全带回，可以说这是民航史上的一个奇迹。"

教官问文梦婕："你呢？"

文梦婕："英雄所见略同，我没有其他补充的了。"

听完尚晓月和文梦婕的回答，教官依旧板着个脸，过了好久他才继续说道："看过《中国机长》这部电影吧？"

尚晓月和文梦婕异口同声地回答道："看过！"

教官："看过就好。这是一部商业片，更是一部生动形象的教学片，影片较好地还原了事件处理的真实情况。依我看，这起事件之所以处置成功，除了机长沉着、果断、英勇、顽强之外，包括乘务长在内的其他乘务人员也功不可没。面对惊慌失措的乘客，一句'请相信我们'的话语，掷地有声，表现出的是责任、是自信，对于安抚乘客情绪、消除恐惧心理、共同应对灾难起到了重要的作用。而刚才你们两人虽然也进行了广播，也想平复大家的情绪，但没有达到预期的效果。这说明了什么问题？"

由于受昨天手机一事的困扰，尚晓月整夜未眠，精神状态不佳，因此，练习时她根本集中不起精力，脑子里尽是压坏的手机和压坏手机的人。教官严厉的批评，这对于她这样一个有着好几年空乘经历的人来说是极其少有的。她何尝不知道安全的重要性，它是整个民航运输的生命线，稍有闪失就会酿成不可挽回的事端。2014年马航MH370失事的时候，自己觉得离得还比较远，毕竟是国外航空公司的。2018年的川航事件和前不久发生的东航客机失事就不一样了，不仅发生在自己的身边，而且机上还有一些熟人。事后很久很久，他们每每想起此事仍惊魂未定，心有余悸。近段时间，自己加强了应急知识学习，希望关键时候临危不乱，沉着应对。可是，今天的表现确实不怎么样。

看着沉默不语的尚晓月，教官深深地叹了口气："自己说话底气不足、自信心不够，乘客怎么会相信你能把他们安全带回家？来，打起精神，再来一遍，注意神态、语气和动作……"

练习间隙，文梦婕告诉她，说江阳交通队让她马上去通江大道立交桥下，有一起交通事故要她协助处理。

交通事故协助处理？尚晓月感觉莫名其妙，最近自己没有开过车呀，怎么会让自己协助处理交通事故呢。她请完假刚出训练中心门口，又返了回来，伸手对文梦婕说道："把你的手机借我使使。"

文梦婕先是一愣，忽然想起尚晓月手机被压坏了，递过手机："拿去用，正好我昨天买了个新的，记得换卡哈。"

尚晓月接过手机，向文梦婕摆摆手就急匆匆地走了。

通江大道立交桥下，一辆网约车和一辆长安75Plus一前一后停着，交警拉着警戒线，正在拍照取证。刘星宇、赵启亮面红耳赤，互相指责。见尚晓月到来，两人感觉找到了救星，争相拉着尚晓月说理。

经了解，原来赵启亮在乘坐网约车去机场的时候，意外发现了前面行驶的长安75Plus，他一眼认出这辆车就是压坏尚晓月手机的车，他急忙让网约车司机加速追赶，网约车很快就与长安车并排行驶，赵启亮放下车窗玻璃，大声呼喊刘星宇停车，刘星宇对赵启亮的喊话不仅没有理会，反而加大油门向前猛冲。刘星宇的无视，彻底惹怒了赵启亮，他催促网约车司机超过长安车，于是，两车在超与被超中碰在了一起，幸亏双方制止及时，才没有酿成大的交通事故。

尚晓月到来之后，赵启亮胆量陡增，他指着刘星宇大声吼道："你压坏了别人的手机还有理了？是个男人就要敢作敢当，别让人看不起哈！"

刘星宇被赵启亮的挑衅彻底激怒了，他指着尚晓月说道："我压坏了她的手机我赔她，关你锤子事，你是她什么人，轮着你管吗，你算老几？"

赵启亮看了看手表，又看了看尚晓月："我没有时间跟你废话了，我要赶飞机，你陪她手机，她就给你修车。"说完，赵启亮钻进网约车，走了。

刘星宇也看了看手表，怒气冲冲地对尚晓月说道："我也没时间跟你废话了，我要去机场接人。"说完，也开车离开了。

"哎，等等，你等等……"望着先后离去的两个人，尚晓月傻傻地愣在那里，破口骂道："混蛋，就你们有事，我就没事啦？"

星月湖位于江阳附近的郯州境内，湖长 12 公里，宽 1 至 3 公里，水面近 30 平方公里，从湖西侧的至高顶上眺望，星星点点的岛屿点缀着烟波浩渺的湖面，与岸上炊烟袅袅的农舍和丰茂的庄稼浑然天成，雄伟中寓秀丽，浩荡中寄温柔。在画家和摄影爱好者的眼里，它既像一幅硕大无比的水墨画卷，更像一幅纯自然版的《清明上河图》。

洁白的沙滩上，文梦婕身着黑色婚纱，杨伟则一袭白色西服，郎才女貌，很是抢眼。

马舒同、盛开莱等伴娘团穿着鲜艳的伴娘服，正在捉弄年轻帅气的伴郎团。

马舒同追上文梦婕："姐们，高光的时刻就要尽情高兴哈，为我们这些后来人打个样儿！对了，有件事差点忘了，乔健没找到人换班请不了假，让我替他转达对你俩的美好祝福！特别祝愿你们早生贵子，并再三叮嘱一定把话转达到。"

文梦婕转向杨伟："杨伟同志，听见没有？早生贵子。哎，我说你天天泡歌厅、喝大酒、打游戏，醉生梦死，到底行不行哟？"

杨伟生气地嚷道："靠，行不行你还不知道啊，非要我当着所有哥们、姐们的面儿说说我俩那些不可描述的羞羞事儿吗？"

说完，杨伟双手在嘴边做成喇叭状正要大喊，文梦婕一巴掌打来，他才闭上了嘴巴。文梦婕指着杨伟愠怒地训斥道："去死吧你，三天不打上房揭瓦！看来老娘不给你立点规矩你就忘乎所以、不知道姓甚名谁了……"

马舒同撇撇嘴，低声地对旁边的盛开莱说道："啧啧啧，瞧这对'狗男狗女'，恩爱秀得让人羡慕嫉妒恨！"

文梦婕看着窃窃私语的马舒同，笑嘻嘻地说道："舒同，看在我俩多年姐们的情分上，你要是看上他了，我把他免费转让给你如何？"

听文梦婕这么一说，马舒同立刻来了情绪，她扳着指头一本正经地数了数："哦，要是这样的话我就得好好考虑考虑了，这就好比刚开的一瓶酒，你喝了第一口，然后转手给我，让我接着喝。你用你那不知道还纯不纯洁的身体培养了他，他成了阅人无数的撩妹高手。这样的话，不知是你吃亏还是我占了便宜？"

文梦婕哈哈哈笑弯了腰，指着杨伟道："这不是明摆着的吗？我俩都吃了亏，他占了便宜。"

马舒同顺势给了文梦婕一拳："忽悠谁呢？你俩一伙的，吃亏的明明是我，我看我还是赶紧止损吧，免得套牢。"

文梦婕收起笑容说："听刚才你说话的口气，难不成你和乔健好上了？"

马舒同连口否认："没有没有，我们两人地域文化差异太大，等他学会吃辣的再说吧。"

听着文梦婕和马舒同一路上有说有笑，走在后面的尚晓月紧走几步追了上来，一脸无奈地说道："当你们的男人真够倒霉的，我看我还是单身算了，虐自己的男人下不去手啊。"

文梦婕摸了摸尚晓月如花似玉的脸庞："你这是干嘛呀，长这么漂亮，单身岂不是太可惜了。告诉你啊，今天的伴郎团全是杨伟的学长学弟，都是单身的'小鲜肉'，千万别客气哈，该出手时就出手。"

正午时分，婚礼正式开始。红色地毯上，证婚人站在文梦婕和杨伟中间。

文梦婕喜极而泣，杨伟上前向文梦婕递上一个自己设计并用三D技术打印出来的他和文梦婕相拥相依的彩色模型，单腿跪地，深情款款地表白道："感恩我的女神陪我长大，此时此刻，我愿对天发誓：今生今世，无论贫穷还是富有、疾病或是健康、美貌还是失色、顺利还是失意，我对你都会忠贞不渝、不离不弃，直到天荒地老、海枯石烂！"

文梦婕被杨伟一席话感动得泪流满面，哭得稀里哗啦，马舒同和尚晓月也忍不住跟着泪目。

尚晓月往文梦婕身上靠了靠："难怪我那么迷恋梦婕姐，原来她身上有圣母的光辉，文梦婕姐……"

文梦婕凤眼含笑地说道："鬼样子，不要迷恋姐，姐可是有主儿的人了。"

尚晓月抹了抹眼角的泪珠，对着化妆师大喊道："化妆师，快给新娘补补妆，暗黑系婚礼直播马上开始，长得好看的都往前面站站，长得太平民的自觉往后面靠靠哈！我们一起冲热搜——"

尚晓月的话还没说完，就有人开始拼命往挤，争相进入文梦婕的直播画面。伴娘团的大龄女青年们则对着羞涩的伴郎们做着各种揩油摆拍。

尚晓月拿着索尼单反走到远处给大家拍全家福："微笑，个子矮的使劲垫垫脚，注意，看我——，1、2……"

尚晓月正要按下快门的时候，突然一个男子打着电话闯入画面，随着人影的逐步清晰，她终于看清了，他就是在滨江路上压坏自己手机的渣男。顿时，尚晓月血脉偾张，呼吸急促。

刘星宇意识到自己进入镜头，即刻挂掉电话，快步上前一把夺过尚晓月的相机，重重地摔在地上。

尚晓月一边拽着刘星宇的衣服一边大声吼道："抢劫啦！抢劫啦！快赔我的相机……"

所有的人都朝着刘星宇和尚晓月奔跑而来，情急之下刘星宇捡起相机直接扔向湖里。

尚晓月边往湖边跑，边歇斯底里地骂道："你这个混蛋，那是我刚买的微单……"

文梦婕远远见尚晓月"扑通"一声跳进湖里，顾不上正在直播的婚礼场面，扯下头饰拉着马舒同就往湖边跑边喊："快快快，她不会游泳，救命啊！救命啊！"

忙乱的脚步声和刺耳的呼喊声，使现场氛围骤然紧张起来，这时刘星宇才意识到自己闯了大祸，他迈着大长腿，一个漂亮的飞鱼姿势跳入湖中，游向尚晓月，并将她托上岸。

躺在沙滩上的尚晓月双目紧闭，刘星宇彻底吓蒙了，他又是听心跳又是测脉搏，并不时问问马舒同："我看她很危险，要不要做人工呼吸，我受过专业训练。"

马舒同有些不耐烦地说道："你自己惹的祸，自己看着办吧，老问我干什么？救人要紧。"

是啊，救人要紧管不了那么多了，刘星宇立即跪在尚晓月身旁，张着大嘴就要给尚晓月做人工呼吸，假装溺水的尚晓月突然张开嘴巴，将憋了一肚子的水狠狠喷向刘星宇，刘星宇见势不对，"嗖"一下起身躲开，快步跳上沙滩车，扬长而去。

尚晓月捡起石块，对着刘星宇的沙滩车一路穷追猛赶，大声骂道："丧门星、冥王星、扫把星……"

刘星宇转头做着鬼脸，大声回应道："小姐姐！你说的都不对，哥哥是牛——郎——星——！"

星月湖归来，尚晓月和文梦婕心里都很不爽，一个相机被扔进水里，一个婚礼直播被搅黄，这一切的始作俑者都是刘星宇。因此，刚回到江阳，文梦婕顾不上换下婚纱就与尚晓月一起来到梦幻世界夜总会，目的很明确，寻找刘星宇报一箭之仇。

梦幻世界夜总会大门口原来左右两侧威风凛凛的两排保安不见了踪影，只有一个小保安站在门口，停车场停着几辆豪车，车牌被刻意遮住，与以往的炫耀张扬相比，显然低调了许多。

尚晓月、文梦婕高昂着头，大摇大摆正往里走，小保安客客气气地问道：

"美女，今天我们这里没有婚礼，你们走错地方了吧？"

文梦婕看了看自己的衣着，笑笑道："帅哥，我们是来K歌的，你误会了。"

小保安伸手拦住："K歌就更不行了，我们这里只接待会员，不接待散客，二位请回吧！"

文梦婕一把将小伙子的手挡开，凶巴巴地翻了他一眼："哎，你的手都挨到我胸部了，耍流氓啊，信不信我喊人了？"

小保安不但没有被文梦婕的恫吓震住，反而张开双手横在文梦婕面前，非常不屑地说道："不信！"

"哎，哎，耍流氓了……"

"你先别激动，省省吧，扯破了嗓子，一会啷个唱歌哟。"文梦婕刚一张嘴就被尚晓月捂住，她望着头顶上360度无死角摄像头先是对文梦婕吼道，随后转向小保安："帅哥，前两天我们还来过，应该算是熟客了，让我们进去吧。"

小保安解释道："前几天是可以的，但现在不行了，老板有交代，不是夜总会的会员一律不让进。美女，你就别为难我一个小小的保安了，请回吧！"

尚晓月："你们老板我认识，我们是朋友。"

听说是王老板的朋友，小保安拿着手机走向一边，嘀嘀咕咕好一阵子才回来，说道："对不起，王老板说，他不认识你们，还是请回吧。"

"不认识？这个王八蛋提起裤子就不认账了，真是无耻之极，今天老娘非要让他出来见识见识我，哎——"

文梦婕正要大喊大叫，尚晓月又一次捂住了她的嘴，并强拉着她离开。刚走不远，文梦婕就冲着尚晓月大声嚷嚷："姓尚的，你到底什么意思啊？老娘新婚大喜洞房都没有入就来陪你找人，你倒好，前怕狼后怕虎，连骂两句出口恶气都不行，真让人憋屈。有本事自己慢慢找吧，老娘还不陪了。"

文梦婕气鼓鼓地丢下几句话，拦了一辆出租车就走了。

对于文梦婕的离去，尚晓月没有做任何的阻拦，怎么说也是人家的新婚之夜，小夫小妻理应卿卿我我，耳鬓厮磨，正式开启他们的二人世界。眼前的梦幻世界夜总会，她曾经是多么地想逃离、想遗忘，因为她在这里遇到了不该遇到的人，自己的妹妹经历了不该经历的事。而现在她又是多么地想走进它、接近它，因为这里才有可能发现刘星宇的踪迹，才有可能找到妹妹失踪的线索。可是，自胖老板出事之后，夜总会王老板开始警觉起来，除了故意低调之外，对内对外的管理防范更为严密，要想进入内部看来不是一件容易的事情。

"尚晓月，你一个人在这里干嘛呢？"

尚晓月一抬头，是杨伟在叫她。她赶紧说道："哟，是你啊，新婚之夜不陪夫人，溜出来有事啊？"

"她不是跟你来了吗？"

"哦，对不起对不起，耽误你们的好事了，梦婕刚才回去了。你赶紧走吧。"

"哎，我说都什么年月了，还新婚之夜，You are out（太过时）了。"

"你少跟我神戳戳的，新婚之夜跑出来到处灯儿晃，像个男人吗？"

杨伟支好电动车，取下头盔，走到尚晓月跟前说道："你批评得对，这天不刚黑吗，走吧，我请你喝杯咖啡。"

"最近失眠得厉害，咖啡就免了，谢谢你的好意。"

"那请你去做个SPA，附近有一家很不错，服务生都是些帅哥美女，技法也是超一流的……"

杨伟越说越离谱，尚晓月推着他离开："你赶紧回吧，我有事，正在等人呢！"

"等人？是今天扔你相机那个帅哥吧，又酷又有个性，我很喜欢……"

"走吧！走吧！"

尚晓月强行推着杨伟上了电动车，杨伟骑上车，戴上头盔，临走时又关心地问道："要不要我把手机号码留给你，有事给我打电话？"

尚晓月摆了摆手："不用了，有事我找你老婆。"

"老婆老婆，听着怎么这么别扭啊？"

杨伟不经意的抱怨，弄得尚晓月的心非常的不平静，文梦婕是你的老婆，这是既成的事实，怎么就觉得别扭呢？于是，她叫住了杨伟："你先别走，下来下来！"

杨伟重新支好电动车，笑嘻嘻地走过来："你想好了？愿意去做SPA？"

"SPA，我撕你个头。我问你，你刚才说什么？觉得叫梦婕为老婆别扭，是吗？"

"是啊，你看现在的年轻人，大多喜欢叫自己的爱人'亲爱的'、'媳妇儿'、'太太'、'宝贝'等等，既亲切又甜蜜。即便那些直呼其名的，也让人感觉两人关系不一般。男子之间称自己爱人为'老婆'也比较顺耳，但是如果从一个异性嘴里说出来，就格外别扭，感觉变了味似的。"

"我说新郎官，变不变味我不管，既然你俩走到了一起，就必须心里有对方，时时刻刻为对方负责。你要是有什么花花肠子，我绝对饶不了你。"

"你看你说的，有你们几个闺蜜的严密监督，我有那贼心也没那贼胆啊。"

"实话告诉我，你心里有梦婕吗？"

"有啊，今天我在直播现场都发誓了，你们大家也看见的。"

"那好，你现在就回去，我不希望你的老婆新婚之夜独守洞房。"

"好好好，我这就走，需要我送你一段吗？"

"免了，你该干嘛干嘛，别在我这里耗了，我还有我的事情。"

杨伟叽叽歪歪地走了，尚晓月陷入了迷茫。妹妹、刘星宇、王文帝交集最多的梦幻世界夜总会就在眼前，可是，却无法进入，她不知道自己接下来该怎么办。

三

9 月 13 日，这是尚晓月居家观察的第 3 天。

这一天，尚晓月刚刚醒来就接到一个防疫流调电话。电话那端一个男子字正腔圆地问道："最近，你去不去过云南西双版纳、畹町、瑞丽、芒市和大理？"

尚星月想想："没有去过啊。"

男子："可是，大数据明明显示你的行程去过这些地方，你再好好想想。"

尚晓月认真回忆后说："真的没有去过。"

男子："那你的信息可能出现了一些问题，需要更新一下，要不然你的出行都会受到影响。"

随后男子发来一个链接，尚晓月点开链接并逐项填写个人信息。填写完毕，对方又提示需要提供一个验证码进行验证，正当尚晓月编好验证码准备提交验证时，保洁阿姨从她身边经过将她的手机撞落地上。尚晓月非常生气地拾起手机，厉声呵斥道："你这是干什么，没看见我正在补充个人信息吗？"

保洁阿姨不急不恼，有一搭没一搭地说道："前些天，我有个邻居也接过类似电话，当他提供验证码后，不一会银行信息提示就来了，他银行账户的钱全部被人划走了，现在骗子名堂多得很，小心点好。"

保洁阿姨的好心提醒并没有消除尚晓月心中的怨气，他们这一代人对网络的信任与依赖有时超出了对自己的亲人。她恶狠狠地瞪了保洁阿姨一眼，根据来电回拨过去，电话提示对方已关机。尚晓月这才意识到问题的严重性，自己还未从刘星宇的困局走出来，差点又上一当。

记得文梦婕婚礼的第二天，天刚蒙蒙亮，还在熟睡中的尚晓月被一阵优美动听的《城里的月光》手机铃声振醒，她迷迷糊糊地摸过手机，还没等她讲话，文梦婕的声音就在耳边炸开了："懒婆娘，都几点了，还睡啊？"

尚晓月昏昏沉沉问道："几点了？啊？"

电话里，文梦婕大声吼道："八点了，再不过来就晚了。"

"亲爱的，麻烦帮我带碗碗杂面，多放点辣椒，再放点保宁醋哈。"尚晓月腾的一下从床上弹起，边接电话边洗漱。作为一个空乘人员准时上班很重要，因为乘客登机前他们还有许多准备工作要做，比如所有应急设备、舱门状态、客舱安全设施、卫生间的检查，所有毛毯枕头、餐食、卫生纸、报纸等数量的清点，还有那些贵宾、金卡、白金卡以及特殊旅客的信息，等等。这些琐事看起来简单，但要求很高，不能出一点点差错，否则，就要受到问责处罚，轻则罚款、挨批，重则影响晋级晋职。所以，尚晓月必须以最快的速度赶到机场。

文梦婕坐在机场路边的幺妹重庆小面馆，一边吸溜吸溜地吃着面条，一边调侃道："我勒个去，起这么晚还挺讲究。"

随后，她操着四川话喊道："美女，再来一碗碗杂面，多放点辣椒，再放点醋，加个煎蛋，打包哈。"

美女师傅也用地道的四川话回应道："要得！要得！等哈嗨。"

等待的时间里，邻桌的食客们交头接耳摆龙门阵。文梦婕本身就是个爱凑热闹的人，这种事情当然少不了她，她一边侧着耳朵认真地听着，一边在手机里飞速地搜索。很快一则火爆的新闻就被她大致还原了出来。几天前的一个晚上，一个胖老板带着一个歌厅小姐去宾馆开房，小姐拿出从宾馆带来的饮料，胖老板喝后兽性大发，一遍一遍地折腾小姐，结果胖老板心脏病突发，一命呜呼，小姐被吓得魂不附体，抓起衣服慌忙逃走。

尚晓月到来之后，她添油加醋、绘声绘色地给尚晓月复盘描述了一遍，弄得尚晓月肚子里翻江倒海，刚刚吃进的面条哗啦啦给吐了出来，文梦婕这才收住了话题。

江阳国际机场航站楼空旷的大厅，马舒同身着美丽知性的地勤制服，向往来的乘客露出迷人的微笑。

尚晓月和文梦婕右手拖着空姐专用拉杆箱一路向登机口跑去，两道靓丽的身影，吸引了众多男人热辣的目光。

马舒同见她们狼狈的样子，冲着两人扮了个鬼脸，大声喊道："姐们，加油，看你们的回头率、关注度都快爆表了，哈哈哈……"

尚晓月气喘吁吁地瞪了她一眼，道："敢当众洗涮老娘，看我回来咋个收拾你。"

只见乔健拿着爱心便当屁颠屁颠地跑过来。他是马舒同的狂热追求者，尽管每天费尽心思献殷勤，可马舒同就是对他不感冒，总是不理不睬，动辄还一脸的嫌弃。

乔健将手里的爱心便当放在马舒同面前，笑着说道："马姐，你们前几天的事都上热搜了，很牛掰啊？！"

马舒同故意装出不屑的样子："这么个屁事，至于吗。"

乔健有些急了："当然至于啊，你知道吗？朋友圈都被你们刷屏了。哎，去 Happy 怎么也不叫上我去做保镖呢？都什么情况啊？神神秘秘的！"

马舒同挥手打断乔健的话："滚一边儿去，没看见我在工作吗，到处都是摄像头，你这样会严重影响本小姐光辉形象的。"

看着马舒同趾高气扬的样子，乔健心里就不舒服，酸酸地回应道："是啊，一上热搜说不定你就成网红了，网红就不能卖惨了，要卖气场、卖流量，像搞个直播带货、瘦身代言、人生导师之类的，这才是你未来的人生规划吧。"

提到人生规划，马舒同就不得不多说几句了。因为她发现最近乔健迷上了"剧本杀"游戏，刚开始在线上玩玩也就算了，可是现在却去实景馆玩了，而且一去就是一天，这事令她十分恼火。她借机讥讽道："天天玩'剧本杀'，推理破案，你不当警察就实在是可惜了。"

"玩'剧本杀'怎么啦？感兴趣的话你也可以玩啊，干嘛呀，阴一句阳一句的，太无趣了。"乔健没好气地说道。然后拎着便当转身就要走，马舒同急忙叫住了他："哎哎哎，人可以走，抄手留下，抄手留下！"

乔健装作很不情愿地把便当递到了马舒同的手中，马舒同则回馈他一个媚眼，乔健立马高兴得手舞足蹈，又凑过去想说些什么，结果见马舒同脸色一变，吓得他屁滚尿流，快快地离去。

尚晓月和文梦婕来到机舱门口，按照职责分工，文梦婕负责在门口迎接旅客，尚晓月和另外一名空姐负责为乘客提供其他方面的服务。

乘客落座后，尚晓月开始清点人数，她发现前排还差一名乘客，远远地就听见候机大厅里广播在催促这名乘客登机。听这名字，她觉得有些耳熟，但一时又想不起来这个人究竟是谁。

这时，刘星宇头戴时髦的邓禄普网球帽，眼镜上架着一副帕莎墨镜，胸前依然挂着那只羊脂白玉的和田佛像，身上背着浅灰色帆布旅行包，吹着口哨大摇大摆地走进客舱，见到尚晓月后故意装出很意外的样子，咂咂嘴："啧啧，人生何处不相逢，相逢常在悲催处。"

尚晓月先是一愣，很快就从那似曾相识的声音中回过神来，想起了那个损坏自己手机和相机又不敢担当的无赖，她恨不得立即上前狠狠收拾对方一顿，但此时此刻，她只能保持勉强的微笑，假装不认识："欢迎登机，大叔，您坐哪儿？"

刘星宇没有正面回答尚晓月，而是自言自语地说道："几天不见，我就长了辈分，感觉真好。来，小侄女，帮大爷把行李放上吧。"

刘星宇刚坐下，一个小件行李滑落下来正好砸在他腿上，他捂着大腿大喊大叫："唉哟哟，唉哟哟，疼死我了。"

正在放行李的尚晓月连忙道歉："对不起，对不起，我不是有意的。大叔，您不要紧吧？"

刘星宇直勾勾地看着尚晓月说道："美女，这我可得要提醒你啊，砸到我也就算了，万一砸到个高富帅、白富美或者老爷爷、老奶奶、小朋友之类的，那可就麻烦大了，恐怕卖了你自己都赔不上哟。"

尚晓月连忙附和道："那是那是，您说得对，我一定谨记心上。"

刘星宇摆摆手："去吧去吧！该干嘛干嘛。"

尚晓月再次鞠躬致歉："那就多谢您了，大叔！"

一个身材矮小但十分精悍的年轻人坐在离刘星宇不远的位置上，一直默默地观察着他们，听见尚晓月叫刘星宇大叔，他忍不住扑哧一声，乐了。

尚晓月回到机舱准备区，咬牙切齿，愤怒到极点，十个手指掰得咔咔地响。她狠狠地说道："今天自己送上门来了，休怪我出手太重。"

看着摩拳擦掌、杀气腾腾的尚晓月，文梦婕上前建议道："要不在他餐食里放点泻药？拉死他。"

尚晓月伸出拇指点赞道："行，我看行！"

文梦婕突然收起笑脸，严肃地说道："行什么行，依我看你干脆嫁给他算了，去他家当个尖酸刻薄、心狠手辣的'管家婆'，让他彻彻底底成为一个百依百顺'耙耳朵'，天天吃不饱、穿不暖、睡踏板。"

文梦婕的馊主意让尚晓月忍俊不禁，她打着响指爽快地回应道："Ok！就这么定了。"

尚晓月过来的时候，刘星宇正在座位上闭目养神。她拿着菜单问道："大叔，您想吃点什么？"

刘星宇睁开眼，对尚晓月的称呼明显不满："张口闭口大叔大叔的，我有那么成熟吗？叫先生，懂吗？"

"是，大叔！"看来"大叔"这一称呼尚晓月叫顺了嘴。

刘星宇摇摇头："吃什么你看着办吧，除了面包什么都行。"

尚晓月合上菜单，在刘星宇头顶上狠狠划过："好勒，先生！"

不一会，尚晓月就将精心制作的美食送到刘星宇面前，刘星宇示意她放在小桌板上，尚晓月小心翼翼地放着，然后离去。

刘星宇刚打开餐盒，盒内的雪碧喷涌而出，呲了他一脸。他一边用餐巾纸擦拭着，一边狠狠地按下呼唤铃。

尚晓月应声过来，问道："先生，您有什么事吗？"

刘星宇黑着脸，挥挥手："给我一边凉快去，你的级别太低，去把你们管事的叫过来！"

文梦婕跑过来连声致歉："先生，对不起，对不起啊，餐盘是我准备的，您要批评就批评我吧。"

尚晓月端着餐盘随即离去，看着刘星宇真的火了，两人多少有点忐忑不安。

果然，还没等两人缓过神来，乘务长就将俩人叫到一边，狠狠地教训了一番不说，还责令尚晓月去给乘客道歉，而且态度要端正、内心要诚恳、语气要温柔，直到乘客原谅为止。

这是尚晓月几年的空姐生涯中第一次被领导如此严厉的批评，她极不情愿地走向刘星宇："先生，刚才……对不起啊"。

刘星宇故意摆出的那副得意扬扬、爱答不理的神态，深深地刺痛了尚晓月那颗本来就脆弱得不堪一击的心。

江阳至腾冲的空中距离并不太远，整个航程也就一个多小时。但临近腾冲时常常会有较强的气流和浓雾，所以，飞机从平飞转入下降，往往一头就扎进了深不见底的云雾之中，此时的飞机就像一只断了线的风筝，无助地飘浮在空中。

机舱外，乌云密布，长长的电闪划过长空，沉闷的雷声从远方传来。

飞机忽上忽下，剧烈颠簸，机舱内乘客大呼小叫，惊恐万状。文梦婕一遍一遍地通过机上广播提醒大家系好安定带，不要起身走动。

正在进行客舱服务的尚晓月，因为站立不稳一屁股坐在刘星宇的腿上，慌乱中尚晓月一把抓住刘星宇的手，努力保持身体的平衡，同时抱歉道："哎呀，不好意思，我不是故意的。"

尚晓月丰腴的胴体和特有的体味突然而至，像一剂吗啡让刘星宇的荷尔蒙急速飙升，他心里一阵慌乱，想抽回被尚晓月紧紧抓住的手，但最后还是放弃了这个想法，他的内心稍稍平静后又恢复了犀利的言辞："靠，你总能变着方儿揩哥的油，真是服了你了。"

"哎，我说这位帅哥突发情况，请不要这样自恋好不好？你又不是大明星、富二代，我没有必要觍着脸往上贴吧？"

尚晓月狠狠地甩给刘星宇一句后起身欲走。刘星宇一把将她按在旁边的空座上："坐下坐下，看给你吓得，这么胆小怎么能让乘客安心哟！"

尽管刘星宇的话有些刺耳，但尚晓月心里很明白，他是在提醒自己不是一名普通的乘客，这种情况下她的一举一动都影响着乘客的情绪。她捋了捋头发，扯了扯衣袖，故意表现出轻裘缓带、镇定自若的样子，说道："紧张？我紧张了吗？空中突遇气流颠簸是常有的事，我怎么会紧张呢！"

刘星宇："哟哟哟，看你那脸色，还不紧张啊。好了好了，借这个空闲给你讲讲我的机上遇险记吧。"

尚晓月没有回答刘星宇的话，双眼望着窗外，心不在焉。

刘星宇："五年前，我去哥伦比亚采购祖母绿时，在飞机上遭遇雷电和暴雨，当时窗外电闪雷鸣，一片火海，小小的螺旋桨飞机像大海上的一叶孤舟任凭风浪肆虐，忽上忽下，忽左忽右，随时都可能机毁人亡。同机的人员哭天喊地，纷纷写下遗书，而我却心如止水，表现出一种视死如归的英雄气概。"

讲到关键处刘星宇突然停住了，尚晓月转过头望着他："别停呀，继续吹！这个牛我可以给你打满分。"

刘星宇："你知道一个人面对即将到来的死亡会有什么想法吗？"

尚晓月摇摇头："没有体验过，不知道。"

刘星宇："我告诉你，这个时候你会表达对这个世界的不舍与眷恋，会感叹人生苦短、生命无常，会遗憾没有机会与亲人告别，会在心里对伤害过的人表达歉意，会无比期待奇迹能够出现，会后悔自己选择这次出行。"

"是吗？"尚晓月好奇地问道："那当时你是怎么想的？"

刘星宇："当时，我心想这一辈子就这么 ovey 了，实在太亏了，怎么也得找个伴啊，不能孤单单就去了。正当我懊悔之际，坐我旁边的哥伦比亚大学美女翻译突然一把抱住我，她这一抱令我心跳加剧，呼吸急促，想入非非。"

尚晓月想象着当时的场景，讥笑道："这个还真不能怪你，哥伦比亚美女身材高挑，五官精致而迷人，搁谁也会神魂颠倒、垂涎三尺，更何况是你这种见了美女就走不动道的主儿。往下说，后来呢？"

刘星宇摸了摸胸前的佛像说："嘿嘿，你还真想歪了，那个时候我只想保命，哪还顾得上美女。我左手轻轻地抚摸美女的秀发，尽量安慰她，右手则紧紧握着这个佛像，嘴里念念有词，我相信它会给我带来好运。果不其然，飞机经过一番苦苦挣扎，最后安然无恙，平安落地。"

听完刘星宇的故事，尚晓月称出拇指称赞道："故事编得不错，像好莱坞电影的一个精彩桥段，我觉得你可以去当编剧了。"

对尚晓月的建议，刘星宇显然不满意，他说："仅仅当个编剧就够了吗？"

"哎，你要是觉得埋没了你的才华，可以自编自导自演啊！"

"这个我看可以，我是一个天生的演员，当年差点就报了北京电影学院表演系。"

尚晓月心想，是啊，你当然是个天生的演员，弄坏了人家的手机、相机装得跟没事儿似的，你可真会演！

美丽的腾冲，一望无垠的绿色海洋，起伏连绵、错落有致的傈僳族村寨被郁郁葱葱的树木掩映其间。

紧挨着缅甸的边境小镇，遍布着东南亚风情的竹楼、垂钓长廊、街道小摊上摆满了各种热带水果……，让人恍然置身异国他乡。尤其是阳光下金光灿灿的大金塔，透露着浓浓的佛教氛围，寺里僧众念诵经文的声音虽然不大，但却能撼动人们的心灵。众多信徒们双手合十，低头垂首，十分虔诚。

然而，吸引众多旅客来到这里的却不只是那美丽的风景和神灵的召唤。在这个古朴小镇上，有一个特殊的产业，吸引着全国玉石爱好者，那就是赌石。赌石是珠宝行业术语，翡翠在开采出来时，有一层风化皮包裹着，无法知道其内部的好坏，须切割后才能知道翡翠的质量。翡翠原石切割之前，能不能拿下全靠赌运了。据说，以前此种行为不叫赌石，叫"赌行"。赌石的学问渊博，门道很多，仅书本上的理论知识还不行，一个成熟的赌石大师必须具备三个条件：一是雄厚的资金基础，二是足够的冒险精神，三是丰富的实战经验。尽管赌石风险很大，但一夜暴富的神话，仍吸引不少冒险家前来一试身手。当然，在这里瞬间倾家荡产的也不在少数。

寨子中间是有名的珠宝一条街，街道两侧分布着琳琅满目的玉器店，每家店门口都摆放着翡翠原石以及切石机、磨轮等设备。来自世界各国不同肤色、不同语言的商人在这里选货、看货、砍价、成交，个个忙得不亦乐乎。

刘星宇东瞧瞧西转转，最终走进了一间店堂较大的玉石商店。他刚进门，店老板就迎了上来："先生，你要哪样？我这里货品很全，高中低档样样有。"

刘星宇："有原石吗？"

店老板指着地上的一堆石头说道："有啊，缅甸各个场口的都有，您喜欢哪里的？"

刘星宇拿出强光手电和一把自制的铁刷蹲在地上，在原石堆里挑挑选选，一会照照这个，一会看看那个，一会欣喜，一会摇头。

店老板见他半天不语，便去招呼其他客人了。

一个30来岁、满脸络腮胡的顾客拿起一块石头："老板，你看这块怎么样？"

店老板用手电在石头表现照了照："先生，您好眼力哟，您手上这块是帕敢老坑的，出绿率很高。要不要试试手气？"

络腮胡接过店老板的手电，认真地照了照："价格呢？"

店老板："这个价格都好讲，你看哈，我进价6万，如果你成心想要的话，我一分钱不赚，成本价你拿走。"

络腮胡摇了摇头说："太贵了。"

店老板拿起石头说道："还贵？你自己看看，这一块多好，刚擦了个窗口就出绿了，水头和颜色应该都不差，6万已经是萝卜价了，要是前几年，60万我也不见得给你。"

络腮胡一幅漫不经心的样子，淡淡地回应道："过去是过去，现在生意不好做，大行情摆在那里，玩这个东西的人少了，我看呐，顶多3万。"

店老板戚着眉头想了一会，咬咬牙说道："老话说得好，识货者分文不取，不识货者千金不卖。今天，我还没有开张呢，就想图个彩头，既然你成心想要，4万就4万，您看是现金还是银行卡？"

络腮胡拿出手机说道："支付宝。"

店老板指了指墙上的二维码说："好好好。您要不要现场解开看看？"

络腮胡大手一挥："解！"

一个瘦高个的广东老板急了，急吼道："35万，都别跟我争了。"

"有没有加价的？还有没有加价的？35万第一次，35万第二次，35万第三次。"络腮胡环顾四周，见无人回应，他打了漂亮的响指，说道："OK！我现在就将这块石头转让给这位广东兄弟了。"

广东老板激动之情溢于言表，回答道："好吖，杀你（成交）！杀你（成交）！"

店主转向广东老板说："那我继续切了？"

广东老板满眼期待地说："切！切！"

这一场面精彩、刺激、激烈，男人的雄性全在这短暂的交锋中展现。一边默默观战的刘星宇掏出手机对准切机录像，他要把这激动人心的时刻完美地记录下来，以便学习借鉴。

突然，石头中间冒出一股青烟，粉末状的物质从石头缝中流出。

广东老板愣了，问道："我妖（我靠），你老母乜嘢情况（这都他妈什么情况啊）？"

一个云南本地人看热闹不嫌事大，火上浇油地高声吼道："老板你发大财了，这是白粉，它可比玉石值钱多了。"

广东老板捧起白色粉末物，恶狠狠地抹在云南人脸上，用很不标准的普通话骂道："你妈妈的，你喜欢老子免费让你吸，嗨死你算逑了！"

告别喧嚣嘈杂的赌石现场，刘星宇按照手机上的导航指引走进另一家玉石商店，店主是一个面色黝黑、单薄瘦小的中年男子，见有人进门，便用当地话向他打招呼："老板，你要哪样？"

刘星宇走到店主面前，自我介绍道："老板，您好！我是江阳王哥的朋友，听说你这儿货最全，特意慕名前来看看。"

"哦哦，是王哥的朋友啊，贵宾啊，来来来，先坐下喝点茶。你喜欢喝哪样？"听说是王文帝的朋友，店主非常热情。

刘星宇坐在茶台旁边的木墩子上，客气道："随便吧，我没有那么多的讲究。"

店主从摆满了茶叶的架子上挑出一饼递给刘星宇："你看这个怎么样？"

刘星宇接过茶叶仔细看了看，又闻了闻，说道："西双版纳倚邦'猫耳朵'"。

店主："是呢，是呢。"

刘星宇接着说道："它虽然不如'夕归'、'老班章'名气大，但'猫耳朵'苦涩味低，回甘生津快，香气清幽，茶汤饱满，且不挂喉。"

店主一听就知道刘星宇是个行家，佩服地夸赞道："您很专业，是个品茶高手。'猫耳朵'是倚邦中小叶茶的变异，刚出现不久，你竟然研究这么深入，实在是佩服佩服啊！"

刘星宇将手中的茶饼还给店主，笑笑道："哪里呀，我仅了解些皮毛，再深的知识我也不清楚。"

店主边沏茶边说道："倚邦小叶种很多，但是小到猫耳朵这种级别的茶级实在太少了，有的古茶园甚至找不到一棵，所以，价格也是水涨船高。今天，我就让你好好品尝品尝！"

刘星宇道："那就多谢了。其实，茶无上品，适口而珍。"

店主附和道："是啊，这茶就跟玉石一样，适合自己的才是最好的。"

见店主主动提到玉石，刘星宇便顺着他的话问道："哎，我冒昧地问一句，您的货都是什么场口的呀？"

店主："王哥没跟您讲吗，我这里主要是帕岗和南莫的。"

刘星宇看着店主熟练的沏茶功夫，慢条斯理地说道："帕岗、南莫的货好是好，就是价格有点高。现在呢，玉器市场不太景气，中低端的好出货，高档的销路不太理想啊。"

"是啊是啊，今非昔比，今非昔比。"店主将茶杯递到刘星宇面前，颇有同感地叹息道，尔后又问刘星宇："那您想要哪个场口的，我帮您找找？"

刘星宇将茶杯放在鼻子前闻了闻，又喝了一口，才说道："那就麻烦您看看有没有龙肯场的。"

店主扬起头，努力回忆着，半晌才说："龙肯场的，前些年进了点货，都扔在家里了，不晓得现在还能不能找到。"

刘星宇笑笑，连连赞叹好茶，随后缓缓站起来："要是这样的话，那就不麻烦您了，我再去别家看看。"

见刘星宇要走，店主也跟着站了起来，表示可以带他去家里找一找。

刘星宇露出很不情愿的样子，勉强地说："嗯——那也行吧。你家在哪里，多远不啊，我的时间有点紧。"

店主赶紧说："不远，四十多分钟就到了。"

刘星宇跟随店主上了一辆密封得严严实实的货车。

这辆货车比较特别，车厢四周围上了一层军绿色的篷布，里面放着小凳子，刘星宇坐下后，用力抓住车篷，眼前漆黑一片，不时有刺鼻的灰尘飞进来。

刘星宇半开玩笑地问道："老哥，咱们这是去哪里呀，这暴土扬长，弄得像上战场似的。"

店主抱歉地说："不好意思，让你受委屈了，这是乡村公路，灰尘大，所以得遮严实点。一会就到了，再忍忍。"

车子颠颠簸簸行驶在乡村公路上，穿过杂乱低矮的房屋和一片森林，停在一栋偏僻的农家院子前。

走下车，刘星宇揉揉眼睛，刚想迈步，两条凶猛的大狼狗龇牙咧嘴、鼓起铜铃一般的眼睛就向他扑来，他迅速侧身躲闪，左手拿着背包挡在前面，同时飞起右脚正准备踢向狼狗时，店老板大声呵斥一声，两条狼狗才停止了攻击，耷拉着耳朵灰溜溜地走开了。

店老板用手擦了擦红木板凳上面的灰尘，不好意思地说："老房子，平日没怎么打理，不要嫌弃啊。您，在这儿稍等等，我进屋去找找。"

刘星宇点点头："好的，您忙吧！"店主进屋后，刘星宇这才仔细打量起这个外观有些破败的院落。青黑色的瓦片上长出了一丛一丛的青草，铁门已经生锈，四周的高墙上荆棘横生，防盗铁丝网被掩藏其中，整个院子落寞冷清中，还有种阴森森的气息。

就在刘星宇胡思乱想之际，一阵阵叫喊声从院子东头的房子里传来，他寻着声音走过去想探个究竟，突然房门打开了，一个满脸油彩的老年妇女举着怪模怪样的"皮影"走了出来，细声细气地问道："想看戏啊？进来吧，干嘛偷偷摸摸的。"

刘星宇迅速扫了一眼房内，几个同样满脸油彩的老年男女举着《封神榜》中的人物造型"皮影"走来走去。他连连摆了摆手说："不了不了，谢谢您。"

这时，店主抱着石头走了过来，刚好与老年妇女打了个照面，老年妇女也没再说什么，回手重重地关上了房门。

店主见刘星宇对"皮影戏"感兴趣，便说道："这里原来是玉石加工的地方，这年头生意不好做，存货太多，资金回笼压力大，我干脆就把玉石加工厂停了，租给村皮影戏堂当训练场地了。你可能听说过，我们腾冲的皮影戏全国有名，旅游团体经常请他们去表演，生意可比我的玉石买卖强多了。"

刘星宇笑笑道："您到底是生意人，善于抓住机会，转危为机，实在令人佩服啊！"

"唉，有什么办法呢，养家糊口，赚一点是一点，活下去最重要。"店主把石头放到刘星宇面前："您看看，这皮壳、这翻沙，表现都不错，种也很老。"

刘星宇拿着专用手电，从不同角度进行探看。

店主继续眉飞色舞地说道："你也知道，南方看色，北方看种，这块料要色有色，要种有种，买到就是赚到。老板，要不要解开看看？"

刘星宇摆摆手说："这个我懂，不过你也知道，色差一等，价差十倍；水多一分，银增十两。你认真看看，这块料色尽在表皮，就怕里面没有表现，是典型的蒙头料。更要命的是，这条裂纹也是往里走的，我就担心做不了大件，浪费太多。"

店主回答说："浪费肯定是有些，但只要能做出一两件像样的小件，就赔不了。"

刘星宇想了想："好吧好吧，听人劝吃饱饭，包上包上。哎，老板还有吗？我还要帮王哥挑一块。"

店主拿出一个盒子边往里放石头边说道："你放心吧，他要的那块我早准备好了，也是龙肯场的。"

此时，院墙外传来一声闷响，两条狼狗狂叫着扑向门外，店主抄起木棍追了出去。

刘星宇迅速抱起石头准备离开，他忽然感觉有些不对头，总觉得会有什么大事发生，于是他放石头也追了出去。

不远处的树丛里，店主和两条狼狗正围着一个戴着墨镜和太阳帽的人大吼大叫，那人面对两条狂吠不止的狼狗，双手抱肩缩成一团，早已魂飞魄散，不知所措。

刘星宇走近一看，吓了一大跳，这个打扮怪异的家伙竟然是尚晓月。他一把拉起她，并紧紧地搂在怀里，厉声训斥道："我都跟你说过多少次了，不要跟踪我，我真的是在跑玉石生意，你总不相信，你看这多危险！"

刘星宇的强行拥抱让尚晓月非常生气，她强烈抗拒，可是越是拼命挣脱刘星宇搂得越紧。

见此情景，店主已经明白是咋回事了，有些不自在地说道："这深山老林的很危险，打个电话我派人来接多好，干嘛非要冒险呢？这要是出了什么意外，我怎么向王总交代哟！"

刘星宇："接什么接，想来直接跟我就行了。她啊，就是不信任我，真他妈欠揍。"

店主："老弟，你可不要身在福中不知福哟，有这么漂亮的女人惦记着，还有什么不知足的。走走走，去家里干点饭吃。弟妹，你想干点什么，我去整。"

尚晓月使劲挣扎出来，恶狠狠看着刘星宇和店主，嘴里重重地蹦出三个字："想——吃——人——！"

店主哈哈大笑，指着刘星宇说："这我就帮不上你了，恐怕只有你让她好好吃一顿才能解气哟。"

刘星宇放低声音稍稍说道："吃人都在夜里，那有大白天吃的？让人笑话不是。"

"吃你个铲铲！"尚晓月气得狠狠给刘星宇一记耳光，然后转身就跑。

店主刚想去追，就被刘星宇拦住了："老哥，你就别管了，这个女人平时辣椒吃多了，火气大，脾气暴。"

店主调戏道："哎，越辣越刺激嘛。"

刘星宇笑笑："这是我们江阳男人喜欢的口味，真没想到你也喜欢这一口。"

店主说："兄弟，不只是我们喜欢，估计地球上的男人都喜欢，哈哈哈！"

两人说笑着朝院子里走去。

逃离小院，尚晓月带着极度的失望和对刘星宇的满腔怒火，拼命往森林里奔跑。荆棘划破了她的衣裤，双手和双脚留下了道道血印，她全然不顾，直到眼前突然出现的悬崖，她才本能地紧紧抱着一棵大树，停在了悬崖边。

望着深不见底的山谷，她忍不住失声痛哭起来。多日积攒的对妹妹的担忧和对刘星宇的怨恨顿时化作了辛酸的泪水，顺着脸颊往下淌。她觉得自己太委屈了，太无助了，她真想松开双手，纵身一跳，一了百了。

可是，想着生死未卜的妹妹和病重在家的母亲，她不能这样轻易地走了，如果真是那样，既是弱者的表现，更是对亲情的背叛和对自己生命的不敬，她必须活着，而且是健健康康、快快乐乐、认认真真、面带微笑地活着。

初入这片原始森林，各种千姿百态的古木奇树映入眼帘，令尚晓月目不暇接。特别是那高耸入云的参天大树，雄霸一方的独木成林，号称"小姐傍大款"的绞杀树，以及附生在地面根上的蕨、地衣、苔藓、兰花等植物散发出的原始森林特有的泥腥味、潮湿味和花香味，让她第一次体验到了原始森林的博大与幽深。

然而，往森林里刚走了一阵之后，眼前的景色全然一变，高高挺立的树木如同一把利剑，直插云霄，把蔚蓝的天空遮了个严严实实。微风过去，森林发出簌簌的响声，间或传来的几声兽叫鸟鸣，令人毛骨悚然。突然，前方树上的鸟儿"扑棱棱"纷纷惊起。凭直觉，这些鸟儿一定是被什么怪物吓着了，她胆战心惊，四处张望，看见不远处一条巨型蟒蛇吐着"嘶嘶"长信子，正缓缓爬行，所到之处，树木交错断裂，一片狼藉。

尚晓月见状，当即被吓得魂飞魄散，拔腿就跑。地面上，潮湿的树叶层和腐烂的木头又滑又软，她多次跌倒，又多次爬起来继续奔跑，一直跑到腿脚无力，气喘吁吁。

越是森深处，越是阴森可怕。没有阳光，没有路径，不借助导航设备，根本无法辨识方向。而且，大量的蚊虫在周围飞舞，脚下还有毒蛇一类的物种伺机而动。

尚晓月心想，这下子可真的完蛋了。妹妹没有找到，自己八成也会葬身于此，而且无人知晓。等到若干年后被人们发现时，恐怕自己已经是一堆白骨，估计公安机关甚至连自己的身份信息都无从查起。唉，人生最大的悲哀莫过如此。早知今日，何必较真任性呢。

绝望中的尚晓月突然联想到了刘星宇，简直是个扫把星！没有他，自己能落到这个地步吗？这是他欠下自己的又一笔血债，必须让他加倍偿还，否则，死不瞑目。

想到这些，她活下去的动力和勇气倍增。可是，屋漏偏逢连夜雨，船迟又遇打头风，一摸衣兜手机却不见了踪影，可能是在奔跑的过程中丢失了。顿时，她感到一种前所未有的恐惧与绝望。

天呐，这可怎么办啊！我的运气怎么这么差，难道这就是命吗？

一道闪电划过森林的上空，伴随着巨大的雷鸣声，骤然而降的雨点又急又密，打得树叶啪啪作响。

尚晓月迅速脱下外衣高高地举在头顶上方挡雨，这时她发现外衣内侧贴着一张不干纸条，上面规规正正写着野外迷路辨识方向的方法。

是谁？什么时候贴上去的？尚晓月想起了刘星宇在小院紧紧抱着自己的一幕，她想应该是他。可问题是，他为什么要写下这些东西并偷偷贴在自己的衣服上？难道他早已预知自己会闯入这片森林并且遇到危险吗？如果真是这样，那么眼前发生的一切与他又有什么关系？莫非这一切都是他精心设计的？尚晓月细思极恐，突然意识到刘星宇这个人实在是太可怕了。然而不管怎么说，现在这张纸条已成为她唯一的救命稻草。

纸条上说，森林迷路辨识方向基本方法有五种：

一、可以找到一棵树桩观察，年轮宽面是南方。

二、还是找到一棵树，其南侧的枝叶茂盛而北侧的则稀疏。

三、观察蚂蚁的洞穴，洞口大都是朝南的。

四、在岩石众多的地方，可以找一块醒目的岩石来观察，岩石上布满青苔的一面是北侧，干燥光秃的一面为南侧。

五、利用手表来辨识方向，你所处的时间除以 2，再把所得的商数对准太阳，表盘上 12 所指的方向就是北方。

这些方法看似简单实用，而对深陷于密林中的尚晓月来说就没有那么简单了。她既找不到树桩、蚂蚁洞穴、裸露的岩石和手表，更不可能分辨出枝叶的稀疏情况。

68

绝望之中，尚晓月将手里的纸条用力贴在树干上，双手合十，低头祈祷。天要灭我我不愿，我命由我不由天。

　　山中的雨来得快也去得快，天很快就放晴了，不远处传来巨大的山洪声，尚晓月脑海里突然灵光一闪，兴奋地跳起来："有救了。"

　　原来，她想起了一部电影，这部电影讲述的是一位外国生物学家丛林求生的故事。她记得这位生物学家说过，在丛林里迷了路，最重要的是要找到河流，只要沿着河流的下游走，一般是可以找到房屋的。因为在原始森林里河流本身也是交通线路，沿着河流走，河水也能提供水源，至少不会因为长时间找不到水源而渴死。

　　于是，尚晓月深一脚浅一脚，循着淙淙水声，沿低矮处一直往下走。经过七八个小时的披荆斩棘，天黑之前她终于跌跌撞撞走出森林来到一条河边，而且还很幸运地找到了一只小木船。

　　更让她惊喜的是，离小木船不远处是一个小木屋。走进木屋，室空无一人，只有一张脏兮兮的硬板床，显然很久没有人来过了。

　　此时的尚晓月又饿又乏，她决定在这里休息休息养足精神再说。

　　她刚刚躺下，门外就"呼呼呼"传来一阵密集的枪声，尚晓月"腾"的一下翻身起床，蹑手蹑脚贴在门后，从门缝往外探去，只见几个外国士兵端着自动步枪边射击边向木屋方向跑来，子弹"嗖嗖"穿透木屋，呼啸而过，尚晓月吓得蹲在地上，双手捂着耳朵直喊救命。

　　正在这紧要关头，刘星宇破门而入一把拽着尚晓月冲出木屋，然后一头扎进河里，拼命游向对岸。射向他们的子弹，在水面上溅起一串串水泡。

　　一上岸，刘星宇拖着尚晓月迅速钻进一片丛林，紧跑一段后才停住脚步。

　　全身湿透的尚晓月脸色苍白，惊魂未定。

　　刘星宇喘着粗气，从背包里拿出一个用塑料袋裹得严严实实的小包，扔给尚晓月，说道："里面是干净的衣服，你赶紧换上，我们必须尽快离开这个地方，要不然又会有麻烦了。"

本来就惊魂未定的尚晓月，一听有麻烦，她立刻紧紧地攥着刘星宇的手，生怕他丢下自己不管。央求道："不行不行，你不能丢下我不管，要走咱们一起走。"

刘星宇拍拍尚晓月的后背："刚才小木屋的另一边就是缅甸地盘，我猜想听到枪声后，我们的边防人员很快就会赶到，再不走，恐怕我俩谁也救不了谁。"

尚晓月猛地推开刘星宇，撇撇嘴说道："不骗人你会死啊？"

刘星宇莫名其妙："我怎么骗你了？啊，请说清楚。"

尚晓月指了指河对岸说："我从那个倒霉的小院子里逃出来，穿过一片森林，小木屋另一边怎么就成了缅甸的地盘了？这不是骗人是什么？"

看来，尚晓月对中缅边境情况一无所知。刘星宇指指一棵大树说道："哎，你在树后边把衣服换上，借这个机会我顺便给你介绍介绍中缅边境地区的情况。"

尚晓月拿着衣服有些难为情，本想拒绝，但转念一想自己身上衣服被刮破多处，现在又湿答答的贴在身上，确实狼狈得不成体统。于是，她乖乖地躲在大树后面换更衣服。

听着树后窸窸窣窣的声音，刘星宇心潮起伏，呼吸急促，他极力压制一点就着的欲望之火。仰望着彩云飘过的天空，他缓缓地说道："中缅边境地区极其特殊，有的边境线仅以竹棚、村道、水沟、土埂为界，双方的田地犬牙交错，你中有我，我中有你。一村两国、一家两国、一房两国都是存在的，你左脚在中国，说不定右脚放下去就是缅甸地盘了。所以，中国的瓜藤爬到缅甸去结果，缅甸的母鸡到中国来下蛋，就见惯不怪了。

尚晓月对刘星宇的介绍兴致盎然，她隔着树干问道："照你这么说，如果在分界线上搭一个秋千的话，一天荡来荡去要出国 N 次喽？"

刘星宇："是啊。据说在瑞丽有一个傣族农民，他家院子中间的芒果树下立着一块界碑，将他院子一分为二。他家的厨房、卫生间在中国，而客厅、卧室却在缅甸。一家每天吃喝拉撒睡，分别在不同的国家进行……"

正说着，远处传来一阵汽车马达声，一辆中国边防巡逻车向着他们疾驶而来。

刘星宇指了指身后方的一条小径，对尚晓月说道："你快走吧，不然就来不及了。记住径直往前走，大约一公里处就有一个村庄，只要到了那里，你就安全了，明天飞机上不见不散。"说完，他钻出丛林迎着巡逻车而去。

望着刘星宇远去的身影，尚晓月张大嘴巴想说点什么，但一时又不知说什么好，只好怔怔地目送他远去。

滇西的秋天已经过了多雨的时节。然而，这天还是明显有些闷热，黑压压的天幕预示着又一场暴风雨的到来。

腾冲机场一架即将飞往江阳的银燕航空公司客机登机口，尚晓月双手交叉合于腹部，微笑着迎接每一位客人。机舱广播一阵阵传来文梦婕温柔、甜美的声音：

女士们、先生们：

早上好！欢迎您乘坐银燕航空公司的 JM626 航班前往江阳。

进入客舱的旅客请注意，您的座位号码位于行李架上方，请您对号入座……

眼看着一位位旅客在自己的位置上坐下，尚晓月那精致的脸庞充满了焦虑与不安。候机大厅的广播不停地催促刘星宇登机，尚晓月木呆呆地杵在登机口，紧紧地盯着廊桥通道，迟迟不愿关闭机舱门。

文梦婕踩着一双高跟鞋快步跑过来捅了捅她，说："哎，八成人家爽约了。我说亲爱的，男女那点事儿千万别认真，一认真你就输了"。

"说什么呢？谁认真了，他是谁啊，你可真是。"对文梦婕的警告尚晓月虽然嘴上极力反驳，但劫后重生的她，深陷于无措与对刘星宇难以名状

71

的迷乱之中。她捉摸不透刘星宇究竟是个什么样的人？最初玩世不恭浪荡老板的印象，此时多了几分不一样的情愫。特别是昨天在小院外强拥着自己时宽厚紧实的胸膛和健硕有力的臂膀，还有他身上特有的男性味道，让她感到窒息般的压抑，既有点委屈想哭，又有点心慌想逃。

就在这时，乘务长走过来吼道："尚晓月，你还在磨蹭什么？所有的乘客都在盯着我们，赶紧关闭机舱门，回到位置上去！"

尚晓月本想解释什么，但看到乘务长犀利的眼神，她赶紧答应了一声，然后极不情愿地将机舱门关闭。

塔台指令传来，廊桥撤离。机长娴熟地操作操纵杆，启动双发，并在地勤人员旗语的引导下掉转庞大的机体，快速滑向跑道，等待起飞。

发动机的轰鸣声越来越大，整个飞机犹如拉满弓的箭，一触即发。

尚晓月瘫坐在空姐座位上脑子里一片空白，她担心昨天刘星宇出了什么意外，心里一直惴惴不安，感觉整个世界都要崩溃了。

突然，发动机的轰鸣声戛然而止，飞机重新驶回停机坪，一辆黑色轿车和机场客梯车急驶而来。

一定有什么紧急情况，要不机长不会这样处理。尚晓月的心一下子提了起来，这种情况在她几年的空姐生涯中是极其少见的。她想，要不是飞机机械出了问题，或者沿途天气突变，要不就是有重要的客人临时登机。

机舱门打开后，刘星宇和一个年纪轻轻的女孩子走进机舱。刘星宇与尚晓月互对视一下后就直奔自己的座位。

刘星宇的出现，给尚晓月带来的不只是心安，还有激动。看着一日不见的刘星宇，她心跳加速，紧张不安，耳朵、脸颊瞬间像炭烤般滚烫。

刘星宇先是将自己的行李放在行李架上，随后又十分体贴地帮着邻座的女孩子放行李。

机舱门再次关闭，等待重新推出。

由于是支线机场，客机的起飞时间往往受目的地机场的天气和流量影响较大。长时间的等待部分乘客开始烦躁不安。一名中年男子忍不住质问尚晓月："妹儿，这个飞机来来回回折腾了快两个小时了，还要等好久，有没有个准信？莫要把我们当猴耍嘛。要不然，打开机舱门，让我下去抽根烟。"

尚晓月平时最头疼的就是这类乘客，要求很多，稍不满足就怪话连天。她上前安抚道："大叔，机长正与塔台联系，估计很快就能起飞。您要不要来点饮料？"

中年男子霍地站起来，操作浓重的四川话吼道："妹儿，不要拿饮料来哄我，赶紧起飞，我要回江阳烫火锅！烫火锅！听清楚没得？"

一个中年妇女嫌中年男子话多，跟着就杠上了："个瓜兮兮、哈搓搓的，这么大岁数的人了，你在这里冒啥子皮皮嘛，私人飞机不用等，你有吗？"

中年男子看有人搭话，马上回敬道："哎，我说老太婆，你要爪子嘛，愣是吃饱了没得事了迈？"

听见中年男子称自己为老太婆，中年妇女不干了，她"嚯"的一下站了起来，双手叉腰不依不饶地说道："个龟儿子，你啷个楞个耶？"中年男子反问："我啷个楞个了嘛？"

中年妇女："你啷个没楞个啷个嘛。"

这段话的结构大致相当于：

"你咋这么无理取闹？"

"我哪里无理取闹？"

"你哪里没无理取闹！？"

江阳话软起来像山间的雾，杠起来像沸腾的火锅，外地人听起来，场面热闹又好笑。

尚晓月努力保持着职业的微笑，再三解释道："大叔，阿姨，真的很抱歉，请你们坐下耐心等待一下，吵吵闹闹影响其他乘客休息！"

中年男子发了几句牢骚，被中年妇女劈头盖脸抢白一顿，正窝着一肚子火，恰好尚晓月撞在火头上，便将火气全部洒在了尚晓月身上，他气势汹汹地吼道："妹儿，莫要骗人嘞，前面好几架飞机都飞了，你硬是以为我们好哄吗？"

刘星宇实在看不过中年男子无理取闹，起身轻轻拍了拍他的肩膀："哎，我说这位老哥消消火，这个妹儿也不容易，人家男朋友在江阳国际机场等半天了，她都不着急我们急啥子嘛。"

"是啊，人家的女朋友也在这架飞机上，所以他才不急呢。"看着刘星宇旁边年龄跟自己妹妹差不多的小女孩，尚晓月心里就来气。心说：都多大岁数的人了，招惹小姑娘干什么，就不害怕人家粘上你呀！但转念又想，自己和刘星宇仅仅萍水相逢，谈不上有多深的友谊，人家爱找谁找谁，管得着吗？说是这么说，然而，她眼睛的视线、余光总是自觉不自觉地追逐着刘星宇的一举一动。

中年男子看看刘星宇，又看看尚晓月，有点头大，指着刘星宇和尚晓月说道："嘀嘀，我终于明白了，你们两个是一伙的，一唱一和的联合起来骗我。"

刘星宇旁边那个女孩站起来，拉着刘星宇的衣袖，用一口正宗的四川话悄声道："哥哥，坐下嘛，吵吵闹闹的好烦人啰。"

尚晓月狠狠瞪了刘星宇一眼，低声说道："你就这样作吧。"

刘星宇坏坏地笑了笑，故意调侃道："哎哎，我怎么作了，请把话说清楚。"

尚晓月冲着女孩和善地笑笑，然后转身离去。

刘星宇："有病，早上起来没吃药，活该被狗咬。"

刚坐回空乘位，呼唤铃就响起，尚晓月再次走到刘星宇身边："先生，您有什么需要帮助的吗？"

刘星宇指了指身边的女孩："不是我，是她。"

尚晓月转向女孩："请问，小妹你有什么需要帮助的吗？"

女孩顾不上理会尚晓月，对着垃圾袋一个劲干呕。刘星宇示意尚晓月帮帮忙。

尚晓月似乎明白了什么，她一边轻轻地拍着女孩的背，一边对刘星宇说道："啧啧，这就是您的不对了，人家小小年纪都被你整成这个样子，还不心疼心疼人家？"

听尚晓月阴阳怪气的话，刘星宇就不高兴了："哎，请你把话说清楚，都几个意思啊？都哪样了啊？"

几个意思？都哪样了？这还用我说吗，装什么装？尚晓月没好气地："您看您看，把您给急的，盐打那儿咸，醋打那儿酸，你自己还不清楚啊？大叔，我可都是为了您好。小姐，我给您倒杯温水吧？"

女孩挥挥手，有些不耐烦。

尚晓月起身说："那就我不打扰二位了，有什么需要的话，请随时呼唤！"

回到机舱准备区尚晓月伸开手掌不停地在自己脸前扇着，自言自语道："真是活久见，都这么大岁数的人了，竟然把一个小姑娘的肚子给搞大了，简直太没底线了，什么人呐。"

正在一旁准备茶水的文梦婕看出了异样，忙问道："晓月，怎么啦，谁招惹你了？"

尚晓月指了指客舱，道："呶，看见没？一对狗男女。"

透过门帘，文梦婕看见女孩子把头靠在了刘星宇肩头上，她顿时恍然大悟："我说你怎么这么大的脾气呢，原来是吃醋了。"

尚晓月一脸的不屑，恶狠狠地诅咒道："喜欢江里浪，迟早被淹死！"

文梦婕看着尚晓月一双转个不停地大眼睛，问道："你不会是看上他了吧？"

尚晓月没有正面回答，只是"呵呵呵"一个劲地冷笑着，到底什么意思，恐怕只有她本人才知道。

是啊，这个刚认识没几天的刘星宇，除了几次离奇的、误会与交集外，尚晓月对他可以说是一无所知，严格地讲还是个陌生人才对。

　　但，这个人确实让她的感情起了些许不平常的波澜。

　　按理说，他跟什么人在一起，干什么，有什么关系，关自己什么事？可为什么自己看到他和这个女孩在一起的时候，就感觉浑身的不舒服呢。这不是吃醋，又是什么？

　　就在这个时候，飞机推出滑向跑道，随着发动机的轰鸣声越来越响，飞机呼啸着冲上蓝天。

　　飞机钻出云层刚刚进入平飞状态，女孩面色惨白，大汗淋漓，软面条般斜靠在刘星宇肩头不停地呻吟道："难受！我好难受啊！"

　　刘星宇急忙按了呼唤铃。

　　尚晓月急急地走过来，她以为刘星宇又在无事生非，十分不耐烦地问道："你又怎么了？"

　　刘星宇一边用纸巾擦拭女孩额头上的汗水一边说道："这孩子病得不轻，你看这汗水流的。"

　　牛什么牛，自己有本事整事自己处理就完了，明明做错了事情还理直气壮成这样。看刘星宇这个态度，尚晓月有些上火，她冷冷地说道："像她这种情况很正常啊，有什么大惊小怪的？真是少见多怪。"

　　尚晓月的回答刘星宇显然不满意，他抬头问道："你怎么这么冷血？都这样了，还正常呐？"

　　尚晓月左右瞧瞧，然后凑向刘星宇低声耳语道："就知道凶，凶什么凶啊！"

　　尚晓月的刺激彻底点燃了刘星宇心中的怒火，他起身刚想怼尚晓月几句，可立马又软了下来，抱拳拱手道："妹儿，对不起，刚才是我的态度不好，您就大人大量！赶紧想想办法吧，不然就要出大事了，人命关天哪！"

　　尚晓月再次凑向刘星宇悄声说道："少爷，看来你真的不懂，怀孕初期，孕吐是正常的现象，不要过分担心。"

"给我一边去！呕吐就是怀孕啊？男人喝多了酒还吐呢，也是怀孕了？你可真是！"刘星宇一把推开尚晓月："你是不是还怀疑她的呕吐与我有关系？"

"喷，都靠在一起了还没关系呀？"尚晓月终于直截了当说出了压抑已久的心里话。

"坐在一起就有关系啊？想什么呢你？"刘星宇感觉尚晓月误会了自己，冷笑道。

刘星宇的反问让尚晓月一时无言以对，她旋即转身离去，可刚走几步又转身回来，用手摸了摸女孩的额头，突然有种不祥的预感，她立马将相关情况报告给了乘务长。

女士们、先生们：

现在机上有一位病人，你们当中有哪一位是医生或者护士，请马上与乘务员联系。谢谢合作！

在文梦婕的求医广播下，几个热心的乘客拿着随身携带的速效救心丸、硝酸甘油、藿香正气水等急救药物过来，尚晓月一一谢过。

此时女孩的情况越来越糟糕，她双手捂着肚子，像条垂死的鱼儿张大嘴巴拼命地喘着气，尚晓月把手里的药物递给刘星宇："看来，本次航班上没有医生和护士，这些急救药要不要先给她用上？"

还没等刘星宇回答，女孩闭着双眼摇摇头，有气无力地说道："不吃药，不喝水，走——开——，走——开——。"说完，她又继续斜靠在刘星宇的肩头上。

尚晓月、刘星宇相互对望着，不知所措。过了好一会，刘星宇才问道："还有多久到江阳？"

尚晓月看了看手表："很快了，飞机马上就要下降了。"

"那就好。我看这样，我帮她掐掐人中缓解一会，你们赶紧跟地面联系，做好急救的准备。这些药，我看先不用了，也不知道她到底是什么情况，用错了反而麻烦。你看呢？"

看着刘星宇真诚的样子，尚晓月倒有点不好意思了："那就按您说的办，我马上去报告！"

刘星宇歪着头咧着嘴，冲着尚晓月笑了笑，尚晓月也回以浅浅的一笑。

飞机倾斜着在南山大金佛上空拐了个弯，机翼下是密密麻麻、错落有致的高楼大厦，江阳到了。

飞机后轮着地、前轮着地、快速滑行、减速收住、拐弯、驶向停机坪，整个过程一气呵成。

一辆 120 急救车闪着灯早早等在廊桥下。

飞机停稳后，几个穿着白大褂的医护人员带着担架迅速上来，把女孩抬下了飞机。

女孩总算有救了，刘星宇终于舒了口气，竖起右手食指和中指，做出胜利的手语："妥妥的，OK！"

刘星宇得意扬扬拿着行李准备下飞机，尚晓月故意挡在前面，刘星宇有些不解地看着尚晓月："请问小姐还有别的事吗？"

尚晓月摇摇头，竖起食指比画着说："我与你之间没有。但是呢，作为本航班的空乘，我还是要向你表示真诚的谢意。如果你不介意的话，我可以建议公司领导给你们单位去封感谢信……"

还未等尚晓月说完，刘星宇就打断了她的话："感谢信就算了，我这个人做好事从来不求回报的，麻顺让一下，我要下飞机。"

尚晓月透过机窗，看着仍停在原地的急救车，又看了看焦急万分的刘星宇，故意慢腾腾地问道："担心你那个女朋友了？"

刘星宇动手拉了尚晓月一把，瞪着双眼吼道："请给我让开，你实在是太无聊了。"

尚晓月两手紧紧地扶着两侧椅背，牢牢地站在那里："不是我无聊，我只是在履行公务，不管刚才的事与你有没有关系，我们都要留下你的单位和电话，以便随时联系你。"

刘星宇突然明白了其中的弯弯绕，叹息道："我算是领教了什么叫人心不古这句话的深刻含义了，你今天用铁的事实教育了我，我好比是扶起一个过马路摔倒的老人，扶起后老人非但没有感谢我，反而说是我把他撞倒的，要我对他以后的一切负责。是不是？"

"我可没有这个意思哈。哎，你这样拒绝，难不成你做贼心虚？"说这话时尚晓月两眼望着机舱门，不敢正视刘星宇。

刘星宇将一个小包强行塞在尚晓月手上说："喏，这是女孩的东西拿走不谢！不过，我还是要提醒你啊，别乱翻乱看，这可是人家的私人物品。"话毕，他迅速从另一侧通道下了飞机。

尚晓月挥舞着小包向着刘星宇的背影比画道："哎哎，什么人呐，太不识趣了！"

文梦婕闻声过来："哎，你还别说，这位帅哥关键时候还挺爷们的，要不是他帮咱们一把呀，咱们还不知道咋办呢。"

尚晓月马上有意见了，责怪道："你什么立场？什么态度？他给你什么好处了，这么容易被策反？赶紧给我从新墙头上滚回来！"

不待文梦婕回答，急救车上的医生返回机舱，告诉乘务长女孩子死了。

"死了？这都什么情况啊？"听到这个消息，尚晓月极度失望，有种打了败仗的感觉。

医生说："我分析可能是体内毒品破裂中毒死亡，最近这样的案例不少。"

"她肚子里面的不是孩子？"尚晓月顿时愣住了。

"怎么可能是孩子，里面塞满了硬物，应该是飞机延误太久，她支持不住了。我们已经报警了，警察马上就到，你们都是证人，要接受询问的，还有同她一起来的人吗？"医生问。

尚晓月回答："有，可是他已经下飞机了。"

文梦婕用手捅了捅尚晓月，催促道："别楞在这里了，你还不赶快去追那位帅哥。"

尚晓月这才如梦初醒，立刻冲向机舱门，可是廊桥空无一人，刘星宇早不见踪影。

尚晓月看了看里面的东西，除了女孩的手机外，还有一部华为最新款的手机、一部价格不菲的徕卡数码相机以及刘星宇天天戴在身上的那块羊脂白玉佛像。

手机、相机来历清楚，是刘星宇赔偿自己的。他在手机背面专门贴了一张小纸条，上面白纸黑字写着："这是赔给你的手机和相机，请笑纳！嘿嘿嘿！"。那么，那块羊脂白玉佛像又是怎么回事？是他疏忽忘了，还是有意而为？尚晓月不得而知。

四

9月16日，这是尚晓月居家观察的第6天。

刘星宇还是关机失联，音信杳无。自三天前黄强将黑色箱子存放在自己住处后，他就再也没有露过面，打了几次电话要不关机、要不就正在通话中，短信、微信、语音等等一概不回，尚晓月不知道黄强葫芦里究竟装的什么药。王文帝呢，几乎每天一个电话，除了关心问候之外，就是闪送一束精心挑选的红玫瑰。保洁阿姨每次收到红玫瑰之后，问都不问就自作主张悄悄地扔进垃圾桶。这天正好被尚晓月发现，她捡起红玫瑰，问道："阿姨，这是怎么回事啊？"

尚晓月本以为保洁阿姨会认错道歉，可她怎么也没想到，面对她的问话保洁阿姨没有一丝的紧张与愧疚。沉思半晌，她才缓缓地说道："本来我不想说，既然你问了，那我实话告诉你吧。"文革"期间，我见多了武斗引发的血腥场面，对红色比较敏感，患下的红色恐惧症。从此以后，一见到红色就心慌气短，有一次直接就晕过去了。你看，我现在就有点头痛，感觉天旋地转，哎哟哟，哎哟哟。"

说着说着保洁阿姨就要倒下，尚晓月赶紧扶住她："阿姨，您别吓我哈，

82

流星划过悄无声

赶紧沙发上躲会儿，我这就把红玫瑰扔了，以后也不让他送了。"

话虽这么说，但在尚晓月的内心还是挺感谢王文帝的，毕竟人家还惦记着你嘛。

自从在梦幻世界夜总会见到尚晓月后，王文帝在脑海里不停地回味着尚晓月和尚晓可的身影。尚晓月虽然外表上与尚晓可有几分相似，但是性格上的傲娇和野性，可咸可甜，比起尚晓可那种单纯的文静和柔弱又多了一些激起男人荷尔蒙的征服欲。

因此，只要闲下来，尚晓月那目中无人的样子就会出现在他的脑海里。于是，他托朋友从航空公司以及认识尚晓月的人那里，千方百计搜集她的信息，包括家庭、住所、婚姻、个人爱好、饮食特点、饭圈、朋友圈、日常行踪等等。他想要通过征服这个女人来证明自己不俗的实力和超凡的魅力。

王文帝的书房宽敞明亮，中间放着一张金丝楠影子木大板，上面摆放着各种名人法帖和十几方宝砚。左边紫檀架上放着一个官窑大盘，盘内盛着数十个娇黄玲珑的大佛手。右边黄花梨架上悬着一个白玉比目磬，旁边挂着小锤。靠窗的书桌上，则摆放着一个古色古香的台灯和一台笔记本电脑。

深夜，王文帝坐在电脑前，两腿跷在老板台上，嘴里叼着古巴雪茄，悠然地盯着电脑屏幕上或矜持、或嬉笑、或冷漠、或生气以及其他姿态的尚晓月，透过一个个慢慢晕染的烟圈，朦朦胧胧，忽近忽远，尤物般不可方物。王文帝不禁赞叹道："野性、野味、野火！比你那个有胸无脑的妹妹强多了！"

这时，女秘书轻轻敲了几下门，试探地问道："王总，您这会儿方便吗？"

王文帝这才回过神来，慢慢关上电脑："这么晚了，你还有什么事吗？"

秘书站在门外，细声细气地说道："王总，刘先生来了。"

听说刘星宇来了，王文帝立即站了起来，他边整理衣服边迎了出来：

"哦，稀客，稀客呀，老弟，快快请进！"

刘星宇大摇大摆走进来，看着书房的摆设，夸赞道："王总，你真是家大业大啊，这个书房奢华程度堪比皇宫啊。"

王文帝谦虚地说道："老弟，见笑了，陋室罢了，岂敢与皇宫相比。"

刘星宇摘下帽子和墨镜，将一个盒子放在桌上："王哥，你要的东西我可给您带回来了哈。"

王文帝拱手表示谢意，示意秘书走开，然后拉着刘星宇来到大板旁，指着桌子上"石来运转"几个大字："你看，为了这块石头，我还专门写了几个字，准备裱起来挂在墙上。这几个字如何啊？还请老弟赐教！"

刘星宇认真地欣赏着这几个大字，频频点头道："笔走龙蛇，力透纸背。看来王总不仅是一个成功的商人，而且还是一个潜力无限的书法家啊。"

王文帝连忙摆手道："不敢不敢，献丑了。听说你的书法也不错，你今天也给陋室留点墨宝？"

刘星宇急忙抱拳："捧杀，这是典型的捧杀，我们这一代人只会在电脑上码字，文房四宝之类的一窍不通，岂敢在关公门前耍大刀？"

墙的另一面挂着许多王文帝与在职的、退休的官员以及文体界明星的合影，什么时候什么场景下拍摄的，王文帝一一作了介绍。其中，一张巨大的彩色照片引起了刘星宇的注意，照片上站在 C 位的人，他感觉很眼熟，可就是想不起他姓甚名谁。

王文帝似乎看出了刘星宇的心思，他指着照片上的人主动介绍道："这是我家老头子，江阳商贸有限公司的原董事长汪海锋，不过几年前就退了。"

刘星宇暗暗吃了一惊，他原本还以为自己对王文帝很了解，结果居然对王文帝与汪海的父子关系竟然一无所知。他接着问道："久仰令尊大名，没想到他竟是你家老爷子。哎，冒昧地问一句，你和令尊怎么不是一个姓哪？"

刘星宇的话好像刺着了王文帝的痛点，他有些伤感地说道："老弟，说来话长啊。在我很小的时候，父母就离婚了，我跟着母亲，随了母亲的姓。"

刘星宇同情地点点头，接着问："那令母在哪里高就啊？"

王文帝耸耸肩，苦笑一下说："在我上初中的时候，母亲就和她高中同学结婚去了新西兰，父亲也找了一个比他小很多的女大学生成了家。我就可怜喽，名义上两边都管，实际上两边都放手了。"

刘星宇见王文帝很是伤感，觉得自己有些冒犯，便安抚道："对不起啊王总。没想到我们不经意的聊天，竟勾起了你这么多的伤心事。"

王文帝勉强地笑道："都说家丑不可外扬，我也一直把它深埋在心底，刚才给你诉说了一下苦难的家史，让你见笑了。"

"都一样，家家有本难念的经，什么时候我也给你倒倒我的苦水。"刘星宇感同身受地说道。

王文帝的苦难家史博得了刘星宇的同情，并进一步拉近了他们之间的距离，他转悲为喜，脸上恢复了他平日的笑容："好啊，我是最佳听众，愿洗耳恭听！"说话间，王文帝拿出起子轻轻一撬就将刘星宇带回来的石头分成两半，他拿起一半仔细看了看，问道："老弟，你看这像不像个聚宝盆啊？"

摸着这一块里面掏空、切割成两半的石头，刘星宇十分诧异，他意味深长地笑了笑："什么叫像啊，这简直就是！"

"好，希望借你的吉言，石来运转！"

"王哥，咱们可是有言在先哈，发财一起发，有什么好事可别忘了老弟哟。"

王文帝笑笑说："那是必须的，谁叫咱俩是兄弟呢。哦，差点忘记问了，这次出行还顺利吧？"

"总体还算顺利。"刘星宇若有所思地说道："不过，还是有些小插曲。"

"哦？说来听听！"

"回江阳的飞机上，坐在我旁边的妹儿不晓得啷个回事情突然就发病了，而且不吃药不喝水，看上去很危险。后来，飞机落地后就被120急救人员拉走了，现在也不晓得怎样了。要是死了，怪可惜的，年纪轻轻的。"

王文帝拍了拍刘星宇的肩膀宽慰道："死人的事是经常发生的，这与你有什么关系？别想多了，一会我请喝两杯，压压惊。"

"老哥，起先我也是这么想的，关我什么事。可是，出机场的时候两名警察却拦住了我，要我跟他们到检查室里接受检查。"

"那你去了吗？"

刘星宇笑了笑说道："我的哥哎，你老弟就是一个普通的生意人，警察要检查我，我敢拒绝吗？如果拒绝的话，他们还真以为我与那女孩子有关系呢。没办法，我只好跟着他们去咯。"

王文帝紧盯着刘星宇的嘴巴，希望尽快知道结果，刘星宇喝了口茶，接着不紧不慢地说道："好嘛！那一通检查简直就是活受罪！又是拍照、登记身份信息，又是X光机、验尿、验头发，最恶心的是……

让老子脱得一丝不挂，里里外外检查了个溜够。"

王文帝捂嘴偷笑道："哈哈哈，幸亏你是个男的，要是个女的岂不让人占了便宜。"

"王哥，你还别说，真有几个女的在接受检查，据说从她们下身还掏出了香肠一般粗的东西。"

"这有什么奇怪？人体带毒嘛，电视上、网上经常报道。"

刘星宇指着王文帝，半开玩笑地问道："听说这玩意儿来钱快，要不咱们也雇几个妞，干几票？"

王文帝连连摆手："你还是饶了我吧，君子爱财，取之有道。这种提着脑袋的生意我看就免了，本人一向规规矩矩，合法经营，从不赚不干不净的钱。"

刘星宇指着王文帝大笑道："哈哈哈，一句玩笑话，看把你给吓得。"

"这些年家庭分裂的阴影一直笼罩着我，没有父母庇护的孩子天生胆小，没有办法啊！"紧接着，王文帝喜形于色地说道："对了，忘了告诉你，今天警察告诉我，我可以离开渝阳了。"

"是吗？好事啊，至少说明你家的饮料没有问题啊。"

"可不是吗？老弟，你有所不知，这几天简直愁死我了，天天担惊受怕，惶惶不可终日。坐坐坐，我叫秘书整几个菜，陪我喝几杯。"

"好好好，有福共享！"

再说尚晓月，下了飞机拖着疲惫的身体和沉重的行李箱，叫了一辆网约车就直接回到家中。

一进屋，她就迫不及待地拿出华为手机，按下开关键后屏幕上立即跳出一个用刘星宇头像制作的卡通形象和一长串阿拉伯数字，紧接着是刘星宇极富磁性的男中音："债主，这就是我们之间专用手机号码，记住哈，无事免扰！"

尚晓月照着号码满怀期待地打过去，手机里语音却提示拨打的电话已关机，请稍后再打。随后的几次拨打都是这样，气得尚晓月将手机狠狠扔到一边，骂道："大骗子，逗我玩呐。"

这时，她另一部手机突然响起，她以为是刘星宇回过来的，一把抓过手机接听，但很快又像泄了气的皮球，大失所望。因为，打来电话的根本不是她所盼望的人，而是整天形影不离的文梦婕。她有气无力地问道："什么事呐？"

文梦婕口气很冲，质问道："跟我老实交代，你那帅哥跟死去的妹儿是不是一伙的，为什么他一下飞机撒腿就跑了？"

"我怎么知道，我又不是他肚子里的蛔虫，你应该问他去。"尚晓月心不在焉地应付道。

文梦婕连吼带吓唬地吼道："尚晓月小姐，我可把话说到头里，少跟这种底细不清不楚的人来往哈，沾毒品这种事情是要掉脑袋的。"

经文梦婕这么一说，尚晓月才认真起来，她说："我觉得应该不会吧，如果他跟毒品沾边的话，警察早把他抓起来了，还让他到处窜来窜去的？"

对于这一点，文梦婕基本上表示认同，她说："你说的也对哈。不过，老娘刚刚新婚就被警察叫过去询问这么久，心里还真有点不舒服。哎，今天晚上咱们去郁金香烫顿火锅怎么样？"

"要得要得，我举双手赞成！热辣辣麻烫烫的，赶紧把那些霉运给我统统烫掉。"一听说吃火锅，尚晓月立马来了精气神，连忙说："那叫上舒同、开莱一起去？"

"那你马上通知她们几个，我叫杨伟过来买单，上次他放老娘鸽子的事一起找他算账。"文梦婕兴奋地大声吆喝道。

郁金香火锅店位于江阳繁华闹市区，手打虾滑、屠场毛肚、农家老豆腐、洞子豆芽、红糖糍粑、古法红糖小汤圆等菜品和小吃，独具特色，再加上老板娘十几年偷师学艺调试出的各种火锅底料、调料，吸引了不少"吃货"前来品尝。

当尚晓月兴致勃勃来到郁金香火锅店时，门口排着长长的队伍。文梦婕、马舒同已经排在了队伍的最前面，她俩穿得一个比一个新潮时尚。文梦婕一件米黄色的斜肩吊带裙，露出漂亮的锁骨、肩背，前凸后翘的身材十分抢眼。马舒同则是一套浅粉色的波希米亚风情裙装，飘逸的裙裾，随着脚步起舞，招来不少男士火辣的目光。

尚晓月看看这个又看看那个："不就吃个火锅吗，你们两个穿成这样，几个意思呀？"

文梦婕、马舒同异口同声："想——男——人——！"

尚晓月打了个响指："OK，换地方！"

文梦婕问道："为什么？"

尚晓月笑着说："因为这个地方只有火锅。"

马舒同抢过话头："万一跟你上次那样撞倒一个帅哥呢？"

尚晓月轻轻给了马舒同一拳头，训斥道："什么人呐，老揭人短。我说，走吧？"

文梦婕、马舒同伸出右手做出请的手势："走——着——！"

在服务生的引领下，几个美女挺着傲娇的身姿，迈着风一样的步伐，旁若无人地穿过大堂，只听见身后"啧啧啧"的一片赞美声。

被人欣赏的感觉总归是不错的，起码在这一阵赞美声中尚晓月之前的所有懊恼均暂时抛到九霄云外，做一个真正无拘无束的追光少女。

马舒同对眼前的氛围很享受，她一脸傲骄地说："我觉得今天晚上有种明星走红毯的即视感。"

文梦婕则不屑地说："这些人跟没见过美女似的，要不就是脑子进火锅了吧，姐可是大素颜哟。"

"素颜怎么了？清水出芙蓉，天然去雕饰，再说你这秀色可餐的脸蛋、婀娜多姿的身材，简直把男人迷得不要不要的。"马舒同喋喋不休地说道："我说，对自己有点自信好不好。"

文梦婕噘着小嘴，故意拖长声调地回答道："好——"

走进包房，尚晓月与正在包房等待的盛开莱打过招呼，顺手关上房门，乐呵呵地说："有人说，吃火锅如同把人生都走过一遍，从最初的平静，到大火沸腾，再到小火焖煮，最后回归平静，与人生起伏、平淡、波澜是一样的。希望这顿火锅，能一扫本小姐多日的抑郁与创伤，满血复活，重上战场。"

"啧啧，不就吃顿火锅吗，居然还从美食家变成了哲学家！"文梦婕撇撇嘴一边讥讽道，一边扭动着曼妙的身姿坐下。

盛开莱见大家均已落座，忍不住调侃："我说，你们一个个穿的花枝招展，招蜂引蝶也不在这么个地方呀？"

马舒同眉飞色舞地回应道："开莱姐，这样不好吗？你没看见我们三个刚才所经之处，惊起了一片巨浪，被人仰慕的感觉真好！"

尚晓月闭上眼睛，侧着耳朵："听听，听听，余香尚存，余音袅袅，惊叹声现在还在持续高涨，此起彼伏、不绝如缕……"

盛开莱扑哧一声嘴里的茶水笑喷出来，她指着墙上张贴的某男团海报捧腹大笑说："典型的自恋狂加凡尔赛，你们害不害臊啊，今晚这个男团到郁金香作秀，那是他们在排练，你们还真把自己当天仙啦？哈哈哈……"

尚晓月脸上瞬间升起红云，她迅速翻了盛开莱一眼，用手使劲地扇着从锅里沸腾而起的热气，招呼服务员："美女，上碗红糖冰粉，快热死我了！"

马舒同也是一脸的尴尬，拿起筷子在锅里不停地捞着："先吃为快，有什么事明天再说。"

文梦婕则自嘲道："当一回阿Q也没什么不好，就当我们是'万人迷'吧。"

吵吵闹闹中，火锅沸腾，火红的辣椒裹着牛油在锅里上下翻腾，散发出的麻辣鲜香味道，弥漫在整个房间。

尚晓月一边涮着毛肚、鸭肠，一边赞美道："这火锅巴适得很。麻辣突出而不失鲜香，口感厚重而不油腻，辣的让人荡气回肠，麻地让人心甘情愿，鲜的让人流连忘返，香得让人陶醉窒息。你们说真爱的感觉是不是这个样子？"

马舒同："真爱的感觉是什么我不知道，但虚情假意的感觉我领教过。"

盛开莱："说说看，虚情假意的感觉究竟是个啥感觉？"

马舒同想了想说："隔靴搔痒，隔着面纱接吻，表面上和和气气，但感觉中间总是隔着什么，互相心照不宣，谁也不愿意揭开。"

"别说，还真有点意思！"盛开莱表示赞同，转身问尚晓月："晓月，你的悟性最高，最有发言权，谈谈你的感受。"

尚晓月沉思片刻后说道："不知道，有时候也许还没有开始就结束了，就没有机会去感受。唉！"

盛开莱见尚晓月说话间有些伤感，怕破坏了氛围，立即将话题移开："喂，今天我给你发信息，怎么没回？"

尚晓月从包里掏出华为手机轻轻地放在桌上，说道："这不，刚换了个新手机，没太注意。"

盛开莱拿起手机瞧了又瞧："哟哟哟，华为最新款的，好几千呢。男朋友送的吧，对不对？"

尚晓月不置可否，羞涩地笑着，脸上绽放出一幅幸福的样子。

马舒同端起酒："来来来，庆祝我们的尚晓月小姐再次脱单，走一个。"

尚晓月端起酒刚碰完杯，杨伟背着双肩包哭丧着脸走进来，挨着文梦婕傻傻地坐下，沉默不语。

盛开莱看着杨伟，大声嚷道："哟哟，新郎官！来了也不向大家问个好，害羞啊？"

文梦婕用手肘碰碰杨伟："丢魂啦？"

杨伟突然抓起一瓶啤酒仰头一顿猛灌，几个美女看着杨伟反常的举动，全都蒙圈了。

杨伟将空瓶子重重地放在桌子上，突然抱头痛哭起来："我表妹出事了！"

文梦婕惊奇地问："什么表妹？我哪个不晓得你还有个表妹呢！"

盛开莱紧逼道："你究竟有几个小表妹啊？说！"

杨伟没好气地："我大姨娘的女儿，我们从小一起在外婆家长大的。"

文梦婕为杨伟擦拭脸上的泪水，随后双手捧着他的脸问道："说，到底出什么事了？看把你急得这样！"

马舒同、盛开莱二人跟着帮腔道："说，再不说就上刑了。"

杨伟一把抱住文梦婕泣不成声："她，她死了。"

听说杨伟表妹死了，尚晓月大吃一惊，筷子一松快送到嘴边的午餐肉掉进香油碗里，溅了她一脸的油。气得她直接将筷子扔进了垃圾桶，自言自语地："我勒个去，这段时间怎么这么倒霉，接二连三地死人！"

盛开莱："可不是吗？"

文梦婕看着不停抽泣的杨伟问道："哭，就知道哭，有个男人的样儿吗？你不嫌丢人我还嫌呢。站直了，告诉我她究竟是怎么死的？"

在文梦婕的怒骂下杨伟这才止住了眼泪，他说："因为还不上贷款，她就被人骗去云南帮人带毒，死在飞机上了……"

一听在是飞机上死的，尚晓月和文梦婕面面相觑，差点惊掉了下巴。

飞机上那个与自己妹妹年纪差不多的女孩难受的样子又浮现在尚晓月的眼前。她悄声地对文梦婕说道："怎么这么巧？"

文梦婕："是啊，巧得让人难以置信。"说完，她启开一瓶啤酒，倒了两大杯，一杯递给尚晓月，一杯自己喝了。

尚晓月接过酒杯，俯身将酒轻轻倒在地上，嘴里念叨着："可怜的孩子，安息吧！"

江阳的夜景闻名遐迩，绚丽多彩的霓虹灯将城市的夜空照得光彩耀人。离开火锅后尚晓月独自来到滨江路，望着江对面摩天大楼巨大的屏幕上"既然都要老，不如都趁早"的红色大字，她心潮起伏，思绪万千。

在这美好的夜晚，她本应该和其他女孩一样，K歌、追剧、撸串、购物打卡、美容健身，甚至卿卿我我、男欢女爱，尽情地享受生活。可是，她梦想的开挂人生并没有如期而至，生活好像从不曾给予她更多的眷顾。糟心的事儿却一桩接着一桩，父亲去世、母亲生病、妹妹失踪、刘星宇撞入、自己失恋，特别是飞机上那个因带毒而死的女孩，桩桩件件，无不令她心力交瘁。

她思前想后，认为这一切的一切似乎都始于刘星宇的突然撞入，从滨江路上压坏手机到星月湖边扔掉相机，从云南边境陷入绝境到飞机上带毒死人，这哪一件没有他的身影？如果这些事真与刘星宇有关的话，那么，他是组织者、知情人，还是纯粹的旁观者、局外人？而想要找到问题的答案，她必须尽快找到刘星宇，不仅是想解开这系列的谜团，更有一种想要进一步靠近他了解他的冲动，甚至还有些寻找保护的愿望。

位于市中心的珠宝一条街，是江阳规模最大的珠宝玉器集散地。虽然夜深了，但仍有几家未打烊的商铺在营业，尚晓月信步走进一家专营缅甸翡翠的珠宝店。

年轻帅气的老板热情地招呼道："欢迎美女光临本店！请问你喜欢什么款式的？我店里翡翠都是从缅甸直接进的，种类繁多，成色不错，价格也很公道。"

翡翠对于尚晓月来说是个陌生的东西，除了偶尔从刘星宇嘴里听过一些专用词语外，对于它的坑啊、种啊、色啊、款式啊、价格啊等等，可以说是一无所知。帅老板一个劲地介绍，尚晓月这看看那瞅瞅，佯装很认真，实则心不在焉。

突然，帅老板一双大眼睛死死盯着尚晓月的胸部，咂咂嘴赞叹道："美女，好太漂亮哟！"

尚晓月顺着他灼热的目光看向自己高挺的胸部，羞羞地扯了扯紧绷的衣服，愠怒地说道："帅哥，你好直接哟！"

帅老板指了指自己的鼻子，笑笑："我，我有吗？"

尚晓月故意挺了挺胸部，嫣然一笑："这，没有吗？"

帅老板乐了："Oh,my god！你一定是你误会了，我是说你胸前那只羊脂白玉佛像漂亮，你以为是什么？哈哈哈！"

尚晓月顿时脸上烫的发烧，她生气地吼道："我说耿直哥，你这样直来直去的，哪个做生意哟。"

"美女，抱歉抱歉！我真的是被你这块羊脂白玉佛惊到了，你可不可以走近点，让我好好欣赏一下呢？"

尚晓月本以为是块普通的和田玉，听老板这么一说，多少也有些好奇了。她将脖子伸向帅老板："这没问题呀，来，好好看看吧。"

帅老板左看右看，赞不绝口："啧啧，现在市面上很少看见这么完美的和田玉佛像了。要不然，你转让给我算了？"

"转让？也就是卖给你吧？"

"是啊，愿意吗？我出高价！"

"出高价？有多高，说来听听。"

帅老板咬着双唇想了一会，竖起右手的食指。

尚晓月："1万？"

帅老板摇摇头。

尚晓月："10万？"

帅老板还是摇摇头。

一遍遍猜错，尚晓月感觉这里面的水实在是太深了，她本来也没有想卖，毕竟东西不是自己的，只是想知道这块玉佛的真正价值而已。于是，她反问道："帅哥，莫要绕来绕去的嘛，到底多高？"

帅老板笑笑说："再加一个零。"

尚晓月惊异地张圆了大嘴："100万？我勒个天哪，你有没有搞错啊？"

对于尚晓月的质疑帅老板明显有些不高兴，他说："你在怀疑我的专业水平？"

尚晓月指了指头顶上的灯说："我没有那个意思，我只是听人说，灯下不观玉，月下不相亲，害怕您看走了眼。"

帅老板拿过托盘，伸手道："照你这么说，除非是 B 货、C 货？要不取下来让我好好掌掌眼？"

尚晓月连忙摆手拒绝："那倒没有这个必要，因为这个玉佛不是我的，是一位叫刘星宇的朋友暂时存放在我这里的，他也在这里做珠宝生意。"

帅老板收回托盘，想了一会说："刘星宇？我在这里开店十几年了，没有听说过刘星宇这个人呐，是不是在其他地方开店哟？"

"其他地方？他明明说是这里啊。"尚晓月拿出手机："要不这样，我们加个微信，回头见到他，我问问他这个价愿不愿转让。你要见到他也告诉我一声。OK？"

帅老板伸出手指比画道："OK！一言为定！"

尚晓月："一言为定！"

出了门店，尚晓月赶紧把玉佛摘了下来，小心翼翼放到小包里，生怕弄丢了，或者弄碎了。心想，这么贵重的东西，人家凭什么送给你，除非他有其他什么想法。

江阳国际机场咖啡厅，马舒同与文梦婕正聊着头天晚上尚晓月突然离开火锅店之事，乔健手里拿着爱心便当美滋滋地跑过来。

文梦婕冲着乔健开玩笑道："哟，帅哥，又来献殷勤啦，准时得很嘛！"

乔健晃了晃手里的爱心便当，笑笑道："梦婕姐，不好意思哈，就一份。"

文梦婕假意埋怨道："唉，要不你是单身狗呢，要让女朋友满意，先得过她闺蜜这道关。是不是？舒同。"

马舒同点头道："嗯，说得有道理，一看就是过来人。"

"那我就不客气了。"说着说着，文梦婕一把就夺过乔健手上的爱心便当。

"哎哎哎，梦婕姐，这都什么情况啊？"

乔健刚想伸手去抢就被马舒同拦住："哎什么哎，梦婕，拿走不谢。不过，好歹给我留一口半口哈。"

这时，刘星宇急匆匆跑了过来，微笑地招呼道："两位美女早！"文梦婕被这位不速之客吓了一跳，但看着阳光帅气的刘星宇忍不住夸了夸："哟，嘴够甜的，乔健，学着点，这才是泡妞高手，撩妹专家。"

"哎，我说，这么好吃的东西也堵不上你的嘴巴呀。"马舒同不高兴了："梦婕，嘴里把把门好不好，可别把我们家乔健给带坏了。"

文梦婕撇了撇嘴，扮了个鬼脸儿。然后，转向刘星宇："帅哥，看你这火急火燎的，又要出差呀？"

　　刘星宇顺手拿起爱心便当里的餐巾纸，擦了擦额头上的汗珠说道："不出差，不出差，我是来找你闺蜜的。"

　　"我的闺蜜可多了，究竟哪位呀？"文梦婕指了指马舒同："是她吗？她可是我们这里的白富美哟，只可惜名花有主儿了。"

　　刘星宇摆摆手说："不是，是另外一位，总跟我对着干的那位。"

　　"对着干？亏你还好意思说！"文梦婕哈哈哈大笑。

　　马舒同走近刘星宇，指了指文梦婕说："她这个人没有正型，别跟她一般见识。"

　　文梦婕拉着乔健道："乔健，看见没？这就是见异思迁的节奏哦。"

　　这个场面让乔健非常难堪，他板着个往马舒同身边靠了靠。

　　马舒同没有理会乔健和文梦婕，一本正经地告诉刘星宇："尚晓月家里有点事，都请假好几天了。"

　　刘星宇："哦，是这样啊，难怪她的手机总是打不通，能不能把她的家庭地址告诉我？"

　　文梦婕笑嘻嘻地卖关子："这可不行，我是她的闺蜜，有什么事呢，给我说吧，我可以转告她。"

　　"那就不麻烦了，拜拜。"说完，刘星宇转身就大步流星走出咖啡厅。

　　马舒同冲着刘星宇高喊道："哎——哎——，留下你的电话。"

　　刘星宇挥挥手，连头也没回。

　　望着刘星宇渐行渐远的身影，文梦婕气得直跺脚："什么人哪，简直了！"

五

9月17日，这是尚晓月居家观察的第7天。

尚晓月早早就起了床，找了半天也没有找到昨于晚上挂在衣柜里的衣服。她问保洁阿姨，保洁阿姨冲着窗外努了努嘴，说早上起来看尚晓月的衣服有些脏就帮着洗了。尚晓月赶紧打开房门，阳台衣架上不仅有自己昨晚换下的衣服，还有刘星宇曾经穿过的那件红色风衣，这怎么也洗了呢？此时，她仿佛觉得洗去的不是衣服上的尘土污渍，而是刘星宇特有的气味以及他们之间一段刻骨铭心的记忆。

更让尚晓月生气的是，刘星宇委托自己保管的那块和田玉佛像被保洁阿姨放在黑色箱子上，尚晓月感觉很晦气，上前一把抓过玉佛，紧紧地贴在胸前，眼泪汪汪地抱怨道："阿姨，你怎么能随意摆布人家的东西呢？"

阿洁阿姨正想解释，尚晓月根本不给机会，她举着玉佛走到阿洁阿姨跟前，继续说道："你知道它的主人是谁吗？你知道他们又经历了什么吗……"

"对不起尚小姐，我错了，我跟你赔不是。"保洁阿姨抹着眼泪，连连致歉。

尚晓月余怒未消，警告道："光说声对不起就完了？我告诉您，今后未经我同意不准触碰我的任何物品，知道了吗？"

保洁阿姨怯怯地躲在一边，点了点头，不再言语。

尚晓月手中的玉佛广额丰颐，慈祥端庄，与她那糟糕的心情形成了鲜明的对比。她想，如果当初自己态度坚决点，拒绝玉佛主人的委托，恐怕就没有这么多的烦恼了。

在川东明月山与铜锣山之间，有一个方圆数十公里的浅丘平坝，这里气候独特，夏季炎热，冬季阴冷，常年雨水较多。尤其是冬天，屋内比屋外还冷，一般北方人很难适应。加上交通不便，比较闭塞，至今仍保持着较好的原始生态和淳朴的民风。

尚晓月的家距离乡村公路尚有一段距离，下车之后，她踩着泥泞的小路走到村口。

望着一层层明晃晃的冬水田、绿油油的麦苗和一幢幢金黄色的土墙瓦房，她的心情顿时舒畅了许多。在外打拼多年，人情冷暖，世事维艰，薪酬、职位、爱情和家庭，彷徨、痛苦、困惑和迷失，哪一样都曾让她伤心、难过，甚至怀疑人生。但无论走到哪里，只要回到家里吃上一碗妈妈亲手做的鸡汤面，所有的纷扰、烦恼，都尘归尘，土归土。看来，原乡人的血，必须流返原乡，才会停止沸腾。这，难道就是所谓的乡愁吗？

尚晓月的家掩映在一片竹林深处，三间土房围成一个农家小院。院子中间有一个石磨子，一口水井，墙上挂着斗篷、蓑衣、锄头、耙梳以及金黄色的玉米棒子、鲜红色的辣椒。

远远地，家里的小狗狗就摇着尾巴跑出来迎接。

尚晓月突然回家，让一直为二女儿担心而吃不香、睡不着的母亲淑兰，终于找到了倾诉的对象。

尚晓月打扫院子，淑兰跟出来问："你说，你妹妹……"，尚晓月转身进厨房做饭，淑兰跟在后面追问："你说，你妹妹……

为了妹妹的事本来就一筹莫展的尚晓月，在母亲的追问下心里更加郁结，恨不能立即拎上包包开路。

但看着两鬓斑白、日渐苍老的母亲，她又心酸不忍。母亲操劳一辈子，舍不得吃，舍不得穿，为的就是一家人消消停停，平平安安。结果呢？父亲早早不在了，现在妹妹又不知去向……

尚晓月为母亲拭去眼泪，安慰道："妈，您别着急，这个事情交给我，就是到天涯海角我也要把晓可找回来。您身体不好，就别操心了啊。"

在村里待了两天，尚晓可的同学、朋友全都问遍了，还没有一点线索。

这天中午，正准备做饭的尚晓月突然听到门外"汪汪汪"的狂吠声。她出门一看，只见一个身着T恤衫和牛仔裤，戴着棒球帽、墨镜背着双肩包的高个子男子，正手持木棍与家里的狗狗对峙。她走近一看，原来是刘星宇。

对于刘星宇的到来，尚晓月非常意外，问道："你怎么知道这儿？你是怎么找来的？你该不是给我手机定位了吧？"

刘星宇一边挥舞着棍子，一边辩解道："一见面就这么多的问题，我都不知道先回答哪一个了。"

尚晓月打了个手势，狗狗就乖乖趴在地上一动不动，两只眼睛依然警惕地盯着刘星宇。

"那就先说说为什么要跟踪我吧。"

"跟踪说不上吧？再说了，在云南你也跟踪过我呢，算是扯平了哈。"

尚晓月仰起头，反问道："扯平了，真扯平了？"

刘星宇举起双手："真扯平了！"

尚晓月点点头："好，既然是扯平了，那你就请回吧。星星，送客！"

刘星宇一听"星星"，忽然回过味来："哎哎，等等，你们家狗狗叫什么？！"

尚晓月没好气地大声重复道："听清楚，星——星——！"

不管"星星"这个名字是原来就有的，还是后来重新取的，刘星宇有种直觉，这绝对不是一般的巧合，说不定预示着一个精彩故事的开始。于是，他假装怪嗔道："这狗叫什么不好啊，为什么非要叫星星呢？"

尚晓月："叫什么关你屁事！老娘愿意！"

此话伤害不大，但侮辱性极强。刘星宇放下背包，掏出一根火腿肠说："既然叫星星，那它跟我就是同门兄弟了。星星老弟，初次相识，来来来，给你一根火腿肠，算是见面礼。"说完，他将火腿肠扔向小狗，小狗追着火腿肠跑向一边。

听见说话声，淑兰也从屋里走了出来，见一个高高帅帅的小伙子正跟尚晓月说着什么，她以为是尚晓月的男朋友，便上前埋怨道："你这个死娃娃，贵客来了嘟个不请进屋呢，站着说话算个啥子事情？"

刘星宇猜测是尚晓月的母亲，便笑嘻嘻地喊道："大妈您好，我是尚晓月的朋友！"

朋友，谁是你的朋友？尚晓月狠狠瞪了刘星宇一眼，表示抗议。

淑兰把刘星宇从头到脚认认真真地打量个遍，堆满皱纹的脸洋溢着慈祥的笑容，这是这次尚晓月回家后母亲第一次这样的开心。

"小伙子，叫什么？多大了？干什么的呀？"淑兰摆出一副丈母的架势，询长问短。

刘星宇客客气气地回答道："大妈，我叫刘星宇，三十五岁了，是做玉石生意的。"

在淑兰热情的招呼下，刘星宇嬉皮笑脸走进屋里。

刘星宇抬头巡视一周，感觉现这房子有些年头。陈旧的房梁上有蛀虫留下的细粉，一张已经斑驳掉漆的黑色四方桌孤独地摆在堂屋正中，墙壁上挂着尚晓月、尚晓可上小学时候的照片、奖状以及一家四口的合影。

淑兰从四方桌的抽屉里拿出一盒香烟，客客气气地递给刘星宇："小伙子，请抽烟！"

刘星宇摆摆手："谢谢大妈,我不会。"

淑兰将烟放回抽屉,夸赞道:"不抽好,不抽好,月月的爸爸就是被烟给害死的。"

"什么烟害死的,那是大烟、毒品,吸毒吸死的。"尚晓月在一旁纠正道。

刘星宇看着尚晓可的照片,问尚晓月:"这个小女孩是你妹妹吧?"

尚晓月叹了口气:"是啊!"

刘星宇拿出手机对着照片边拍照边评价道:"看着可比你文静多了。"

尚晓月急忙上前挡住镜头:"干嘛呀,看就看嘛,瞎拍什么?"

还没等刘星宇说话,站在一旁的淑兰就先开了口:"唉,现在她是死是活都不晓得,人家想拍就拍嘛。"

对母亲的偏袒尚晓月十分生气,她怒气冲冲地说道:"妈,不是跟您说了吗,她在云南,云南。"

"云南,云南,你光说在云南,她一个女娃娃去云南干啥子?这么多天了,一个电话都没有。"淑兰完全不顾尚晓月的脸面,愤怒地吼道。

刘星宇盯着尚晓月:"怪不得上次你跑去边境地区,原来是找妹妹呀……"

妹妹失踪的事,只有文梦婕、马舒同、盛开莱等几个闺蜜以及王文帝知道,其他的人尚晓月暂时没有告诉。毕竟不是什么光彩的事,家丑如果外扬了她也不好做人。今天,母亲主动将这件事告诉了刘星宇,这无异于自揭伤疤,让她多少有些难堪。于是,她立刻打断刘星宇的话头:"刘先生,谢谢您的关心,我们家的事就不劳烦您费心了。"

淑兰看看刘星宇,又看看尚晓月,感觉二人话里有话。她摇摇头说道:"不说这些伤神的事了,你们两个坐倒好好摆摆龙门阵,我去弄点饮食。"

母亲离开了,尚晓月开始审讯犯人似的盘问着刘星宇:"说吧,你是怎么找到我家的?这么远跑过来有何贵干?准备什么时候离开……"

面对尚晓月一连串的质问,刘星宇举手打断,说道:"有你们家这样招待客人的吗？我一口水都没喝，就像审讯犯人似的问我，合适吗？"

"对不起对不起，慢待了慢待了！"尚晓月从水缸里舀了一碗水递给刘星宇，故意摆出空中服务的姿势，客客气气地说："先生，请慢用！"

刘星宇接过碗一饮而尽，咂咂嘴："好喝！"

尚晓月："那要不要再来一碗？"

刘星宇拍拍肚子，摆出一副老干部的样子，故意拿腔拿调地："小同志，这个服务态度就很好嘛，要继续保持哟，啊？"

尚晓月抿着嘴笑了笑："谢谢领导夸奖！请问，您可以开始回答问题了吗？"

刘星宇假装糊涂，问道："问题？什么问题？我大老远跑来是想问问你有什么问题。回答问题的人应该是你。"

看着刘星宇油腔滑调的样子，尚晓月心里就不舒服，你是我什么人？凭什么管我？谁稀罕你的关心？尚晓月不客气地说道："诡辩、反唇相讥是你的话风。行，你就装吧，我看你装到什么时候。"

说话间，淑兰端着一碗香喷喷的荷包蛋走出来，递给刘星宇："小伙子，这是给你做的，赶紧趁热吃吧！"

刘星宇接过碗狼吞虎咽地吃起来。

母亲偏心眼，一向受宠的尚晓月第一次感到失落，她抱怨道："妈，早上不是说吃鸡汤面吗，怎么做荷包蛋呢？"

淑兰乐呵呵闭不上嘴，说："这不是给你的，你的面条还没做呢。"

听到这话，尚晓月心中一阵寒意，感觉自己在家里的地位已被人篡夺。一怒之下，她起身摔门而去。

尚晓月的生气，绝非一碗鸡汤面或者一碗荷包蛋那么简单。真正的原因是，她想问刘星宇的三个问题，他一个都没有回答。

第一个问题，她想知道刘星宇是通过什么渠道了解并找到自己家里的。参加工作以来她从来没有向任何人透露自己老家的地址，也没有任何人登门造访，可这次刘星宇却偏偏找上门来了，她严重怀疑刘星宇用手机一直在定位自己，如果真是那样的话，那这个人实在是太可怕了，自己在他眼里毫无隐私，裸奔一样。

第二个问题，来干什么？可以肯定的是，他绝对不是来看望自己母亲或者关心自己妹妹的，因为这与他一点关系也没有。追求自己、上门提亲？也不太像。在江阳有的是时间和机会，短信、微信、视频都可以表白，跑这么远来似乎没有这个必要。那，还有一种可能，就是解释与飞机上死去女孩的关系？尚晓月记得，飞机上他好像已经解释过了。

第三个问题，什么时候离开？这是目前最紧迫的事情，因为天色已晚，再不走天就要黑了，如果留下来，晚上又住在哪里？周围老乡会怎么看自己？

想到这些，尚晓月立马折回家里。但，母亲就告诉她，刘星宇已经走了。

走了？走了！听说刘星宇走了，尚晓月瞬间神志恍惚，六神无主，说不清是高兴还是失望。

乡村的夜，万籁俱寂。四周阡陌纵横的田野和崇山峻岭静静地睡去，默无生气。

这一晚，尚晓月没有吃晚饭就早早地上了床。躺在床上，她辗转反侧，无法入眠，心里翻江倒海，五味杂陈，一会认为自己太绝情、太过分，一会又觉得自己举止得体，无可厚非。

身边的母亲，除间或咳嗽几声外，便一声不吭，整个家死一般的寂静。

傍晚天气还是好好的，突然间就淅淅沥沥下起了小雨，窗棂在风雨中吱呀作响。尚晓月起身关窗户时，看见黄桷树下有一束灯光在晃动，仔细一看灯光是从不远处一顶露营帐篷里倾泻出来的。

"怎么会有一个露营帐篷？"尚晓月披上红色防风外衣，手里拎着一根鸡蛋粗细的木棒，壮着胆子向帐篷走去。

临近帐篷她却停住了，里面一个巨大的背景一动不动，很是瘆人。正当她准备转身离去的时候，帐篷里突然传出一个浑厚的声音："进来吧，知道你会来的。"

尚晓月吓得连忙举起棍棒吼道："你，你是谁？"

"连我都不认识了？自己好好看看。"里面的人边说边走了出来。

尚晓月这才看清楚这个人不是别人，而是那个不速之客——刘星宇。她问道："你不是走了吗，怎么又回来了？"

刘星宇撩起帐篷门帘："进来说吧，外面下着雨呢。"

尚晓月看着帐篷里摆满了各种天文观测设备，推脱道："不用了，还是外面说吧，我有雨伞。"

刘星宇见拗不过，便拿起斗篷钻了出来，说道："看来你对鄙人不放心呐。"

"这与放不放心没有关系，我俩压根就没有关系。说吧，到底是怎么回事？"

刘星宇本想与尚晓月开开玩笑，看到她一副拒人千里的样子，便打消了这个念头，直截了当地说道："好。知道流星吗？"

"知道一点。"

"看过流星雨吗？"

"没有。"

刘星宇指了指脚下的岩石问："知道这是什么地方吗？"

尚晓月觉得刘星宇明知故问，没好气地说："你这不是废话吗？这里是我的老家。"

"小同志，谦虚点，知之为知之，不知为不知，是知也。"刘星宇俨然一个大学问家，像训斥学生一般对尚晓月说道："我告诉你，这个地方地势高，晴夜多，云量小，温度低，空气稀薄、清新，是天文观测的绝佳地方。"

刘星宇一通天上地下，把尚晓月弄得云山雾罩，不知是真是假。如果说是真，那么，多年为什么没有人来选点观测？如果是假，那么，事实上这里的地理环境和天气状态确实如此。

刘星宇似乎看透了尚晓月的心思，没等她说话，又滔滔不绝地讲了起来："据我国天文台预测，今年十二月将有一场十分壮观的流星雨。届时，有上百颗流星划过地球。我这次来到此地，就是为观察这场流星雨做准备的，明白了吗？"

尚晓月对刘星宇回答好像并不满意。心说：明白？我明白什么呀？你看你的流星雨，你名字也叫刘星宇，与我何干？我也不是流星座。但，话从她嘴里出来，话风却全变了："哎，下雨天住在帐篷里行吗？"

刘星宇傻傻地笑了笑，说道："你这是在关心我吗？"

尚晓月耸耸肩，表现出一副同情的样子："关心说不上，就是有点可怜哈。"

刘星宇乘机试探道："你要是真可怜我，那就将你的闺房让出来，让我委屈一宿。"

"别呀，您这么金贵的身子骨哪受得了乡下木架子床啊，万一有个小病小灾的，我们这小户人家担当不起啊。"尚晓月边说边将自己身上的防风外衣脱下来扔给刘星宇："这是本小姐有生以来最贵重的一件衣服，现在归你了，祝你有个好梦，拜拜——"。说完，她转身离去。

刘星宇则捧着余温尚存的防风外衣想入非非。

这一晚上尚晓月睡得特别的香甜。第二天醒来的时候，雨已经停了，她听见刘星宇在外面大声叫她。

她急忙披衣起来，刘星宇站在门前的黄桷树下，指着地上的小鸟大喊道："你看你看，这只小鸟掉下来了，正哭着找妈妈呢。"

尚晓月走过去一看，是一只羽翼未满的小鸟。应该是昨天晚上下雨的时候从树杈上鸟窝里掉下来的，小鸟羽毛被淋得湿漉漉的，躺在地上发出微弱的声音。两只成年的鸟儿围绕着大树一圈一圈地飞着，发出阵阵凄厉的叫声。

尚晓月心中一暖，没想到这个五大三粗的帅小伙竟然这么有爱心，如果是村里其他男人看见，这只可怜的小鸟恐怕就没有这般幸运了，早已成为了他们的盘中餐了。

尚晓月抬头看了看四周，用手指了指黄桷树高处的树杈，说："看见没有？它的家在那里，我们得想办法爬上去，把它送回窝里才行。"

刘星宇顺着尚晓月手指的方向看见了鸟窝，表示赞perspective同。但看着这棵高大的树，他又犯了难："这么高的树，怎么爬得上去呀？"

尚晓月不屑地瞥了刘星宇一眼："这么大个男子汉，爬不上这么一棵树像话吗？"说罢，她跑回家翻出一个小袋子，把小鸟小心翼翼地放在里面，套在刘星宇的脖子后面，示意他爬上去。

刘星宇见尚晓月认真的样子，已经没有了退路，只好脱下外衣伸胳膊压腿，使出洪荒之力往上爬。可是，刚爬到一半"欻"的一声又滑了下来。

"哈哈哈，真是笑死我了。"看着刘星宇的狼狈样儿，尚晓月捂着嘴笑得直不起腰来。

"笑什么笑？你行你来！"刘星宇气喘吁吁，非常不服。

尚晓月走到树下，伸出手："我来就我来，袋子给我！"

刘星宇把袋子从脖子上取下来递给了尚晓月，操起双手等着看尚晓月的洋相。

尚晓月将手机插进裤兜，然后脱下外衣和鞋子，两手交叉抱着树干，两腿蜷缩，弓着腰两手向上一夹，两膝盖同时向上移动，不一会就爬到了树杈处。鸟窝的稻草有些凌乱，她细心地把它捋好后，才将小鸟放进窝里。

刘星宇仰头问道："找到窝了吗？"

"那还用说吗！放回去了。"她极其得意地回答道："我拍张照片给你，你加下我的微信。"

刘星宇拿出手机通过了尚晓月的好友申请。看到尚晓月的微信名叫"土菜包"，禁不住扑哧一笑，这么时髦漂亮的姑娘居然给自己取名叫"土菜包"，实在是太土了。不过，"土菜包"三个字听上去年还挺纯朴，容易让人想到乡村野外、田间地头、绿色食品之类的画面。

很快，他看到尚晓月传来的视频。看着小鸟在鸟窝里探头探脑，刘星宇兴奋地挥手喊："萌萌哒，简直太可爱了，你我可是它的救世主啊！"

尚晓月抱着树干直接滑了下来。

刘星宇"耶"了一声用力与尚晓月她击掌庆祝，然后指着空中说："你看，它的爸爸妈妈在感谢你呢。"

尚晓月一抬头，果然那两个一直围着大树转的鸟儿叽叽喳喳冲他们叫着。

刘星宇伸出拇指称赞道："今天终于见识了你的猴性，太棒了！"

尚晓月照着刘星宇的胸部就是一拳："有这么夸人的吗？"

刘星宇捂着胸口，假装着很痛苦的样子。

尚晓月："说吧，这次来的真实目的是什么？别拿什么流星雨说事，哄谁呢？"

"想你了，你信吗？"刘星宇又恢复了嬉皮笑脸的样子。

尚晓月从怀里掏出玉佛还给刘星宇："想我？我跟你有什么关系？我看是想这个了吧。"

刘星宇故作糊涂地问："嘿，我的东西怎么在你这里？我找了好几天了，这可是专门为我女朋友准备的。"

尚晓月撇撇嘴："装，你就装吧。哎，不是说男戴观音女戴佛吗？你一个大老爷们为什么戴佛啊？"

刘星宇笑笑："是啊是啊，男戴观音女戴佛，这不，还没有找到值得送的人呢，所以就一直戴在身上。要不，你就继续戴着？"

"不了不了，这里面有你的能量，我戴着它害怕晚上睡不着觉。"尚晓月推脱道。

刘星宇接过玉佛拿在手上把玩着："你说这里面有我的能量不太准确。听说过这么一句话吗？"

"什么话？"

"人养玉三年，玉养人一生。"

"没有。"

刘星宇："那我今天就给你好好讲讲。浅显的理解是，一块玉石经过长期的佩戴，它与肌肤触碰，肌肤表层代谢的汗水、脂肪油慢慢渗透到玉石的细缝中，提升了它的温和感，使它变得越来越温和有光泽度，有灵性。实际上呢，养玉贵在礼仪知识，养在品行，养在性情，经常把玩，它能让人从容不迫，温润如玉，志向高远。这才是玩玉的最高境界，也是玉养人一生的最好诠释。"

尚晓月："你要这么说，那我就更不理解了。俗话说，谦谦君子，温润如玉。可我从你的身上怎么就没看出谦谦君子的一面呢？"

尚晓月直白、不加掩饰的话，不仅没有摧毁刘星宇的自尊心，反而激起了他更大胆的挑衅，他索性一不做二不休，将手中的玉佛直接挂在尚晓月的脖子上，霸气地说道："你是第一个看出我弱点的人，必须罚你戴够七七四十九天，让它吸尽你的气息和榨干你的能量。"

尚晓月仰头问道："然后呢？"

刘星宇诡异地笑笑："然后，为我所用。"

"哼，你想得到美！我看还是算了吧，我不是你的菜，你也不是我的菜，咱俩命里相克。再说了，我不喜欢大叔控。我看还是一别两宽、各生欢喜吧！"此时，尚晓月的话不仅大胆，而且还很放肆。

刘星宇："敢问小姐，你喜欢的菜是什么？回头我好照单准备。"

尚晓月握着胸前的玉佛，嘴里一连说出好几个当红的流量明星。

刘星宇举起右手示意她停止，故意做出一幅恶心呕吐状："求求你赶紧给我打住吧，我一看到这些粉面朱唇A4腰、扭扭捏捏兰花指、柔声细气'娘娘腔'、'雌雄同体'的'小鲜肉'都难受。我从小崇拜的英雄是黄继光、董存瑞、刘胡兰……"

尚晓月也举起右手示意刘星宇停止："行了行了，在这个问题上你我压根不在一个频道上，想让我当你的备胎就直说吧，干吗非要污辱我的偶像，你就不怕他们的粉丝热搜你？"

"热搜？他也要搜得着啊。"刘星宇淡然一笑："备胎有什么不好，你要觉得吃亏，我也可以给你当备胎哟。"

"歇菜吧你就，整天泡歌厅舞厅夜总会俱乐部左拥右抱的，你这个备胎本小姐承受不起。"

"最近我在网上看到一段文字，挺有意思的。"刘星宇说："时下，有一种现象被心理学者称为 fomo（fear of missing out），用来形容互联网时代人们的信息焦虑。意思是说，我们要不断地刷手机，生怕错过一些有用、精彩的信息。其实，这种现象也体现在这个时代的爱情上。"

"爱情上？扯吧你就！"尚晓月将信将疑。

"因为我们总是害怕错过了更好的，特别是各种约会软件给了一部分人一种'还有很多约会的选项没有尝试过的错觉'，认为候选人似乎还有很多，这无形中提高了我们对身边人的不满概率。"

"你的意思，就是让我将就将就、凑合凑合？往后的不一定比眼前的更优秀、更合适？"

刘星宇伸出拇指点赞道："聪明！"

尚晓月按下刘星宇的拇指，说道："你就变着方儿来推销自己吧，你不觉得这个套路太俗气太 low（太低端）了吗？"

尚晓月虽然表面还在跟刘星宇斗嘴，但是，她的内心深处对这个接触并不久的"冤家"的态度有了明显的转变。刚才，在对待那只掉落地上的小鸟时，她似乎洞察到这个外表玩世不恭、内藏爱心与童心的玉石老板真实的一面。她想，刘星宇想方设法把这个价格不菲的玉佛交给自己保管，一定有其目的，而这个目的究竟是什么，她不得而知。

尚晓月本来以为刘星宇这个公子哥对农村生活过不惯，没想到相处两天后，她发现刘星宇对这里的一切都充满新奇和向往。无论是对星月湖烟波浩渺的湖面、星星点点的岛屿、成群结队的水鸟、撒网打鱼的渔民，还是对炊烟袅袅的农舍、浆衣洗菜的妇女、犁田耕地的老大爷、追逐打闹的孩童、摄影写生的学生，无不兴致盎然，极其喜欢。

"帅哥，你对我们这个山沟沟印象如何啊？"尚晓月很想知道刘星宇对自己家乡的印象，忍不住问道。

"这还用问吗？"刘星宇闭上双眼，做出一幅很享受的样子，然后说道："刚才我突然想起一个事儿。"

"什么事？"尚晓月紧张地问。

刘星宇若有所思地说："就是我要不要就地当个农民，分点田，盖个土房，找个媳妇，生堆娃娃。"

尚晓月听后哈哈大笑起来："这，这难道就是你的人生目标吗？简直太没有想象力了。"

刘星宇抬起头，一脸憧憬地说道："没有早九晚五，没有时钟滴答，没有手机随身，没有堵车烦恼，没有应酬疲惫，如此这般的田园生活，我想不仅是我，也是许许多多和你、和我一样的上班族梦寐以求的生活方式。"

尚晓月点头应道："说来也是哈。不过，现在城乡户籍倒挂了，城里人要想成为一名村民非常不容易，比进城落户还难。"

"这个我知道，刚才我在网上查过相关政策，也有捷径可走。"

"什么捷径？"

"找个乡下姑娘结婚，倒插门，户口自然就可以迁入女方家里了。哎，你的户口迁走没有啊？"

"你又不准备到我家做上门女婿，我的户口迁没迁走跟你好像没什么关系吧？"

"以前是没什么关系，可往后……万一呢"刘星宇的话还没说完，一个妇女双手护头哭喊着朝着他们跑来，一个男子手持木棍骂骂咧咧拼命追赶。

"住手！"刘星宇健步上前一把抓住男子的手腕呵斥道。

男子满身酒气，起初还挺蛮横，一边使劲挣扎一边嘴里不干不净冲着刘星宇大声嚷嚷："这是我的婆娘，想做啥子，关你个锤子事，给老子滚开。"

可男子越是挣扎越是难受，豆大的汗珠顺着脸颊往下流。刘星宇把他拉到仍在瑟瑟发抖的女人面前，问道："打老婆，长本事了你！你知道老婆是谁吗？"

男子将脸扭向一边，嘴里依然强硬地说道："她跟老子光着屁股睡了十几年了，老婆是谁我还不知道吗？笑话。"

"睡在一起就是老婆了？"刘星宇使劲将男人的脸拧了过来，一板一眼地教训道："看来，你还真不晓得老婆是什么人。我告诉你，老婆是你最亲密的爱人，是愿意和你同甘共苦、一起生儿育女的伴侣，两个人能够在全世界几十亿人中走在一起，是多少年修来的福分，你不但不应该打她，而且应该时时刻刻关心她、爱护她、保护她，用自己的努力让她生活得更加美好更加快乐才对，只会喝酒打女人，你算什么男人？"

陆续聚集的村民对刘星宇一番入情入理的话报以热烈的掌声，对打老婆的男子则纷纷口诛笔伐。男子被这场面臊得羞愧难当，恨不得马上从地缝里钻进去。刘星宇问男子："按照国家相关法律法规，你家暴你老婆，已经犯了法。你看，今天你是在这里当着大家的面给你老婆认个错，还是我把你送到派出所去？"

听说要送派出所，男子立刻双腿跪在妇女面前，泣不成声地乞求老婆原谅。妇女心一软，拉起男子就走了。

刘星宇妥善调解两口子矛盾纠纷的本领让尚晓月对他刮目相看。众人离去后，她问道："看不出你还真有两下。请问你是哪个学校毕业的？学

的什么专业？硕士还是博士？"

"嗬嗬，真把自己当成单位的HR（人力资源管理者）了，问得这么深入细致？"

"我就是好奇嘛，没有别的意思。"

刘星宇显然不想过早地让尚晓月知道自己更多的秘密，他知道男女之间暴露给对方的东西越多，往往失去就越快，魅力、神秘是一对孪生兄弟，相辅相成。看着对面一栋新盖的楼房正在被拆除，他问道："你能告诉我这是为什么吗？"

尚晓月指着房子说："那家人以前很穷，听说这两年他儿子在外面做生意挣了不少钱，回来盖了新房。前不久，房子被法院查封了，说盖房子的钱来历不正，是他儿子在外面贩毒挣钱盖的。所以，法院就决定强制拆除，以儆效尤。"

"多好的房子啊，可惜了，看来还是干干净净挣钱过日子踏实。"听罢尚晓月的介绍，刘星宇如是说。

夕阳的余晖透过树梢映照在刘星宇英俊帅气的脸上，尚晓月心如撞鹿，嘣嘣乱跳。她含情脉脉地盯着刘星宇，之前的犹疑、防备早已不堪一击。

在往尚晓月家的路上，刘星宇的手机突然响起，他一看电话号码，急忙走到竹林里去接听，因为距离较远，尚晓月听不清楚他在与谁通话。

接完电话，刘星宇急匆匆地对尚晓月说："对不起啊，云南那边有一单生意要做，我得走了。"

"走了？这就要走了？"尚晓月脑子一片空白，一时不知道说什么好。

刘星宇叹了口气，说道："哎，生意不好做，客户是永远不能得罪的，更何况人家是财大气粗的主儿。"

尚晓月好奇地问："你说的那个主儿，是王文帝吗？"

"是啊，怎么啦？"

"没有，只是好奇而已。不过，我就不明白，你怎么喜欢和他这样的人混在一起。"

刘星宇拉过尚晓月的手，和风细雨地说："你别忘了，我是个生意人，在商言商，英雄不问出处，只要有钱挣就行了。"

尚晓月"哦"了一声，不再深问。

看着尚晓月一脸不悦，刘星宇本想解释几句，最后一想算了，有些事情越描越黑，还是让时间来作答吧。

回到家里，母亲不在家，房间里只有尚晓月和刘星宇。尚晓月躺在床上，仰面朝天。精致的脸庞紧紧地绷着，额头上耷拉着一绺蓬乱的头发，她拉过被子将自己遮住。

刘星宇把衣物行李收拾停当后，尚晓月依然躺在床上，刘星宇坐在床沿，轻轻揭开被子，昏暗的屋中他看到尚晓月那深泉般的眸子在泪水中转动。

"我先走了，咱们江阳见？"刘星宇说道。

尚晓月突然起身，猛地扑到刘星宇的身上，双手紧紧搂住他粗壮的脖子，使劲地咬住自己的衣襟，竭力不让自己哭出声儿来，她不愿意刘星宇离开。

"你不走——行吗？"

刘星宇狠狠地咽了口唾液，笑笑道："我也想天天和你在一起啊，可是，可是我还有我的工作……"

"不，我不需要你干那种工作，你哪儿也别去，就和我呆在一起，永远这样……，星宇，抱抱我，行吗？"

刘星宇两条雄健有力的胳膊紧紧地抱着尚晓月。

尚晓月仰视刘星宇的面孔：拧起的黑眉在颤抖，眼睛被内心激发的火焰燃烧起来。她想，只有当一个人的灵魂被燃烧时，才会发出这样令人颤栗的神采。

她感到他呼出的强烈气息，情不自禁地吻过去，把自己冰凉的嘴唇压在刘星宇灼热的双唇上。

刘星宇那宽大、厚实、满带着青春热力的右手从尚晓月的衬衣下伸进去，从腰部渐渐滑向光滑如玉的脊背推移。随着刘星宇双手的移动，尚晓月感到浑身都要燃烧起来。

晕乎中，她感到自己的胸罩被解开，刘星宇烫人的嘴唇慢慢埋进她的乳壕，顿时，一股不可抑制的欲望像电、像火、像熔化的岩浆，燃遍了她的全身。

尚晓月本能地闭上眼睛，两颊虽然滚烫，却没有一丝的羞涩和胆怯，她渴望这种感觉继续下去，渴望刘星宇更猛更疯狂的动作。

突然，刘星宇立起身来，用力捶打着自己的脑袋，大吼道："不，不……"

六

9 月 18 日，这是尚晓月居家观察的第 8 天。

这一天清早，尚晓月还在睡梦中就被保洁阿姨叫醒："尚小姐，你快起来快起来，不见了不见了。"

尚晓月睡眼惺忪，边打哈欠边问道："什么不见了，看你惊慌失措、丢了魂似的，不要急，慢慢说。"

"就是书柜上的那个黑色箱子不见了。"保洁阿姨连比带画地说着。

听说是黑色箱子不见了，尚晓月重新倒下，拉过被子准备再睡："我以为是什么宝贝东西呢，就那个晦气的破箱子呀，昨晚被我扔床底下了。"

听说箱子被扔在了床底下，保洁阿姨脸色惨白，惊愕不已，她立刻趴在地板上伸出瘦小的胳膊费劲地将箱子拉了出来，随后又用干净的毛巾仔细地擦拭。放回原处后，她碎嘴叨叨个没完："年轻人，我告诉你，既然当初接受了别人的托付，那最好不要违背别人的意愿，免得辜负了别人的心。再说了，别人特别交代不要动肯定有别人的考虑，如果动了……"

保洁阿姨没完没了的告诫弄得尚晓月睡意全无，她欠起身非常不耐烦地央求道："阿姨，我求求您别说了,这个箱子我转托给您,您爱咋弄就咋弄。"

保洁阿姨老泪纵横，不再言语，感觉很委屈。

尚晓月递给保洁阿姨一张纸巾："对不起，最近我心情很乱、很压抑，害怕看见黑色的东西。"

听尚晓月这么一说，保洁阿姨这才感觉自己的表现过了头，她递给尚晓月一碗刚刚煮好的面条，说道："别害怕，有我呢！快吃吧，这是阿姨专门给你煮的鸡汤面。"

鸡汤面？您怎么知道自己喜欢吃鸡汤面，这可是她和刘星宇共同的爱好啊。

尚晓月端着热气腾腾的鸡汤面回味着。

秋雨绵绵的江阳难得有个艳阳天。清晨，灿烂的朝霞洒在江阳的大街小巷、滨江两岸，久违阳光的人们纷纷来到户外，尽享秋日的暖阳。

刘星宇和尚晓月紧贴在拥挤的过江缆车里，脚底下的长江停靠着各种各样的豪华客轮，一派繁华的景象。

走下缆车，尚晓月拉着刘星宇来到一家包子铺前，要了一屉包子和一杯豆浆，边吃边问刘星宇："你要不要来点？这家包子超好吃。"

刘星宇摇摇头说："不了，我打小就不喜欢吃包子，喜欢吃面条。记得小的时候，妈妈煮一碗面，舀几勺鸡汤，撒点小葱，超有味道。"

"早说呀，机场路上有一家，是一位美女开的，味道好不好不好说，但天天排长队，还尽是男的。"

"这家面馆我知道，上过《舌尖上的中国》。我看呐，他们吃的不是风味，而是美女的韵味。"

"要不下次去尝尝？"

"干嘛等下次，现在就走吧，我请。"

"你可真够大方的，走那么远，就请我吃碗面条？"

"你要是觉得亏了，那再给你加个荷包蛋？"

尚晓月扭着刘星宇的耳朵道："哦，你倒提醒了我，我告诉你，吃了我家的荷包蛋，别人家里的就免了哈，知道吗？"

刘星宇知道荷包蛋是尚晓月老家一带专门招待准女婿的，尚晓月的警告意味着什么他当然明白，刘星宇举起双手求饶道："那是那是！"

尚晓月松开手，莞尔一笑："这还差不多。"

实际上，小面加鸡蛋不只是川东地区老百姓的饮食习惯，也是许多江阳人早餐和午餐的最爱。在江阳，人们对小面的热爱绝不亚于火锅，亲密度更是有过之而无不及。刘星宇曾经问一个久居江阳的外乡人，是什么让你这么舍不得离开江阳？他的回答竟然是"小面加蛋"。

由此可见，江阳人对小面的喜爱与其说是上瘾，更不如说是一种依恋。每天早起的时候吃一碗小面，整个人一天就有了精神头。寒冬腊月吃一碗小面，浑身上下也就暖了起来。从外乡归来的江阳人未必能立马下馆子烫一顿火锅，于是，路边摊摊上的小面就成了他们找回家乡感觉最快捷的一种方式。可见，一碗小面既体现着江阳人对味觉的执着，更直接地表达了他们割舍不断的故乡情结。

正当他俩在纠结去不去吃小面的时候，尚晓月就接到了文梦婕从腾冲打来的电话，哭诉着新郎官杨伟的问题。她说，结婚不久杨伟态度发生了巨大的变化，回家很晚不说，一到家里倒头就睡，而且没有言语交流，手机不离身，铃声一响异常紧张，要不直接按掉，要不就是躲进厕所接听。更为奇怪的是，手机里的信息常常删得干干净净，不留任何蛛丝马迹。

刘星宇听后有些担心地说："我看八成是见异思迁，另有所爱了。"

尚晓月两眼直视刘星宇："哟，够有经验的，你是不是也这样过？要不怎么手机经常关机呢。"

刘星宇抢过尚晓月手里的豆浆，猛喝一口："不带这样给人下套的哈，我以前怎么样已经不重要，都翻篇了，鸡往后刨，猪往前拱，我们还是学猪傻傻地往前拱吧。"

"我说猪，今后在我面前耿直点，有一说一，有二说二，不准三心二意的，爱就爱，不爱就不爱。记住了？"听了文梦婕的不幸，尚晓月再次敲打着刘星宇。

刘星宇右胳膊绕过尚晓月的脖子，极其温柔地说道："记住了，尚晓月同志，保证说到做到，不放空炮。"

这虽然是一张空头支票，但在尚晓月那里还是很受用的。她一脸满足地发号施令："刘星宇同志，现在组织上交给你一个十分重要的任务。"

刘星宇脸上一惊："重要任务，什么重要任务？"

"你给我听好了。"尚晓月清清嗓子："据可靠情报，杨伟今天可能在中山古镇一带活动，组织派你前去查明情况。"

"这叫什么任务啊？"刘星宇听后觉得荒唐又可笑："报告组织，本人对别人的私生活不感兴趣，恕不从命。"

"不行，这个事关乎梦婕的幸福，你必须完成，否则，革职查办。"

看着尚晓月一脸严肃认真的样子，刘星宇嘻嘻哈哈地打岔道："我说，跟踪盯梢不是我长项啊，我长得这么帅，优点太突出，万一被哪个富婆看上了，我去吃软饭，你不就亏了吗？我看还是趁早换人吧！"

尚晓月拿出化妆包，强按着刘星宇坐下，笑容可掬地说："这个好办，来来来，我帮你化化妆，保证没人认出你来。"

刘星宇双手护着脸，求饶道："你还是饶了我吧，我惹不起你，姑奶奶。"

"装，你就装吧。我老家你是怎么找到的？云南边境你是怎么出现的？我就知道，这种鬼鬼祟祟、偷鸡摸狗的事儿，你最擅长！"

"哎，我说，夸人也不带这么夸的哈。我发觉什么话从你的嘴里说出来就变了味。"

见来硬的不行，尚晓月立刻使出了女人最擅长的撒娇，她搂着刘星宇的脖子嗲声嗲气地说道："亲爱的，不要生气嘛。其实，我一直想去那里转转，你只当是陪我，好不好？"

"这就对喽，还是美人计好使，我就好这口。"听说尚晓月要去，刘星宇脸色也由阴转晴："你要去，我必须陪着，万一被人拐跑了，我上哪后悔去呀？"

"不用拐，说不定哪一天我自己就跑了。"尚晓月指着刘星宇笑道："天下男人一个样儿，你也不例外。"

刘星宇笑而不语，算是作答。

离江阳不远的中山古镇上，刘星宇帽檐压得低低的，一幅宽大的墨镜几乎遮住了大半边脸。他拉着戴着草帽和大墨镜的尚晓月，在古镇上四处寻找杨伟的踪迹。

这个古镇有一条沿笋溪河而建的老街。街面用青石铺设，两侧建筑为穿逗式木结构，中间为骑廊式过街亭建筑。虽经修葺，但依然保留着明清时期的老茶馆、老酒馆、老药房、老槽房、剃头铺、打铁铺、针绣房等传统作坊。

在古镇旅游集散中心，刘星宇他们很快就发现了一身运动装的杨伟。此时，他正搂着一个身材微胖、气质高雅、雍容华贵的中年妇女上了一辆前往爱情天梯的三轮车。

尚晓月正想开口喊杨伟，刘星宇立刻捂住了她的嘴巴，拉着她迅速登上了另一辆三轮车，他对司机小声说道："师傅，跟上前面那辆车，快点。"

师傅问："你们是一路的？"

"你的话有点多哈，这个不该你问的，你把钱收好就是了。"刘星宇把一张百元大钞塞给司机。

师傅收好钱，使劲往前蹬，眼看就要赶上前面的三轮车了。刘星宇拍拍他的肩膀："师傅，不要太近了哈，隔三四辆车。他们要是突然停车的话，你不要跟着停，不要慌张，若无其事继续往前骑，我喊你停才停。"

师傅回头笑笑："明白了，这种事情我有经验。"

刘星宇竖伸出拇指点赞。

对于刘星宇的这一通神操作，尚晓月心里直犯嘀咕：这个人够有经验的，跟演谍战片似的，他该不会是个特工吧？尚晓月心里虽然这么想着，但这会儿有求于他，也不敢造次，她贴着刘星宇的耳朵悄悄地说道："你说，杨伟和一个大他那么多的老女人去爱情天梯做啥子？"

刘星宇搂过尚晓月："看来，你对爱情天梯太缺乏了解了，我得给你补补课。"

尚晓月频频点头，一幅很虔诚的样子。

刘星宇说："20世纪50年代，中山镇高滩村的男青年刘国江爱上了大他10岁的俏寡妇徐朝清。为了躲避世俗的闲言碎语，两人私奔到一个叫半坡头的深山老林的半山腰安家立业，生儿育女，过着野人般的生活。后来，刘国江害怕爱人出门摔跟头，便用了长达56年的时间，凿出了6000多级石梯，他们的旷世奇恋感动了无数人。于是，当地人就把它打造成了一个见证爱情奇迹的景点。

刘星宇绘声绘色的介绍很有带入感，尚晓月脑海里全是刘国江和徐朝清两人相亲相爱的画面，她自言自语地说道："太感人了，这简直就是中国版的罗密欧与朱丽叶。"

刘星宇深有感触地说道："所以说，真正的爱情不是轰轰烈烈的炽热，而是经得起流年的打磨……"

望着前面的杨伟和那个中年妇女，尚晓月突然让师傅停住，说想步行上山。

刘星宇感到莫明其妙，质问尚晓月："不追了？"

"不追了。"尚晓月若有所思地说："也许杨伟就是那个刘国江，中年妇女就是那个徐朝清呢，他们来到爱情天梯一定是超越了年龄的界限、超越了时空的距离，是希望爱情天梯见证他们纯洁的爱情或者是真挚的感情，如果是这样的话，再去跟踪监视就有点棒打鸳鸯，显得太不道德了。"

刘星宇被尚晓月一日三变弄得五迷三道，他简直不敢相信尚晓月会如

此如此的冷漠，文梦婕可是她最好的闺蜜啊！出轨事实已然摆在眼前，几乎实锤，她居然半途而废，对杨伟的背叛如此的宽容和同情，她到底怎么想的？

"上山的路不好走哟，各人注意安全哈。"师傅甩下一句话就走了。

上山的路的确不好走，一边是悬崖，一边是峭壁。刚开始路虽不太好，但勉强还能走。可是，越是往后，路越是难走，有些路段，几乎要屈着身贴着崖壁才能过去。

突然，一块石头从上面滚下来，尚晓月一紧张，脚下打了个趔趄，一脚踏空差一点掉进悬崖，亏得刘星宇眼疾手快一把拽住她。

尚晓月吓得脸色煞白，刘星宇劝道："我们还是坐车吧，太危险了。"

尚晓月甩开刘星宇："不行，徐朝清与刘国江两人的故事太感人，我必须步行上山去祭拜祭拜他们！"

刘星宇追上尚晓月："哎，我说你走慢点，修天梯的男人和走路的女人都已仙逝了，这条路只剩下个故事而已。"

尚晓月："人是不在了，但每天仍有不少信男善女为这个故事而来，许下心愿、见证爱情，或者为自己疗伤。"

刘星宇："你说的不假，这里从来都不缺少像你这种虔诚的游客，那我问你，今天我俩到此，到底是许愿、见证还是疗伤呢？"

尚晓月停下脚步，十分认真地看着刘星宇："你说呢？"

刘星宇笑笑道："你看你这个球踢的，许愿也好，见证、疗伤也罢，我还不是听你的吗？"

尚晓月扑哧一笑，指着脚下的丛林说："好，看你态度不错，赐你就在这里再修一条天梯吧，专门供哀家使用。"

刘星宇单腿跪在地，做出请安的样子说："得嘞，小的干脆给您老人家架一座上山索道吧，省时省力，又不怕风吹日晒。"

尚晓月："吹吧你就！"

说着说着，刘星宇和尚晓月就到了爱情天梯主人曾经居住的地方。刘星宇指着几间土墙瓦房说："早几年，这对夫妻就相继去世了，现在只留下了这几间空房子。"

尚晓月透过窗户看着几样简单的家具说道："要是他们还活着就好了，起码我可以问问他们，山上这么苦，两个人厮守在一起，天天你看我我看着你，不厌烦吗？这样的日子幸不幸福？这一辈子后不后悔？"

刘星宇随口答道："那还用问吗？能用 56 年时间为爱人凿出这么壮观的一道天梯，他们一定是幸福的。但若换个人，那就不一定喽。"

尚晓月紧盯着刘星宇："比如你？"

刘星宇想都没想就冲口而出："我？决不干这种傻事。50 多年，可以做多少事情呀，干嘛非要在一棵树上吊死？想想都恐怖！"

尚晓月的脸色突然凝重起来："你真的这么想的？"

刘星宇知道自己说错了，立刻补充道："当然啊，这个事情主要看人。如果女主人是你，我会飞蛾扑火，义无反顾，哪怕比这个地方再艰苦十倍、百倍，我也无怨无悔，心甘情愿，相守一生，相爱一生。"

刘星宇一番深情款款的表白，深深地感动了尚晓月，她痴痴地望着刘星宇："这算是承诺吗？"

刘星宇拉着尚晓月的手："你说是就是！"

"你信命吗？"

"不信！"

"你呢？"

"信，也信因果。"

"因果，也就是说你相信缘分？"

"是啊，你不相信吗？"

"相信相信！"从因果到缘分，从不信到相信，刘星宇到底还是选择了相信。他细细一想，世上万物、人间万象，都是牵一发而动全身，人们常说的"蝴蝶效应"就是最典型的因果。所以，我们做任何事情，都要种好前因、静待后果，要不然等真正的灾难性后果来临之时，就悔之晚也！刘星宇望着尚晓月充满期待的眼神，突然有些伤感地说："人，好像总是得经历那段辜负别人的爱,然后别人也辜负自己的爱后,才能有所感悟和认识。而我们为了证实这种领悟，彼此间往往承受了太多的伤害，使过去的那份爱沉重，无可承载。"

尚晓月有些诧异地问："你几个意思啊？是不是准备用伤害我、辜负我,来证实你的感悟？"

刘星宇怔怔地望着天空有感而发："今生我寻觅前世失落的足迹，跋山涉水，走进你的眼中，前世的五百次回眸换得今生的一次擦肩而过，我用一千次回眸换得今生在你面前的驻足停留。我在树下等了五百年，就为你一回眸。"

"这是席慕蓉《回眸》的精彩片段，我也喜欢。" 尚晓月脸上渐渐绽开了笑容，她接过话头："有人问佛：要多少次回眸才能真正住进你的心中，佛无语，我只有频频回首，像飞蛾扑向火，可以不计后果，可以不要理由，回眸，再回眸，千次万次，你在我眼里，也在我心中，我频频回顾着，期待你的温柔，我频频回顾着，渴望长相厮守。"

刘星宇轻轻捧着尚晓月的滚烫的脸，重复道："期待你的温柔！"

"渴望长相厮守！"尚晓月小鸟依人靠在刘星宇身上。

在古镇一家网红老坛酸菜黑鱼店，尚晓月边热搜边征询刘星宇的意见，刘星宇频频点头并无主意。他知道,如今的女生对点菜的霸道远远超出男生，她们善于旅游公略，到什么地方住什么看什么玩什么吃什么，主意大得很。好不好玩好不好吃不重要，重要的是别人去了我也得去，而且最好是跟自己心爱的人去。所以，只要与她们一同出游，吃住行她们都会安排妥妥的。如果是这样，她一定是把你当成了生命中最重要的人了，铁定跟你了。

不一会儿，老坛酸菜黑鱼上桌了，尚晓月拿起筷子正要品赏，刘星宇突然掐了她一下，轻声地说道："别出声，看那边！"

尚晓月抬头看见几个穿着过于暴露的美女在找座位，翻了刘星宇一眼："我说你瞎看什么呢，眼前的美女还不够养眼吗……"

"叫你别出声就别出声。"刘星宇打断尚晓月的话，指了指墙角的桌子说："那边，看清楚了吗，杨伟和那个中年妇女。"

尚晓月顺着刘星宇手指方向看过去，杨伟和那个女正在吃鱼，她顿时紧张起来，拉起刘星宇就往外走。

一出餐厅刘星宇就劈头盖脸地数落道："瞧你那心理素质，慌慌张张跟逃债似的，搞得我们俩跟做了什么见不得人的事似的。"

尚晓月拍拍胸口，努力平复紧张的情绪："离得那么近，被他们发现了多尴尬呀，我真不忍心给人家美好的心情添堵。"

刘星宇回敬道："他们心里不堵，我心里就堵。这叫什么事呀，好不容易吃顿老坛酸菜鱼就被你给搅黄了，你可真是！"

"帅哥，怪我怪我，太心慈手软了，白白浪费了一盆老坛酸菜黑鱼。这样吧，回江阳后我给你补上。"

"这位美女，当面锣对面鼓，这可是你说的哈，晚上补上。"

"补上补上而且是大补。"尚晓月拉着刘星宇边走边说："我给你讲个故事吧？"

"你还是你家里的故事？"

"不，都不是，是关于驼鹿的故事。"尚晓月望着草坪上相互追逐的驼鹿侃侃而谈："秋天，驼鹿交尾的季节到了，两只美丽的雄驼鹿在林间空地相遇后，开始了求偶的角逐，还在老远就发出响亮的叫声，喘着粗气，瞪着充血的眼睛步步逼近。而后，双方拉近距离，用强有力的角互相碰撞，借以证明自己的体力，以及自己作为雄性生育者的优势，它们是在为占有雌性、成为未来后代的父亲之权利而角斗。而当这两只雄鹿在显示自己威力时，那只雌驼鹿却站在不远处观望这场骁勇的决斗，它面临着最简单的生物学任务，那就是生产强健的后代，因此，一旦争斗结束，雌性驼鹿便朝胜利者走过去。在天性的驱使下，它们成为夫妻。星宇，你说这些驼鹿伟大不伟大？"

"伟大！"

"那个中年妇女选择杨伟这样的好种子值不值得佩服？"

"也倒是哈。我要是那个中年妇女也要选择获胜的雄驼鹿。"尚晓月兜兜一圈这才转回了问题的本质，对于这个问题刘星宇一时还无法作答，他只好跟着打哈哈："哎，别尽说别人了，你看我像不像一头雄驼鹿？"

尚晓月摸了摸刘星宇隆起的胸肌，说道："光像有什么啊，关键是要成为胜利者，王者归来。"

"有你做坚强的后盾，我保证王者归来！"说完，刘星宇举起右手向尚晓月敬了一个标准的军礼。

尚晓月笑道："敬礼的动作蛮专业的嘛，记住，说到做到哈！"

"是，尚晓月同志！"

杨伟与中年妇女的事，尚晓月一直想找个适当的机会给文梦婕开导开导，免得她想不开做出什么过激的事情来。没想到文梦婕倒是想得开，跟没事儿似的，平时怎么样现在还怎么样，江阳妹儿那种义气、洒脱在她身上体现得淋漓尽致。难怪人说，无江湖不江阳，看来这句话完美总结了江阳女孩的性格。

江阳是一座闻名遐迩的山城，出门不是爬坡就是下坎。夏天持续高温，热浪滚滚。冬日绵绵阴雨，时而浓雾笼罩。独特的地形和极端的天气，既养出了江阳女孩子的好皮肤、好身段，同时，也练就了她们刚烈而火辣的性格，漂亮的外表背后有种刁蛮与霸气。她们心直口快、大胆泼辣，上得了厅堂，下得了厨房，斗得了小三，打得过流氓。她们的美，是一种朴实的、可接触的、充满生活气息的美，美得自在、美得亲切、美得本色。体现在家里，绝对是说一不二，指使男人做这做那，掌控着家里大事小情。体现在外面，更是坚强无比，从不怯弱退让。平时大大咧咧，不会为芝麻小事斤斤计较，但又很注意分寸，很少给不喜欢的男人表现和献殷勤的机会，自己能解决的事情自己解决，绝不故作柔弱，假手于人。体现在工作上，她们都是自己命运的圣斗士，就算不能翻云覆雨、逆天改命，但也不会逃避退缩、怨天尤人。在江阳，女性就是这样真真实实的存在，爱憎分明，疾恶如仇，眼睛里揉不得沙子。所以，江阳的男人们对那些想打家乡女娃娃主意的男人，总是会提醒几句：我们江阳妹儿辣的吃得多，她们的血总是汹涌沸腾，激情满怀，重情重义，没有真心实意的话就少惹哈，她们的爱你是辜负不起的！

这天，文梦婕刚从腾冲飞回江阳就急急忙忙地约尚晓月见面。尚晓月放下手头的工作来到候机厅门口，文梦婕穿着一身高档得体的休闲装、拎着最新款 LV 包包，早早等在那里，一点也没有被小三上位的挫败感。尚晓月好奇地问道："梦婕，打扮这么漂亮干吗呀，是要相亲吗？"

"NO,NO，现在这种状况去找男人会让人看不起，再怎么急也要等我把眼前这个渣男的事情处理完了再说。"文梦婕拉着尚晓月："昨开杨伟约我见面聊聊，走，陪我一起去！"

"陪你去没问题。"尚晓月先表明态度，坚定地站在文梦婕一边，随后还是忍一住问了这个问题："刚结婚就闪离，这究竟是为什么呀？"

文梦婕用手比画道："为什么？就为屁那么大点事。"

尚晓月："文明点，具体点。"

文梦婕："那天在家里点外卖，我给他加了一杯豆浆，他非要点甜甜奶茶，我说你血糖已经很高了，不能喝甜的饮料，他说他就喜欢甜口。就这样，一言不合，他就摔门出去了，而且是一去不回。直到第二天，他才微信告诉我要离婚。搁你，你受得了吗？"

"至于吗？爱吃什么吃什么嘛。"

"你说得轻巧，他父亲就是糖尿病去世的，这个病遗传概率大，不管行吗？"

"哦，那是得管管。"

"其实，这只是一个导火索，他在外面早有人了，是一个富婆。"

尚晓月："是吗？你怎么知道的？查看手机？"

文梦婕："不用了，太老套了。我告诉你，爱一个人的时候，他的一举一动、一颦一笑都会透露出他心里的欢喜。同样，当爱走到尽头开始厌倦一个人的时候，也能从本能反应以及蛛丝马迹中发现端倪。特别是男人，他们厌倦一个人往往是从身体开始的……"

见文梦婕突然停住，尚晓月催促道："接着说呀，怎么不说了？"

文梦婕摇摇头："算了，都快成前任了，给人家留点面子。"

尚晓月大有不达目的誓不罢休的架势："难道他那方面不行，真像名字一样，阳……"

文梦婕随手给了尚晓月一巴掌："你一个未婚女人，怎么这么风骚，这样的话也说得出口？"

尚晓月笑笑道："生活是本教科书，你的教训就是我的经验。"

提到教训，文梦婕就像打开的话匣子，滔滔不绝地说个不停："我告诉你啊，女人爱上一个男人，是因为她觉得在对方身边时，自己和对方是一体的，是对方生命中独一无二的存在。她会因为对方没陪自己而黏人，会因为喜爱对方而撒娇，会因为在乎对方而吃醋，因为，女人的爱和温柔，只留给最爱的人。你说，我说的对不对？"

尚晓月："有点道理哈，到底是过来人，说出来一套一套的。"尚晓月对文梦婕的一席话非常赞同，她接过话茬说道："我记得一个非常著名的女演员说过这样一段话很有意思的话。她说，既然循规蹈矩、随波逐流的生活，并没有给我带来预期的幸福，反而让我在本该神采飞扬的大好年华，活得卑微而苍白。那不如就做我自己，靠我自己，放飞自己，成就自己。随心所欲地去生活中冒险，试试自己的极限到底在哪里。"

文梦婕："是啊，世间最美好的爱情无非是有一个始于心动、终于白首、拥之则安、伴之则暖的人。哎，告诉我，你的刘星宇是不是这样的人？"

尚晓月："实话实说，他太神秘了，我看不出来啊。梦婕，那以你旁观者的视角看他怎么样？"

文梦婕："我看杨伟都看走眼了，可不敢替人把关了，自己地盘自己作主吧，免得今后怨七怨八的。"

"听君一席话，胜读十年书，受教育了。"尚晓月看看手表说："站了半天，究竟要去哪里呀？"

"哦，我叫了个快车，马上就到了。"文梦婕边翻看手机边说："他约我去吃西餐，被我拒了。"

"为什么拒了？西餐厅多有感觉啊，昏暗的烛光下，喝点红酒，说点悄悄话，多浪漫！即便是分手也很有情调的。"

文梦婕恶狠狠地打断尚晓月："情调个屁，都要分手了，谁跟他情调。他要玩高档，老娘偏要让他去吃路边江湖菜。"

尚晓月故意装作不乐意的样子说："江湖菜？坐在路边的小板凳上，土里土气多丢人。那还是你自己去吧，我就不陪了，好歹本小姐我也是一白领嘛。"

"我说，尚晓月小姐，你有没有搞错哟，今天是我的主场，你就屈尊将就一下不行吗？土有亲切的乡土气息，粗有粗犷豪放的气质，杂恰恰说明了有江湖菜兼收并蓄的特点，很多怀旧的、来江阳旅游打卡的，踏破铁鞋找的不就是这个味吗……"

见文梦婕婆婆妈妈的，尚晓月连连举手道："我去我去！你别再说了，我看你到了更年期了，碎嘴叨叨，跟我妈似的。"

"哎，有人这样夸人的吗，你……"文梦婕还没说完，一辆长安快车就停在她跟前，她拉着尚晓月就上了车。车子沿着滨江路向江阳老城区驶去。

一上车尚晓月就迫不及待地给刘星宇发语音："亲爱的，我正陪梦婕去赴约，你现在在哪儿？想我吗？"

等了一会，刘星宇才微信回复："Mancoffee（漫咖啡），谈事中。"

虽然刘星宇回复时间拖得长了些，比较简略，但尚晓月还是很满足。忙，总归是好事，说明他工作充实。于是，她秒回道："嘿嘿，知道了。记得少喝酒哈，还有，不许勾三搭四哟！"

这次刘星宇回复更加简省，只有一个"好"字。

尚晓月随即发过去一串的飞吻表情包，并对着手机屏幕嘟着嘴："嗯啦——嗯啦——"

正在对着镜子补妆的文梦婕实在觉得有些肉麻，冲着尚晓月数落道："啧啧，大白天的就情不自禁，还当着人面儿发嗲，真让人汗颜。平时看着挺文静的，怎么一闻到腥味就搂不住火啊。"

尚晓月故意挠头弄姿，扭了几下，回敬道："允许别人撒花煽情，就不允许本小姐晒晒幸福呀，梦婕姐，你也太双标了。"

江阳大桥下防空洞改造而成的一家江湖菜馆，面朝长江，自带码头的江湖气息，门口高挂旗幡，墙上蓑衣斗篷，毛笔菜谱、石雕关羽像，掉了漆的八仙桌上叠着几个土八碗和竹筒筷子，客人在四方桌上大声谈笑，不时端起土碗一饮而尽，热闹的景象与武侠小说里的酒馆如出一辙。墙上一幅"背靠嘉陵江，喝酒当喝汤"的字句，随意洒脱，烘托出江湖菜豪气随性的氛围。

这店面不大，但人气很旺，屋内坐满了食客，屋外站满了排队领号的男男女女。

文梦婕戴着墨镜，昂着头，超有派头，尚晓月紧随其后。

走进餐厅，文梦婕环视一圈不见杨伟人影，她掏出手机拨打，手机铃声在不远处响起，屋外老槐树下一个中年妇女频频向她们招手。尚晓月认出来了，她就是那天与杨伟去爱情天梯的那个女人。尚晓月虽然有些紧张，但还是不动声色，随文梦婕走了过去。

文梦婕一把夺过手机，质问道："你是谁？杨伟的手机怎么在你这里？他人呢？"

中年妇女并没有急于回答文梦婕的问话，而是笑笑地转向尚晓月，并主动伸出手与尚晓月握了握，然后指了指旁边的塑料凳子说："你就是那位尚晓月小姐吧？小伟经常提到你，果真是一个人见人爱、花见花开的漂亮女神。坐，快请坐！"

尚晓月看看文梦婕，文梦婕一屁股坐下，气恨恨地说道："晓月，坐吧，恭敬不如从命。"

尚晓月坐下后，才仔细打量起这个中年妇女。微胖的身材，棱角分明的脸庞，深陷的眼窝，金黄色的头发，富有弹性的皮肤，虽然一口地道的江阳话，可一看这身打扮就知道是个早年出国混的主儿。年纪虽然稍稍大了点，但用徐娘半老、风韵犹存来形容，一点也不为过，也难怪杨伟经不住诱惑，拜倒在了她的石榴裙下。

中年妇女将菜单推给文梦婕，说："喜欢什么尽管点，今天我请！"

文梦婕随手将菜单扔向一边，问道："他人呢？为什么没来？"

中年妇女说："对不起，不是他不想来，是我不让他来的，我想我俩之间直接谈谈更好些。"

文梦婕问："我和你之间？谈什么？"

中年妇女拿起菜单："还是先点菜吧，听说竹林偶遇、腊肉藕条、葱烧藕段、藕断丝连都是他家的特色菜，我看就别点了，全上吧？"

一听中年妇女说话这口气，文梦婕就不高兴了，一个苍蝇馆你充什么大方，即便是把菜单上所有的菜都上了也超不过 500 块。她冲着服务员招招手说："妹儿，一个人按 1888 的标准，你们随便上。"

"姐，对不起，我们这里都是些家常菜，恐怕满足不了你们的要求。"服务员为难地说，随后推荐道："要不去对面的西餐厅看看，经常有人在那里搞生日趴，挺不错的。"

中年妇女望着文梦婕说："我早给小伟建议请你们吃西餐，环境幽静，好说话，国外谈事一般都在西餐厅，这里尽是些江湖菜，害怕慢待了你们。"

文梦婕对这种装腔作势、假清高的人一向反感，她将杨伟的手机扔给中年妇女，夹枪夹棒地说道："大姐，您别瞧不起江湖菜嘛，我们这里的人都很江湖的，都是些耿直哥耿直姐，有一说一，有二说二，不会弯弯绕，你没听说过吗？不江湖不江阳。"

"哦，对不起，忘了作自我介绍，我叫玛丽斯，英语名 Marisa。"中年妇女对文梦婕开口闭口叫自己大姐明显不悦，于是她主动介绍了自己的中英文名字，然后毫不客气地将文梦婕的话怼了回去："哦，好像小伟也不太喜欢江湖菜哦，他说吃饭的不是乡巴佬就是棒棒军，我为此批评过他，你看文小姐像乡巴佬吗？像棒棒吗？"

文梦婕："马力死？哦，对不起，我英文水平差，发音不准，还是叫大姐顺口，您不介意吧？"

玛丽斯耸耸肩，表示出无所谓的样子。文梦婕没想到杨伟这个农村长大的孩子变化这么快这么大，居然说出这样的话来，简直是数典忘祖。他的账以后可以漫漫清算，眼前必须在气势上压住玛丽斯，否则，里子、面子都不好看。文梦婕说道："我也听他说过，他祖辈三代都是庄稼汉，如今攀上您这个高枝，逆天改命了，对下里巴人的生活当然不习惯喽，今后你最好在屋里给他搭个土坑，在闲鱼上淘个二手的被子、床单什么的，免得不洗脚就上床，弄脏了你的床。"

尚晓月见两人你来我往，剑拔弩张，充满了火药味，赶紧插话打圆场："大姐，哦，对不起，小姐姐。"

玛丽斯一张气得通红的脸立马转向尚晓月："没关系没关系，你随便叫好了，你说话我爱听！"

尚晓月继续道："那我就给您介绍介绍江湖菜吧。"

玛丽斯频频点头："好呀好呀，你请讲！"

尚晓月："我在网上搜了一下，大家所说的江湖菜成形也就十来年时间，以前只知道菜名，没有形成体系。它实际上是相对于正宗川菜而言的民间菜式，它以川菜系为基础，又采百家之长，不拘常法地烹调，看似信手拈来、煎炒率性，实则一菜一格，独闯天下。它的最大特点就是土、粗、杂。说它土，因为它透着亲切的乡土气息。江湖菜源自市井，或始于路边小店，或出自家庭餐桌，做法未必精巧，却满含着对生活不将就的热情。有时候一筷子小炒，就能让人想起老父亲的厨工，一勺子热汤，又让人燃起了奋斗的渴望。说它粗，显示着粗犷豪放的气质。江湖菜在烹调上不讲章法，不拘小节，更不会精准测量调味料的用料，烧土灶，用粗碗，大把地撒辣椒，大瓢地加红油，大盘盛肉，大盆装汤。杂，说明了江湖菜兼收并蓄的特点。师傅们用能想到的各种技巧进行复合烹调，南北相成，甚至中西结合，烹制出来的菜品有时似曾相识，又弄不清路数，有时匪夷所思，又让人拍案称绝。再说食客，个个都十分豪爽，大碗喝酒，大口吃肉，呼五邀六，爽了就好。"

"尚小姐，你讲得真好，今天我可算是长见识了。"中年妇女脸上泛着红光，一扫刚才的不悦，转向文梦婕："感谢文小姐的用心安排。不过，那个藕断丝连可不可以不要啊？"

文梦婕两眼盯着中年妇女："为什么？"

尚晓月捅了捅文梦婕，文梦婕似乎明白了其中的含义，拿过菜单重重地划掉："这下可以了吧？一个渣男，还有人把他当成个宝！说吧，今天你要跟我谈什么？"

玛丽斯脱下外衣，端起杯子狠狠喝了一大口冰镇甜甜奶茶，说道："看到了吧，他喜欢甜甜奶茶，我也喜欢，我和他有共同的爱好，口味相同。"

文梦婕把刚含在嘴里的茶水差点喷了出来："对不起！划重点，有什么直接说吧。"

玛丽斯拿起手机，点开交友平台说："我和他是网友，隔着辽阔的太平洋，天天视频，神交已久。这你知道吗？"

　　文梦婕鄙视地说道："都睡到一起了，就不要说那些没有用的话了。杨伟最近喜欢玩杀猪盘，我提醒你，要当心哦。"

　　玛丽斯笑笑，十分得意地说："这你就多虑了，还需要他勾引吗？我是自投罗网，乐意被骗。"

　　对于这种不要脸的人，文梦婕简直无语了。心说，都是老郎中谁跟谁把脉呀，有什么阴招损招，尽管放马过来，就别拿屎尿片当遮羞布了。

　　玛丽斯掏出一个房本，恭恭敬敬地递给文梦婕："我知道你们新婚不久，我这样插上一脚良心上实在过意不去，我和小伟商量好了，我和他一结婚就去新西兰定居，这房子送给你了。"

　　文梦婕接过房本，认认真真看了起来，自言自语地说道："300 平的江景房，不错呀，至少 500 万元。"

　　尚晓月拿过来也仔细地看起来："啧啧啧，这是新开发的楼盘，依山傍水，面朝长江，又是独栋别墅，旁边还有江阳数一数二的小学，而且是直升重点中学那种，典型的学区房，哪里止 500 万元哪，我看至少 800 万。"

　　玛丽斯喜滋滋地望着文梦婕问道："怎么样？这下可以原谅我的小伟了吧？"

　　没想到，文梦婕将房本重重往餐桌上一扔，脸唰地一下拉下来："大姐，您看我值得了这么多的钱吗？"

　　对于文梦婕的拒绝，玛丽斯颇为诧异，她以为是价码不够，一狠心将新买的保时捷轿跑钥匙扔在桌子上，说道："我刚买了一辆新车，你要觉得少了一起给你好了，这下总可以了吧？"

　　文梦婕今天约杨伟，只想要个说法，毕竟他们曾经轰轰烈烈地爱过，也自以为能幸福地走到了一起。可是，背叛当初承诺的杨伟此时却当了缩头乌龟，让一个起码大他一轮的中年妇女出面了结，而且是用金钱来了结。

她不仅感觉杨伟在羞辱她，而且玛丽斯财大气粗的神情也令她非常不爽，一场本来可以好聚好散的分手宴顿时演变成了火药味十足的战场。

文梦婕招呼服务员要了盒香烟，递给玛丽斯一支，玛丽斯接过后点上，动作很专业，一看便知道是个见过世面的主儿。文梦婕自己也点上一支，嘴里喷出的烟圈随风飘向玛丽斯，引得玛丽斯一阵咳嗽。

文梦婕不紧不慢地说道："大姐，对不起哈，平时叫习惯了。"

玛丽斯装作无所谓的样子："生意场上大家都这么称呼我，我也习惯了。"

"是吗？没叫错就好！虽然，您实际年龄可以做杨伟的母亲了，但从外表看还是蛮年轻的，说不定心理年龄比杨伟还小呢。"文梦婕含沙射影、冷嘲热讽道："哎，人有钱就是好，整个容、塑个型、瘦个身都不在话下，可以说要啥样儿都可以弄成啥样儿，要多小都可以整成多小，我说的对吧，大姐。"

玛丽斯瞥了文梦婕一眼，懒得理会，她一支接着一支地抽着烟。

文梦婕继续道："我听说，我们江阳有个美女，卖了家里的豪宅出国，在国外端盘子、洗碗、当佣人、做保姆等等，什么活都干，辛辛苦苦挣了十来年的钱，回到江阳发现连买个厕所都不够，真是让人同情啊！"

文林婕的话深深地刺痛了玛丽斯的心，她脸色铁青，起身要离开，尚晓月急忙拦住道："小姐姐，您千万别往心里去哈，这是个网上看来的故事，我也看过。说实话，这些年出国混得一般的大有人在，但像您这样的成功人士就凤毛麟角了。梦婕，吃了饭再谈不香吗？"

"好的好的。"文梦婕招呼服务道："妹儿，这里有江阳二曲吗？"

服务员回答道："有，黄马褂的年份酒。"

文梦婕打着响指："OK，来两瓶。"

玛丽斯望着文梦婕："你，你这是什么意思啊？要玩命呐？"

文梦婕："您不是害怕藕断丝连吗？我们江阳女人耿直，只要今天您把我喝断了篇，所有以前的事情我全都翻篇，你领着你那个小白脸有多远滚多远。"

"今天我算是领教了什么叫不江湖不江阳了，女的男的都一样。"玛丽斯收起房本说："好吧，怎么喝？划拳，猜大小点，还是剪刀石头布？"

文梦婕二话不说，打开瓶盖一仰脖一瓶江阳二曲就下了肚，然后站起身拿着空瓶子摇摇晃晃指向玛丽斯："喝，喝——，喝————"

玛丽斯也不含糊，将酒瓶里的酒倒进三个茶杯，她刚喝下第一杯就咳嗽不止，正要喝第二杯的时候，杨伟突然出现了。他走上前，端起茶杯："玩命吗？来，跟我喝！我先补上一瓶。"

尽管文梦婕醉眼蒙眬，东倒西歪，但她还是发现了杨伟手腕上的女生肩带手链，她知道这个玩意儿代表什么。据说，戴上它既让自己的男人更有面子，还能"防绿茶"。简单地说，就是跑马圈地宣示主权。

文梦婕看着这个玩意儿就来气，她借着酒劲一把扯下杨伟手腕上的肩带手链扔给玛丽斯，口齿不清地说道："还，还给你，杨伟是，是我的人，我们，我们早就睡过，睡过了。"

江湖馆内的众多食客早看出这边一桌是"肥皂剧"，纷纷侧目。玛丽斯气得全身发抖，说不出话来。

文梦婕顺势搂着杨伟："亲爱的，我知道你身体弱，就别逞能了，本来就不行，喝多了就更雄不起了，嘻嘻嘻……"

杨伟气得将酒瓶狠狠砸在地上，飞起的碎片在尚晓月小腿上划了一血道子，玛丽斯迅速掏出消毒纸巾用力按住，责备道："都是有文化的人，你这是做啥子，有话好好说嘛！"

尚晓月担心文梦婕会闹出大乱子来，强行拉着文梦婕离开，文梦婕边走边回头指着杨伟说："你、我都是闲鱼上的二手货，哈哈哈，二手货……"。

尚晓月架着文梦婕刚到路边就遇见了刘星宇，他从车上下来，同尚晓月一起将烂醉如泥的文梦婕扶到后排座椅上。

刘星宇的突然出现，尚晓月既喜出望外，又疑窦丛生："你怎么会在这里，一直在监视我们吗？"

刘星宇："监视不准确，应该是保护，你在哪里有危险，我就会出在哪里。"

说着说着刘星宇突然埋下头。

尚晓月问："你这演的又是那出戏？"

刘星宇指了指前方，王文帝正朝江湖菜馆走去。

尚晓月："我说，你是躲他，还是怕他？这么见不得人哪。"

刘星宇："都不是，有些事以后再说吧。"

尚晓月："以后、以后，以后你要给我解释的东西可太多了。"

车子启动了，尚晓月依旧满脸愁云，刘星宇关心地问："难道你也跟着受刺激了？"

尚晓月哭丧着脸："是啊，好好的一对，怎么说散就散了呢？"

刘星宇拍了拍尚晓月的头："正常，现在闪婚闪离的多了。"

尚晓月眼泪汪汪地盯着刘星宇："那你现在是不是特别羡慕杨伟啊？"

刘星宇不以为然地说道："羡慕有屁用啊，哪有那么多'白富美''傻白甜'？"

"看来你还是有出轨的动机啊。"尚晓月拉开车门，要下车。

刘星宇知道自己说错了话，急忙举起右手："我发毒誓，今生今世非你不娶！除非我死。"

尚晓月听到"死"字，心里一阵难受。她紧紧地抱着刘星宇，害怕一松手就失去了似的，嘴里不停地吓吓吓："什么死不死的，多不吉利啊！你必须好好地活着，永远陪伴着我！"

刘星宇深情地看了一眼尚晓月，郑重其事地说道："好，我保证好好地快快乐乐地活着，海涸石烂、地老天荒，直到永远……"

不待刘星宇说完，尚晓月就捂住了他的嘴，满怀深情地说道："其实，对于我们女人来说，一生最渴望的也无非是遇一人，想看两不厌；觅一心，久处两不累。"

　　"这不仅是对女人，对于我们男人来说，何尝不是这样。"刘星宇轻轻地抚摸着尚晓月凌乱的头发，脸色凝重，心事重重。

七

9 月 19 日，这是尚晓月居家观察的第 9 天。

"小杜、小杜，思念，循环！"在尚晓月的指令下，小杜智能音响一遍一遍地播放着经典老歌《思念》：

> 你从哪里来我的朋友，
>
> 好像一只蝴蝶飞进我的窗口，
>
> 不知能作几日停留，
>
> 我们已经分别得太久太久。
>
> 你从哪里来我的朋友，
>
> 你好像一只蝴蝶飞进我的窗口，
>
> 为何你一去别无消息，
>
> 只把思念积压在我心头
>
> ……

这首歌诉说着尚晓月对刘星宇的思念之情，她望着空中飞过的民航客机，眼泪汪汪。突然歌声中断了，保洁阿姨将小杜智能音响电源关掉，而且非常生气地对她说道："尚小姐，我给你说过我有心脏病，你这样翻来覆去听这种歌，完全不顾我的感受，万一我心脏病犯了你负得了责吗？"

一个保洁阿姨擅作主张收取白花、拒收红花、护着来历不明的箱子，这些尚晓月也就忍了。可是，她得寸进尺，蹬鼻子上脸，动辄倚老卖老、以病相威胁，俨然一个活祖宗，这让尚晓月很是无语。辞退吧，按居家观察足不出户的要求，不可能让她离开这里。不辞退吧，自己实在忍无可忍。此时此刻，她又想到了那个神出鬼没的刘星宇，你的关爱如此厚重，本小姐真的承受不起。

江阳国际机场培训教室，市禁毒办欧阳警官正在给空乘人员上禁毒课，他除了介绍当前流行的冰毒、麻古、咔哇嘲饮、小树枝、开心水、听话水、阿拉伯茶等新型毒品和本市的毒情形势外，还着重讲了近日腾冲飞江阳飞机上发生的女孩带毒、宾馆胖老板离奇死亡以及多起人员失踪案件，要求大家提高警惕，增强防范意识，注意发现反常情况，积极配合警方破案。

发生在身边活生生的事例，深深触动了在场的每一位空姐空少。尚晓月更是听得投入，记得认真。想着飞机上那个花季少女痛苦挣扎的样子，尚晓月就自觉不自觉地联想到自己的妹妹，她在内心反复问道：妹妹是不是也像其他受害人一样误入歧途，正被毒魔缠身，一步一步走向死亡？

培训结束了，所有的人都起身离开，只有尚晓月一个人坐在原位一动不动，望着窗外发呆。她在犹豫要不要把自己妹妹的情况向欧阳警官报告，寻求公安部门的帮助。

此时的欧阳警官似乎感觉到了尚晓月的异样，他主动走过来问道："看你心事重重的样子，有什么事吗？要不要我们帮助？"

面对欧阳警官伸出的援助之手，尚晓月有些不知所措。她认为，如果在没有弄清妹妹真实情况之前，就贸然将她失踪的情况告诉警方，尚晓月担心警方会顺藤摸瓜，不定揭出点什么事来，因此有可能毁了妹妹的大好前程，这个结果说什么她都不愿意看见。于是，她谢绝了欧阳警官的好意，选择了继续自救。

尚晓月刚出机场大门就赶上了一场瓢泼大雨，她望着天空正犯愁。

先离开教室的文梦婕也困在门口，焦急不安。这时，一辆宝马 X5 稳稳地停在文梦婕跟前，一位高大威猛的中年男子下车拉开车门，左手撑着雨伞，右手挡在车窗上沿，十分绅士地说："江小姐，请上车！"

文梦婕手里拿着小坤包，迈着碎步，一幅千金小姐的派头，她刚要迈脚上车，突然又转过身向尚晓月招手道："哎，我说亲爱的，坐我的车吧，下雨天不好打车哦！"

尚晓月摆摆手："不了不了，赶紧走吧，好好度你的周末！"

文梦婕看尚晓月根本没有一起走的意思，便告辞道："那好吧，拜拜！"

尚晓月笑盈盈地挥手："拜——拜——！"

送走文梦婕，尚晓月站在门口开始给刘星宇打电话，语音提示刘星宇的手机无法接通。对于刘星宇这种经常莫名其妙关机失联行为，她不止一次地抗议过，也为此郁闷、生气甚至怀疑。昨天晚上两人煲电话粥的时候，刘星宇明明说好今天要来机场接自己的。可是，眼下电话关机、微信不回，这让既她委屈又不甘。她暗自叹了一口气，随后伸手拦车。

一辆长安轿车急驶而来，突然一个急刹车停在她身边，飞起的雨水溅了她一身，她刚想破口大骂，车窗漫漫落了下来，伴随着车内山水组合《你莫走》的歌声，一个嘶哑的男中音问道："土菜包，要去哪点？哥哥可以免费送你！"

尚晓月瞟一眼，故作生气状："干嘛，劫色呀？我不打黑车！"

刘星宇下车一把将尚晓月拽进车里："就劫你了，看你怎么办，有种你就报警！"

尚晓月边擦拭着身上的水渍边声讨道："哎，我说帅哥，你一会开SUV，一会开轿车，一会出现，一会失踪，一会开机，一会关机，整天神神秘秘的，你究竟是干什么的？怎么让人这么不放心啊。"

刘星宇笑嘻嘻依旧是那副油腔滑调的样儿："禀报尚晓月小姐，本人乃一云游四海、走南闯北的玉石商人也。"

尚晓月紧追不舍地问："那么，请问你的店开在哪里？叫什么名字？有多少员工？年营业额是多少？"

刘星宇笑笑说："那我也请问，你是税务局的，还是市场监管部门的？我非法营业，还是偷税漏税了？"

"我就是好奇嘛，你不说就算了，停车！停车！"尚晓月将脸甩向一边："还富贵梦呢，我看你娃一天到晚吹壳子得行！"

刘星宇急忙拉住尚晓月，打开手机指着淘宝店说："看见没？这就是我开的店。啧，燕雀哪知鸿鹄之志哉！"

尚晓月看了看，十分不屑地说道："就一破网店呀，烂了街了，连卖菜的大爷、做饭的大妈、打扫卫生的钟点工都会，有什么值得炫耀的。"

"哎，你可别小看网店哟，它不仅改变了我们的消费方式，而且也是未来的发展方向。"

"这个潮流我不否认，我主要是关心你下一步有什么具体的打算。"

说到下一步打算，刘星宇胸有成竹、信心满满。他说："我正在抓紧备货，打算今年女神节那天正式开张营业，也准备玩个节日限量打折促销之类的营销活动。"

"好，说来听听，究竟怎么个营销法。"

"我的营销策略是，三八妇女节对女生 3.8 折；五四青年节对青年 5.4 折；六一儿童节对孩子 6.1 折；九九重阳节对老人 9.9 折……"

尚晓月对刘星宇的销售模式显然不赞成，她挥手打断道："赶紧给我打住吧，你这哪是打折呀，简直就是打劫，欺负老人，虐待儿童。"

刘星宇想了想，也是哈，整个弄反了。他赶紧推出第二套方案："那，要不然第一天推出一件、一折，第二天推出两件、两折，第三天推出三件，三折，往后依此类推，直到成为一线品牌为止。"

尚晓月扑哧一笑："这还不是作死的节奏吗，这样玩只怕你撑不到几天就虾米喽。我说帅哥，烧钱是要有实力的，国内那些大的网络平台，哪个不是有强大的财团在作坚强的后盾啊？"

这也不行，那也不行，刘星宇心里有些发毛，一把搂过尚晓月："我这不是有你吗？我看你比财团更靠得住，精神的力量超乎想象。"

他这一抱立刻立竿见影，尚晓月久久地望着刘星宇，眼神里有疑惑、有柔情、有信任、有希望。她说："其实，只要你正正当当做生意，别动不动跟我玩失踪，比挣多少钱都重要。"

"看来，你对鄙人还是没有信心哪。"

"我对你有没有信心不重要，市场是残酷的，商场如战场，到时候输得精光，别怪我没有提醒你哈。"

刘星宇咂咂嘴，明显不高兴："狗眼看人低！"

尚晓月一把抓住方向盘，车突然跑偏，刘星宇一脚刹车停在路边，没等刘星宇开口，尚晓月先急了："你跟我说清楚，谁是狗？谁是狗？"

见尚晓月生气了，刘星宇极力压住愤怒的情绪，连连赔罪道："对不起，我是狗我是狗，是你家的看门狗——星星，汪汪！汪汪！"

本来尚晓月就是佯装生气，看刘星宇诚恳道歉的态度，她的心也软了，抽回手警告道："记住了啊，我家星星很乖、很听话，随时跟着我，今后你不要再跟我玩失踪了哈，听明白了吗？"

刘星宇边启动车边回应道："Yes,sir（是的，长官）！"

尚晓月问刘星宇："哎，你知道电影出品方是怎么运作的吗？"

尚晓月突然说到了电影，刘星宇感觉与正在聊的话题有点不搭，他有一搭无一搭地说道："不知道，你为什么突然扯到电影上了？"

尚晓月望着车窗外雨过天晴的蓝天，想入非非，她说："我是想，如果有一天，等你挣了大钱也投资个电影，把咱俩的故事搬上银幕，感动死那些善男信女。如果拍电影，你总得了解点电影行业的规矩吧，要不然被人骗了帮助数钱呢。"

刘星宇哑然一笑，饶有兴趣地说道："哦，有这么好的想法，我当然想听听，提前学习一下。我说呀，咱们要拍电影就拍大片，票房大卖，赚大钱。到时候，你就别当空姐了，当练习生。"

尚晓月噘着嘴："练习生我不干，起码女二号，我背后上可是有资本的哟。"

听说有资本，刘星宇立刻兴奋起来："真的？那让他们买点玉石好不好？"

"嗤，瞧你那点出息，几块破石头才值几个钱，现在时兴资本运作。懂吗？"

"不懂！"

"那好，今天本小姐就给你好好上一堂投资电影的课，听好了。"

刘星宇挺了挺胸，一脸谦虚的样子："尚晓月老师，学生准备好了，请开始你的演讲。"

尚晓月清了清嗓子，说道："一部影视剧投拍之前，制作公司一般会事先联系好播出平台，只有这样拍出来的影视剧播出才有保障。可是，播出平台往往会圈定一个演员的范围，也就是说，你的剧想在我的平台上播出，男女主演就必须是这个范围内的，否则就免谈。制作公司答应后，双方谈好大概的购片价格，然后签订合作协议。"

刘星宇："就这？没有什么特殊的啊，一般的影视剧运作不都是这样的吗？"

尚晓月："你别急啊，关键是赢利的模式。制作公司在签协议之前，会框算出制作成本和大致的利润，确保稳嫌不陪。假如，双方谈好的价格是2.5个亿，制作公司先留出5000万作为自己的利润，然后再去请男女主演，按每人7500万计算，两人共拿走1.5个亿，这样还剩下5000万。公司再从这5000万元中拿出部分钱来支付税款、回扣等乱七八糟的，最后剩下的才是制作费和编剧、导演及其他演员和工作人员的费用。"

经尚晓月这么一细算，刘星宇大吃一惊："也就是说，一部剧以 2.5 个亿的价格卖给播出平台，实际上真正用于该剧制作的费用连 2500 万都不到？"

"所以啊，为什么平台不根据剧本报价？因为把握不好观众的口味。同样，平台为什么不根据演员的演技选择演员？因为不知道演员的票房号召力和观众关注度。那平台看重的到底是什么呢？"

刘星宇想了想："那最稳妥的就是看流量，看数据。"

尚晓月点头道："对，通常情况下，平台圈定的演员范围主要参考流量数据，谁的流量高，谁的数据好，就用谁。我想，平台这样做也不是没有道理的，因为剧播出后，能不能把买剧的钱赚回来，除了跟投和票房本身外，关键看收视率，而跟收视率挂钩的则是广告和赞助。只有剧收视率、话题度高，广告商才愿意掏钱。明白吗？"

刘星宇听了之后茅塞顿开："看来这里面的门门道道还真不少，听你这么一说还真是长见识了。我也听说，如今国产电影行业有一个非常残酷的'二八定律'，那些站在金字塔尖顶端赚钱的电影不超过 20%，其他 80% 的都处于亏损状态，有的甚至血亏，票房惨淡，沦为炮灰。"

"所以呀，现在很多电视剧都喜欢用流量明星，而我们也经常看到某部剧尚在筹拍，还没有官宣，一些明星便开始遛粉，说某某某将作为男一号或女一号参演该剧。于是，粉丝们便一拥而上，充满了期待。"

刘星宇咂咂嘴道："难怪以前的电影、电视剧虽然成本较低，但经典的很多，可以翻来覆去地涮几遍，现在官宣的所谓大片根本就不想看。自从《战狼 2》、《湄公河行动》之后，我就没进过电影院，家里电视机更是尘封已久，成了摆设。"

"知道这其中的奥妙了吧？但凡票房高的电影不是卖流量就是卖情怀，傻拼有什么用。"尚晓月说："如今是大数据时代，电商企业利用大数据平台对目标群体进行属性分析、筛选、分类标记，从而建立用户个性标签，然后针对用户的不同个性需求，提供精准的个性化产品和服务，实现线上广告的精准投放。可能你也注意到了，平时只要你在网上关注什么，很快相关的信息就会源源不断地推送过来，管你爱看不爱看。因此啊，在这个电商时代，你要想把玉石生意做得风生水起，既可以依托网络平台帮助宣传、推送，也可以找流量明星来打广告、直播带货，找专业人士来写软文、编故事，找网络水军来造势、控评，找信得过的亲朋好友来跟评、当托儿，只有这样才会让众多的消费者关注你本人和你的产品。"

"你说的这一套生意经我不反对，但本人一向认为，做生意还是要讲诚信、质量和口碑，这是根本。老话说，酒好不怕巷子深，说的就是这个道理。"刘星宇直言不讳地说出了自己的看法。

尽管刘星宇固执己见，不愿接受新鲜事物，但尚晓月还是苦口婆心、不厌其烦地开导。她说："做生意诚信、质量和口碑当然重要，但是要实现赢利并快速扩张，不和资本捆绑、不借助名人明星效应还是很难的。我们就说明星开店吧，他们往往先利用明星的流量池引发关注，酝酿热度，然后吸引有意者加盟，收取加盟费用。人家挣的不是实体店的辛苦钱，而是合作商的加盟费和利润分红。像你这样单枪匹马、守株待兔的营销模式已经过时了。"

"哎，简简单单、你情我愿的一桩生意，被你这么一说，变得太复杂、太烧脑了，不管你怎么说，我依然坚持做我的实体店，面对面一手钱一手货，让人踏实、放心。"

话说到这份上，再往下说就没意思了。尚晓月摸了摸刘星宇那黝黑而又紧绷的脸，哄哄道："对不起啊，我的大叔，不是我们跟不上时代，而是这个社会变化太快……"

刘星宇握住尚晓月软弱的小手开心地笑了笑说："闺女，大叔老了，不管用了，今后线上的事就交给你了哈，线下吗就不麻烦你了，大叔亲自来。"

"好的，大叔，听您老人家的。"尚晓月掩嘴笑笑，继续道："哎，你那个实体店开在什么地方啊？我这个准老板娘可以过去帮你设计设计。"

"这个吗暂时保密，等下次搞活动的时候我再请你出场讲话，给员工派发福利，这样你以后在店里说话就有分量了。"

"那……你家在哪里呢？要不今晚我们去你家？"说这话的时候尚晓月脸上火辣辣的，连脖子和耳根都热得滚烫，她不禁在心里骂自己，自己不是淑女吗，一不小心就把自己给送上门了，简直丢死人了！

尚晓月的羞涩当然逃不过刘星宇的眼睛，他顺着话题说道："好啊，我那里正缺监工呢，有你这个'包租婆'在，我保证谁也不敢偷工减料，消极怠工……"

"谁是'包租婆'啊，跟你聊天真无趣，停停停，我要下车！"

平时刘星宇很忙，好不容易抽出时间来陪陪尚晓月，本想晚上请她去江边吃麻辣鱼，没想到车子刚过长江大桥她就要下车，这是他没想到的。他忙问道："什么事啊，约会吗？也不提前说一声。"

刘星宇莫名的醋意让尚晓月心中一阵暗喜，至少说明他是在意自己的。尚晓月拉开车门，说道："只允许你整天神神秘秘，就不允许我有点私事啊？太过分了吧。"说完，尚晓月举起右手一声拜拜之后，就大摇大摆扬长而去。

刘星宇盯着尚晓月的背影，恶狠狠地说了一句："行，你就玩吧，当心遇到狗。"

江阳市中心的一家跆拳道里，尚晓月穿着白色的跆拳道服，在教练的指导下，正在踢下劈动作。她使劲一踢，踢在脚靶上，教练冲着她大喊道："速度、力量不够，你应该再往前冲一点。"

浑身是汗的尚晓月攒了攒劲，咬紧牙关，"哈"的一声往上猛地就是一踢，脚靶被踢中，教练满意地拍拍双手，夸奖道："这次不错，冲劲很足。今后就这么练，下课！"

刘星宇递上毛巾："擦擦汗，踢得不错。"

尚晓月望着突然出现的刘星宇，颇有些意外，问道："你，你怎么来了？"

刘星宇笑笑："练跆拳道干嘛跑到馆里来，找我啊，我可是红黑带。"

尚晓月擦擦汗："吹吧，你就。哎，你在大门外等会儿，我去换换衣服。"

"好的，不要着急，好好洗洗，我在车上等你。"

车上等待的时候，刘星宇一直在琢磨尚晓月背着自己练跆拳道的目的。说实话，他从小就喜欢漂亮、文静、善良、温柔的女人，不太喜欢舞棍弄棒、动手动脚的假小子，因为这类女人激不起自己的征服欲、保护欲和责任感。所以，对于尚晓月今天的行为他还真有点意外。

不一会，尚晓月换上一身休闲服装出来，一上车她就问道："你说你是红黑带，那我问问你，跆拳道的精髓是什么。"

刘星宇启动车子，不急不慌地说道："唉，看来你是信不过我啊。那今天我就跟你说说跆拳道。跆拳道近年在国内受到许多人的追捧，它以其变幻莫测、优美潇洒的脚法闻名于世，被人们形象地称为踢的艺术，这也是它有别于其他格斗术的一个显著特点。所以，它的腿法最重要，讲究变化多样和灵活多端，一般进攻时都是以连贯快速的脚法组合击打对方。"

尚晓月以为刘星宇在吹牛，没想到他还真能讲出其中的一二，难怪那天晚上一个扫堂腿就将几个"杂皮"撂倒一片。

"那以后你可不可以教我点防身术啊，关键时候免得吃亏。"尚晓月问。

刘星宇顺手摸了一把尚晓月那瀑布般的秀发，批评道："你这叫什么话？什么叫可不可以啊，我必须让你掌握必要的防身技能，你吃亏不等于我吃亏啊？"

"知道就好。上次在边境小院要是我会两招也不至于被人逮住丢人现眼。"

"哦，经你这么一说，我终于明白了，你练跆拳道是为了去云南找你妹妹。"

"是啊，不找行吗？这活不见人、死不见尸的，我心不甘啊。"既然刘星宇洞察出了自己的真实目的，尚晓月也没有必要隐瞒了，她问道："你可不可以帮我一起去找啊？"

"帮你一起找没问题，可我担心又遇见上次那种情况，赔了夫人又折兵，这买卖不合算啊。依我看还是报警吧，警察的办法多……"

对于尚晓月的请求，刘星宇有些犯难。答应吧，毫无线索，无从找起，白耽误功夫。不答应吧，又怕伤了她的心。权衡半天，他才提出报警的建议。可这一建议刚说出口就遭到尚晓月的强烈反对。

"行了行了，要报警我早报了，还求你干什么，看来你啊平时动动嘴皮子还行，关键时刻就当缩头乌龟，什么事都指望不上。"

"哎，不带这么损人的哈，超出能力范围内的事谁也没招。"

尚晓月见刘星宇生气了，转身在他脸上猛啄了一下，哄哄道："生气了？这么经不起事？哎，算了算了，不为难你了。今天我请你去个好地方，算是赔罪。"

"真的？"

"我什么时候骗过你？你以为都像你那样啊！"

刘星宇笑笑说："哎，说清楚，我哪样啊？"

尚晓月撇撇嘴道："哪样？熊样儿！"

江阳楼位于江阳市中心，它浓缩了江阳三千年历史沉淀，融当地独特的巴渝民俗文化、山地民居的建筑文化和码头文化于一体，逐步成为国内外游客争相观光游览的网红打卡地，也是品尝江阳小吃、观赏江阳夜景以及情侣约会的绝佳场所，自从有部电影在这里拍摄公映之后，更是名声大噪，游人如织。

尚晓月拉着刘星宇从江阳楼底层逛到顶层，再从楼上转到楼下，把心心念念了好一阵子的各种美食都尝了个遍，末了末了还要一个网红棉花糖，像个孩子似的伸长着舌头边舔边走。

"不能吃太胖哦，会被杀掉的！"刘星宇突然想起了一句电影台词。

尚晓月拍拍微微隆起的肚子，毫无顾忌地对着刘星宇打了个饱嗝，说道："知道吗？食物有强大的治愈力量，我这么一吃，刚才被你践踏的自尊心也得以修复了。你说你花点小钱，赎回一个完完整整、健健康康的我，值不值？"

"值，值爆了。" 刘星宇先是奉承一番，紧接着话锋一转："那是不是只有胖胖的身体，才能承受你厚重的灵魂？"

"我说帅哥，不懂女人就不要乱评价哈，我明明很丰满，你非说胖，丰满和胖是两码事，懂吗？"尚晓月原地转了个圈，自信满满地说道："哎，你看我这丰满有型的体型合不合你的胃口啊？"

刘星宇拉着尚晓月的手，耳语道："假如再放点辣椒就色香味俱全了！"

尚晓月捏着刘星宇的鼻子道："原材料摆在这里了，做成什么样的菜品，调些什么的佐料，就看你的了，是不是？"话一出口，尚晓月就恨不得咬掉自己的舌头，怎么能说出这样不过脑子的话呢，好像自己迫不及待很轻浮似的。

果然，尚晓月的话迅速点燃了刘星宇的情欲，他附在尚晓月的耳边放肆地调侃道："这点我还是有充分自信的，尤其擅长乱炖了。"

"乱炖就算了，还不如火锅有味道。"尚晓月明显感觉刘星宇的异样，她不想在这个话题上与他纠缠，看着旁边拍照的游客，她点开手机照相键，对着刘星宇说道："哎，站好了别动，我给你照张相做手机封面。"

"土菜包，我从小就怕拍照，还是我给你照好了。"刘星宇赶紧拿出手机对着尚晓月说道："来来来！"

他俩拿着手机争着为对方拍照，追逐打闹中，棉花糖黏在了尚晓月秀发上，她一屁股坐在地上嗷嗷大叫，引得路人驻足围观。

这时，不知王文帝突然从哪里窜了出来，对着刘星宇和尚晓月就是一通狂拍，然后走向尚晓月："美女，扫个微信，回头我发给你。"

尚晓月扫了王文帝一眼，假装不认识地吼道："你谁呀？我跟你又不熟，你说加你就加你呀，有钱就幺不了台了吗？"

说完，她拉着刘星宇头也不回地迅速离开了。

回到家里，尚晓月还没有从王文帝突然出现的惊恐中恢复过来，刘星宇则跟什么事也没有发生一样轻松自然，并极尽殷勤主动帮尚晓月打理头发。从刘星宇炉火纯青的手法中，尚晓月发现他美发手艺果然非同一般，即便是在专业的美容美发店里也是数一数二的。

尚晓月闭着双眼端坐在椅子上，听着刘星宇手中咔嚓咔嚓非常有节奏的剪刀声，她时不时警告一下："我说托尼老师，认真点哈，你要是给我剪丑了，我就不活了，当面死给你看！"

刘星宇保持着半蹲的姿势："我说美女，这个时候你可千万不要威胁我哟，我可掌握着你美丽的生杀大权哈！"

偏偏此时，刘星宇兜里的手机铃声突然响起，他看了一下随后对尚晓月说道："等一下，接个电话，不许睁眼哈！"说完拿着手机就出去了。

尚晓月偷偷地睁开眼睛，镜子里的自己发型很时尚，非常衬她的脸型，头发的长度也恰到好处，她满意地点点头，想夸奖刘星宇几句，可是，转头才发现他在阳台上，用手遮住话筒、小声地说着什么。

这看似很正常的行为，但此时此刻在尚晓月看来就不正常了。她想，接电话就接吧，值得避开她跑到阳台上去吗？偷偷摸摸，神神秘秘，莫非是以前的女朋友追杀过来了，或者债主找上门来了，这年月除了欠情、欠债之外，她实在想不出还有什么令他这般紧张和不安的了。

她正想起身过去听听刘星宇通话的内容，没想到刘星宇急急忙忙地挂掉电话，跟她摆摆手就离开了。

尚晓月急忙追到门口，刘星宇早不见人影。

八

9 月 20 日，这是尚晓月居家观察的第 10 天。

平时总抱怨天天飞来飞去忙个没完，盼望放个长假每天睡到自然醒，随意打发时光。这次刚居家观察没几天，尚晓月就忍受不住了，吃了睡、睡了吃的日子真把人憋坏了，再这样下去心情非得发霉不可，真怀念飞机上那些繁忙有趣的时光啊。

同样受着煎熬的文梦婕打来电话问尚晓月居家观察结束后最想做什么？尚晓月毫不犹豫地回答：去云南！去云南！！去云南！！！

"啧啧啧，看来憋了这么长时间你还是没有活明白，一个刘星宇一个尚晓可对你有那么重要吗？"重要的事情说三遍，文梦婕觉得尚晓月魔怔了，心中牵挂的事情是不是太多了？身上的包袱是不是太重了？唉，整个一操心的命。

"我是没活明白，那请问你最想做的事情是什么？"尚晓月知道自己说服不了文梦婕，她反问道。

文梦婕连想都没想，张口就来："我吗就一个字，吃！居家观察结束后，我准备好好挣钱，然后用一年左右时间吃遍江阳的大小餐馆、各种美食，这样也算不负此生、亦复何求。"

"天呀，你这也太没创意了，本年度最美吃货非你莫属。"尚晓月听后哈哈大笑，说道："不过，苟富贵勿相忘，到时候带上我哈，帮你消费消费。"

"哎，我认真回味了一遍，感觉外面的东西再怎么好也比不过在你小聚的味道，现在想想就流口水。"

小聚小聚，最后成了悲剧。提到那次聚会，尚晓月有着刻骨铭心的痛，因为也正是那次聚会之后，她和刘星宇的感情才急速降温，以致走向无法收拾的地步。

那天黄昏时分，尚晓月洗完澡，敷着面膜，玉体横陈在沙发上，半透明的真丝睡袍勾勒出她妙曼的身材，柔和的灯光照耀在她那粉红色脸庞和微微上扬的嘴唇上，性感又魅惑。电视屏幕正在播放川剧《变脸》，随着一张张迅速变幻的脸谱，她不由得想起了刘星宇，感觉电视上那张不停变换的面孔就是刘星宇的脸。

突然，门外传来一阵急促的敲门声。透过门镜猫眼，一个穿着浅灰色风衣、戴着棒球帽和墨镜的男子站在家门口，鬼鬼祟祟，东张西望。尚晓月顺手操起一把水果刀，隔着房门问道："谁呀？"

门外人低声回应道："你的小亲亲！"

尚晓月满脸狐疑地吼道："小亲亲？哪个小亲亲？"

门外人："上周跟你睡觉的那个？"

睡觉？上周？尚晓月怎么也想不起来上周与谁睡过觉，这明显是在开玩笑，而敢跟自己开这种玩笑的人，除了刘星宇她想不出其他人来。于是，她也借机与刘星宇调侃起来："出事了。"

门外人："出什么事了？"

"肚子大了。"尚晓月边说边将门打开。

刘星宇迅速闪进门。然后，脱下风服，摘下帽子和墨镜，瘫坐在沙发上，长舒一口气后说道："快帮我整点吃的，都快饿死了。"

尚晓月顺手扔过一袋米花糖，问道："你怎么打扮成这个鬼样子，都快吓死宝宝了。哟，脸上还有血道子，被谁打的，啊？"

刘星宇边吃着米花糖边不以为然地说道："格斗训练时受了点伤。"

"练什么不好，非要练格斗？"自从江阳楼回来，尚晓月对刘星宇的话就将信将疑，不管他说什么她都要认真地过过脑子，不再做那种花瓶般的'傻白甜'。她借着帮刘星宇擦拭脸上血印的机会，暗自分析造成伤口的原因。从不规则的伤口形状看，与其说是散打留下的，倒更像是被女人抓伤的。

刘星宇随手拿起沙发上一件刚拆封的男装："这件衣服真漂亮，网上热卖的爆款。给我的？我穿上试试。"

说话间，他脱去外衣准备试试，尚晓月急忙拉住他："等等，先别穿，我觉得衣服颜色不太好看，本想换个亮点的颜色，可是，被客服拒了，说我把吊牌摘了不能退换，真烦。"

刘星宇反复摸了摸衣服："我感觉这颜色挺好的呀，不用换了，怪麻烦的。"

对于穿衣打扮，男人永远是图方便，不会太多的计较，但女人就不一样了，特别是对自己的爱人，那必须穿得体面，因为通过一个男人衣着就大致可以看到他背后女人的品位，因此，她们在这个问题上是决不会将就的。

尚晓月说："这个颜色不太适合你，太老气了，本来你皮肤就有点黑，配着这个颜色就显得更老了，让人看了，还以为我喜欢大叔控呢。"

"说衣服就说衣服，干嘛要损人呢？我看起来有那么老吗？"

"你想多了哈，称你大叔不是说岁数大，是夸你成熟。这都不懂，真是'隔代'了。"

"好了好了不争了，我给你出个主意。"

尚晓月忙问："什么好主意？快说！"

刘星宇用力将衣角撕了个小口，递给尚晓月："拿去吧，申请质量问题，保证给你换。"

尚晓月心疼地拿着衣服："哎哟哟，我的天，还有这种骚操作哪，我真是做不出来，衣服本来就不值多少钱，不给换就算了，你这样不是坑害商家吗，在网上开个店多不容易啊。真是够损的……"

正说着，门外传来一阵猛烈的敲门声。刘星宇一个激灵从沙发上跳起想躲进里屋，尚晓月一把拉住他："紧张什么？我在家里约了一个饭局，文梦婕、马舒同、盛开莱他们几个，你不认识啊？"

刘星宇如释重负，立马轻松地说道："早说呀。"

"啧啧，早说，早说你在哪呀？"尚晓月咂咂嘴，故意甩了甩头："哪有给人剪头发剪到一半就跑路的，你看看我这个发型都可以出去炸街了！"

刘星宇调皮地吐了吐舌头，挽起衣袖，摆出一副男主人的架势，对尚晓月颐指气使地高喊道："快去开门，今天我露一手，让你那几个死党也见识见识你男人的厨艺。"

"呵呵，想表现啊？往后机会多的是！今天呢，就不劳烦您这个大忙人了，我们已经叫了外卖。"

"这么好的表现机会可惜了。你看这样，我现场秀一下我的剪发手艺如何？如果大家心服首肯的话，今后你们几个姐们的头发我全包了。"

尚晓月笑道："这个我看行。"

打开门，三位佳人气质惊艳。文梦婕身穿一袭纯白色的露肩长裙，美丽的锁骨若隐若现，一绺靓丽的黑发飞瀑般飘洒下来，如花般的瓜子脸晶莹如玉，眉目妩媚含情。马舒同身着休闲的棉质碎花套裙，扎着两条小辫子，一双大大的眼睛像两颗黑宝石，忽闪忽闪，透出几分机灵样儿，宜喜宜嗔。盛开莱是一个很注重仪表和细节的女子，身着玫瑰紫千瓣菊绣花短袖上衣，下配白色百褶如意月裙，如漆乌发梳成一个反绾髻，别上一颗黑色的发夹，缀下细细的银丝串珠流苏，耳朵上的红珊瑚耳坠摇曳生光，气度雍容沉静。

尚晓月先是将每个闺蜜夸了一番，然后坐在椅子上，对着刘星宇发号施令道："托尼老师，可以开始你的表演了！"

刘星宇拿起剪刀和梳子，"咔嚓咔嚓"在尚晓月头上剪着，那熟练的动作、灵巧的手法和独特的造型，让文梦婕、马舒同、盛开莱三人艳羡不已，也让第一次正式以女朋友身份亮相的尚晓月赚足了面子。

这天晚上，他们在尚晓月家的露台摆了一桌，除了外卖外，刘星宇亲自下厨炒了几个菜，菜的味道明显比外卖水平高出了一大截，赢得了几个美女的喝彩和赞叹。

席间，刘星宇问马舒同："乔健呢，怎么没来？"

"我家乔老爷三宫六院得轮着来，今晚没轮上我。"

"多么幸福的男人哪，简直学都学不来，不过你要提醒他注意身体哈。"

文梦婕对马舒同笑道："明白什么意思吗？刘帅哥的意思是，别耕了他人的田，荒了自己的地。"

"我和他八字还没有一撇呢，他爱跟谁跟谁，与我屁相干。"马舒同笑盈盈地说道："哎，尽盘问我了，你那个新男票呢，怎么也不来露露脸儿？"

文梦婕："我家'欧巴'晚上有课出不来。"

刘星宇吃惊地问："什么课？又是一个学生吗？是研究生还博士后？"

文梦婕："什么研究生、博士后，还是饶了我吧！自打离婚之后，我对小鲜肉就毫无兴趣，他们太年轻了，没定型，不靠谱。"

马舒同："你的意思是，不是他们没资格，而是我们玩不起。"

文梦婕："完全正确，我是这个意思。"

刘星宇："靠不靠谱不在年纪，你看我……"

尚晓月往刘星宇嘴里塞了一个麻团示意他打住，可刘星宇好像不太理会，牙缝里还是费劲地蹦出了几个尚晓月忌讳的字："那，那现在这位是干什么的？"

"你们看看，一个麻团都封不住他的嘴，真是欠揍。"尚晓月冲着文梦婕不好意思地说："梦婕，那你就满足一下下他的好奇，可以不？"

文梦婕抓起一个麻团啃了一口："哎，就一健身房的教练。"

尚晓月夸赞说："怪不得一身腱子肉，胸有八块肌呢。"

听说健身教练，马舒同也来了兴趣："哎，帮我买几节课，打个折哈。"

尚晓月："我也要买。"

刘星宇挽起衣袖、攥起拳头，摆出健美型男的姿势，冲着尚晓月说："这位美女，你就不用买了，你看我怎么样？免费私教。"

尚晓月睁着大眼故意围绕刘星宇转了一圈："嗯，这私教果真不错，人中龙凤，马中良驹，就这么定了。"

马舒同举起手："免费，我也要。"

尚晓月拍了拍马舒同的肩膀："我说这位美女，私教可什么都教哈，这个你懂的。所以，麻烦你就不要惦记本小姐的地盘了。"

说完，尚晓月举着酒杯，冲着刘星宇喊道："帅哥，今天你是唯一的男团代表，来几句祝酒词吧！"

文梦婕站起身子，拿着手机说："哎哎哎，等等，我拍张照片，发到朋友圈晒晒。"

马舒同也附和着："要得要得，我举双手赞成。"

一看大事不妙，刘星宇赶紧掏出手机对准大家说："我帮你们拍吧，我手机像素高。"

马舒同问刘星宇："帅哥，都什么情况啊？每次照相你都这样，这不是明摆着扫大家的兴吗？"

刘星宇笑嘻嘻地说："你们四姐妹四朵花，加上我就有点鲜花插在牛粪上的违和感了，尚晓月同志你说是不是？"

尚晓月端起杯："是是是，你总有一堆歪理邪说。大家动筷子先吃吧，吃完再照。"

刘星宇放下手机，举着一杯红酒说道："李白说，天若不爱酒，酒星不在天，地若不爱酒，地应无酒泉，天地既爱酒，爱酒不愧天，各位美女，爱天爱地爱自己，干杯！"

说完，他一仰脖见了杯底，几位美女一动不动地望着他。

刘星宇晃了晃空酒杯："干杯呀，看我干什么？"

文梦婕冲着刘星宇抛了个媚眼："你帅呗！"

马舒同嘟囔道："干喝有什么意思，要不玩玩飞花令，助助酒兴？"

刘星宇毫不示弱："本人响当当的一儒商，飞吧，谁怕谁？"

马舒同腾地站起来挽起衣袖，一幅要拼命的样子："玩什么飞花令啊，太书生了，你我都是土生土长的江阳人，简单点——划拳！"文梦婕："好，那我先开始，跟谁？"

马舒同举起手，做出划拳的姿势："还跟谁？跟我噻。"

文梦婕："等等，规矩先说好了，搭'好'还是直接'乱劈柴'？"

这个马舒同当然是懂的，江阳划拳规矩是要搭三句旁白，而且对象不同旁白也不同，搭错了是要罚酒的。比如，两位是平辈的，搭拳要说："弟兄好，好兄弟，再好一次。"然后再出拳，再猜拳。如果开场白搭乱劈柴，就直接划拳，也不用搭旁白，也没有罚酒一说。

马舒同："'乱劈柴'就'乱劈柴'，可以开始了吗？乱劈要柴，酒端倒啊……"。

文梦婕："哎，等等，跟你划拳我怎么觉得提不起劲啊，我还是先跟帅哥来吧。"

马舒同："我说文梦婕女士，你花痴是不是找错对象了哟？敢在尚晓月家跟她抢地盘，吃了豹子胆吗？"

对于马舒同的警告文梦婕满不在乎，她举起酒杯醉意蒙蒙地走到刘星宇面前，搔首弄姿地问道："帅哥，你看我和尚晓月哪个长得漂亮？"

"你长得不仅漂亮，而且还很知性，可以说是一个风情万种的万人迷。"刘星宇笑着回应道，他紧紧搂着尚晓月："可是，我已经有我喜欢的菜了。"

坐在对面的马舒同感觉刘星宇话里有话，发难道："那你能不能具体说说我们这几盘菜和你那盘菜有什么不一样啊。"

几个美女一起起哄道："说说，快说说！"

刘星宇转头看着尚晓月，明显是在征求她的意见。尚晓月说："看我干什么？让你说就说呗！"

刘星宇端起一大杯酒仰脖干了，抹抹嘴说："那就得罪了各位了。依我看，梦婕的脸蛋、舒同的腰，还有开莱的风骚，都是一等一的，没得说。"

文梦婕第一个不乐意了，嗔怪道："你这是在夸我们还是在贬损我们，意思是我们三个人每人只有一个方面是优等品，其余全是残次品呗。"

马舒同也开始摇晃了，压着大舌头问道："是啊，那在你的心目中美女是个什么，什么样子呢？"

盛开莱右手搭在刘星宇的肩上说道："也就是说，假如将我们三个人亮眼的部分拼凑在一起呢？"

刘星宇搂着尚晓月的腰肢，笑了笑说道："那就是我们家的土——菜——包——。"

文梦婕撇撇嘴："你就别在这里撒狗粮了，变着法儿夸自己的堂客，不带这么玩的哈，给个差评，罚酒罚酒！"

"喝喝喝。"刘星宇爽快地又干一杯。

几轮下来，马舒同喝得有点大，嘴也不把门了，突然指着刘星宇为尚晓月出头："你这个人好是好，可为什么时不时就玩个失踪什么的，害得我们晓月整天提心吊胆的，是哪个回事情哟？"

刘星宇看着尚晓月："有吗？"

尚晓月借着酒劲替自己撞破了这层窗户纸，也仰起个脸，说道："去掉那个'吗'，有！"

刘星宇："你们听说这样一句话吗？距离产生美，神秘才有魅力。"

马舒同："帅哥，别扯远了，直接划重点，你娃儿是不是脚踏几只船，劈腿劈得腿软，顾此失彼啊？"

刘星宇竖起食指晃晃："这个真没有，我敢发毒誓。"

马舒同大笑道："这个应该有，说不定我就是你的第三者，早就等着上位了，哈哈哈……"

尚晓月狠狠拍了马舒同一巴掌："人家说，防火防盗防闺蜜，从今往后，我必须对身边的姐妹保持百倍的警惕了。"

这时，刘星宇手机又响起来，他拿起手机跑到阳台，压低声音说了几句，然后穿过客厅，向几个美女招招手，开门就出去了。

尚晓月见刘星宇故伎重演，她急忙冲出来想拉住他问个究竟，可是刘星宇早已不见人影。几个闺蜜面面相觑，不知怎么安慰尚晓月才好。过了一会，尚晓月收到刘星宇的留言：土菜包，临时有事，去去就来。

这个让她心心念念的男人，一到关键时候就掉链子，尚晓月感到无比的失望。一时，对刘星宇的种种抱怨迅速占据了她的大脑。

看着尚晓月沉默无语地杵在门口，盛开莱跑过去捅了她一下："哎，你们家男人业务挺繁忙的啊，一眨眼工夫就不见人影了。"

文梦婕也跟着起哄："他到底是做什么的呀？忙得连女朋友都晒在一边，简直了。"

尚晓月虽然心里不爽，但还是强装笑颜替刘星宇辩解："我不是给你们说过吗？做玉石生意的啊！"

"你这么相信他？"马舒同提醒道。

尚晓月："正南其北的，没哄你们。"

文梦婕："我说姐们，珠宝这个行业特招小姑娘喜欢，你要当心哈，到时候可别怪我们没提醒你哟。"

马舒同："哎，皮裤套棉裤，必定有缘故。你审查过没有啊？整天不着家，都忙什么呀？靠不靠谱哟？别遇人不淑，碰上一个花花公子哈。了解的知道你们是在谈恋爱，不了解的还以为是电视剧《潜伏》里的于则成和王翠平，搞什么地下活动呢。"

盛开莱："我看也有点不对哟，神头神脑的，好几个手机。我说，你是喜欢他多金还是多情，莫上当哈，搞清楚了再说。"

文梦婕："话也不能这样说，爱情实际上就是两个傻傻的人遇见后，突然从对方眼中看到了红尘万丈，然后不论做出了什么样的选择，两个人都能步调一致地朝着彼此喜欢的生活努力。尤其是到了中年，爱与不爱已是其次，心累时能互相鼓励，疲惫时能互相支撑，难过时能互相安慰，这才是最重要的。"

马舒同："可是，等待是一份巨大的煎熬，毕竟很少有人能在时间和煎熬面前保持强大的定力，对方也没有义务一直站在原地空等打转……"

几个闺蜜的灵魂拷问直戳尚晓月的痛点，她突然就崩不住了，泫然欲泣："我也不知道什么情况，每次照相他都不愿意，动不动一接到电话就玩失踪。如果是生意忙也可以和我说呀，我都能理解他，支持他。但是他每次接电话都避开我，搞得神神秘秘的，而且说走就走，到哪儿我也不知道……"

听见尚晓月的哭诉，盛开莱突然咋呼道："是不是通缉犯哟？我有个亲戚就是，她嫁了个外地男人，从没见男方家人来看过，过年过节也不回家，他说老家的亲人都去世了无亲无故，后来被抓了才知道他是个改名换姓的逃犯。那时，他们两个都有孩子了，你看这倒霉的还不是女的……"

文梦婕狠狠敲了一下盛开莱的脑壳："通缉你个头啊，你见过有哪个通缉犯敢大摇大摆地坐飞机坐火车住酒店的？如果有，还不早被抓了。"

盛开莱不服地说："说不定是用假身份证呢？"

文梦婕："我觉得开莱说得有道理，晓月，你必须好好查查他的身份，至少知道他是干什么的，住在哪，家里有什么人"。

马舒同很赞同盛开莱的观点："哎，他的店面在哪里呀，我们可以过去看看嘛。"

"不知道，他说以线上为主，实体店正在装修，装修好再请我过去讲话。"

这话说出来，连尚晓月自己都觉得底气不足。

马舒同："那他住哪儿呢？"

尚晓月："不知道。"

盛开莱一拍大腿："完了完了，这哪是什么玉石商人，连照片都不能曝光，分明就是一个大骗子嘛。晓月，我看你赶紧止损吧，苦海无涯，回头是岸，这种人说什么也不能再要了。我有个亲戚在公安局，要不要我叫他帮你查查？"

马舒同突然想起了什么，抢过话茬说："哎，我认识一帅哥，乔健的铁磁，叫高博，是做网游的，特别踏实又非常有才华，而且收入还很高的那种，回头介绍给你？"

尚晓月虽然怀疑刘星宇，但又听不得闺蜜们把他说得如此不堪，她有些不高兴地说道："你们这是干吗？怂恿我红杏出墙，他就是一个做玉石生意的嘛，你们不要把他想得太复杂了。这些乱七八糟的都只是咱们的猜测，没有真凭实据，说不准都不是这样呢。来来来，喝酒喝酒，气氛不要掉！"

不胜栖杓的尚晓月举起杯子正要喝下，一个陌生的手机号码发来了一张刘星宇在梦幻世界夜总会搂着美女调侃嬉戏的照片，而且还附上了夜总会的位置和包厢号。

这下，尚晓月彻底蒙了，玻璃杯从手中滑落，碎了一地。她是那样隐忍、小心地呵护和珍惜着这段感情，原本她以为刘星宇的神神秘秘、言不由衷都有不得已的苦衷，她愿意给他足够的时间，等他敞开心扉，即便他做了什么错事，她也愿意和他一起分担。但结果呢？就恰似掉在地上的玻璃杯，不堪一击，摔得粉碎，他们所谓的爱情简直就像个笑话。她听不清楚几个闺蜜在说些什么，重重地摔门而出。文梦婕、马舒同、盛开莱三人赶紧追了出去。

滨江路昏黄的路灯下，尚晓月目光呆滞，泪流满面，蹲在路边瑟瑟发抖。文梦婕一把拉起尚晓月，怒吼道："哭什么哭？走！找刘星宇算账去。"

驶往梦幻世界夜总会的车上，几个闺蜜七嘴八舌声讨刘星宇的种种不仁不义，进行一场严肃而又认真的道德审判。尚晓月一言不发，一幅楚楚可怜的样子。

盛开莱："哎，我说你的故事比韩剧还狗血，真是看得让人泪目。"

尚晓月举手求饶："开莱姐，求求你别落井下石了，本来就冷，你的话像冷箭一样寒心。"

盛开莱："我看你不是心冷，是心虚！"

尚晓月："姑奶奶，麻烦让师傅开开暖风，我大姨妈突然来了，不能受凉！"

盛开莱哭笑不得："好幺不倒台哟，都哭成狗了还有大姨妈来陪，真是让人怀疑人生。你看我，都快早衰了，每次就那么一丢丢。"

马依然诡意地笑笑："哎，要不要给你找个男人滋润一下？保证药到病除。"

盛开莱拱着双手致谢："这么好的男人还是留着自己享用吧！本小姐对男人没有这么急迫。"

马舒同接着洗脑道："我记得一个著名的艺人说过这样一段话，他说，男人就像食堂里的菜，虽然难吃，去迟了竟然还没有了。然而，女人就像山珍海味，有的人吃不起，有的吃剩下了不说，还倒掉了。听明白了吗？别把自己吊得太高了，始终让人够不着的话就有可能永远吊在树上，无人问津，成为'吊死鬼'。"

盛开莱："吊死鬼就吊死鬼，总比怨死鬼强。"

马舒同："开莱姐，姐儿几个我就服你！"

梦幻世界夜总会 VIP 包房，刘星宇被一群美女簇拥着，脸上印着几个不规则的唇印。此时已经微醺的他，挣扎着走向洗手间，不料洗手间门被反锁。他正要骂娘，忽然听到里面传来女人的娇喘音和男人猛烈的撞击声，刘星宇透过门缝看见王文帝正跟一个身材高挑、金发碧眼的混血女孩翻云覆雨，女孩双手扶墙，弯着腰，王文帝紧紧抱着她的腰肢，赤裸的下身紧贴着女孩的后臀，一抽一送做着活塞运动。

刘星宇心里一阵慌乱，扭开水龙头，不停地用凉水擦洗着脸。洗手间的门突然打开，王文帝探出头，刘星宇赶紧将门推上，不好意思地说道："抱歉啊，王哥，我啥也没看见，继续，你们继续哈。"

王文帝隔着门，向刘星宇招招手说："要不你也进来试试？"

"别价呀，万一生出个小孩来都不知道姓什么。"刘星宇边离开边回应着，谁知陪伴他的那位小姐不知何时冒了出来，搂着他的胳膊，嗲声嗲气地说："帅哥，人家也要嘛。"

刘星宇凑近她的脸："要什么？要脸还是要钱？"

小姐噘起小嘴说："讨厌！"

刘星宇架着小姐回到座位。不一会，衣衫不整的王文帝上气不接下气地回来，坐在刘星宇身边，举杯与刘星宇碰了碰："消失了好几天，干嘛呢？"

刘星宇淡然地："无业游民，信马由缰！"

王文帝笑笑："有点颓废，不像你的风格啊。"

刘星宇好奇地问："那你说说，我是那样的风格？"

王文帝举杯与刘星宇碰了碰："老弟，你活得这么拘谨就没意思了，人生得意须尽欢，莫使金樽空对月。活在当下，就应该尽情享受美人美酒啊！"

刘星宇叹了口气："是啊，哪个男人不多情，哪个少女不怀春。有时候我就想啊，人活着真不容易，明知以后会死，还要努力地活着。你说，我们这一辈子到底是为什么？看不透的人心，放不下的牵挂，经历不完的酸甜苦辣，走不完的泥泞坎坷，忘不了的昨天，忙不完的今天，想不到的明天，最后都不知道会突然消失在哪一天，这难道就是人的一生吗？"

王文帝示意服务员给刘星宇倒满酒，紧盯着他说："老弟年纪不大感慨不少啊，说的在理，继续！"

刘星宇继续卖弄着自己的深沉，淡然说道："所以，本人深以为，我们再忙再累也别忘了心疼自己，一定要记得好好照顾自己！人生如天气，可以预料，但往往出乎意料。不管是阳光灿烂，还是聚散无常，一份好心情，是人生唯一不能被剥夺的财富。把握好每天的生活，照顾好独一无二的身体，得之坦然，失之泰然，随性而往，随遇而安，一切随缘，这恐怕就是最豁达而明智的人生态度。"

"精彩极了！多好的一段话呀，堪称教科书、心灵鸡汤啊。来，为我们都有一个美好的人生，干杯！"

王文帝带头鼓着掌，接着他也侃侃而谈："有人说，成功的男人，把事故变成故事；失败的男人，把故事变成事故；精彩的男人，既有故事也有事故；平庸的男人，既没有故事也没有事故。老弟一定是个有故事的男人！"

刘星宇笑笑说："故事真没有，事故倒是有！"

"事故常常就是一个精彩的故事。"王文帝指着刘星宇旁边的女孩："你怎么不喝呀，想什么呢？我告诉你啊，叫你来就是让你服侍好我这位兄弟的，如果今天晚上这位帅哥不开心，看我怎么收拾你！"

女孩紧紧搂着刘星宇的胳膊，一幅委屈的样子，娇滴滴地说道："老板，您不要这样吓人好不好？我早就想以身相许了，可是这位哥哥死活不接招呀，您让我能怎么办？"

王文帝转向刘星宇："老弟，是不是最近身体透支了，不行啊？"

刘星宇立即站起来，晃晃悠悠走了几步："哪能呢，只是天天跑云南，身体确实有点虚，你看，走路都打偏偏喽。"

王文帝四处看看，耳语道："要不要搞点饮料补充补充能量？"

"饮料？上次那种？"刘星宇有点不屑地："唉，我看还是免了吧，跟喝白开水没什么两样，那天我喝了两大瓶毫无反应。我说王哥，你这是不是吹得过头了啊？"

王文帝压低声音，继续耳语道："老弟，实在对不住啊，上次给你喝的是对外公开销售的那种，没有啥特殊的功能，内部人有专用的，这个你懂的。"

刘星宇举杯同王文帝碰了碰："是吗？原来你是信不过我哟。"

王文帝转向刘星宇旁边的女孩："去，多拿几瓶专用饮料，好好给这位帅哥补补。"

女孩心领神会地起身离开，不一会就拎着小包过来，得意地向王文帝报告："老板，一切OK！只等这位帅哥一声令下，我随时准备上战场了哦。"

王文帝满意地点点头，然后对刘星宇说道："老弟，开心点，人生就那么短短几十年，此时不欢更待何时？"

"那是那是，谢谢了我的哥！"

刘星宇说完，搂着美女正准备离开的时候，包厢门突然打开了，一脸怒气的尚晓月和文梦婕、马舒同、盛开莱出现在门口。

尚晓月看见眼前的场景像一头暴怒的母狮子，二话不说上前就给了刘星宇一记响亮的耳光。刘星宇退后一步愣在那里，尚晓月歇斯底里再次扑上去"啪啪啪"又是几记耳光。

身旁的女孩见状，急忙站在刘星宇前面拦住。尚晓月顺便也给了她一记耳光："什么东西？我让你骚，让你骚！"尚晓月一边骂一边撕破她身上绿色拖地轻纱，不知是疼痛还是屈辱，女孩低下头"嘤嘤"啜泣起来。

王文帝连忙站起来拉住尚晓月说："看起来很文静漂亮的，脾气怎么这么火暴，人在江湖身不由己，逢场作戏而已，何必那么认真？来来来，有话坐下说！"

尚晓月狠狠瞪了王文帝一眼，转身离去。

刘星宇甩开女孩，刚要追出去却被盛开莱、文梦婕、马舒同死死地堵在包房门口，你一言我一语火力全开。

尚晓月一口气跑到长江大桥上，望着水中流光溢彩的城市倒影，她的心情糟糕到了极点。二十好几的人了，好不容易鼓足勇气谈了一把恋爱，却被搞得如此狼狈不堪，自己明明知道一开始就错了，却执迷不悟，一错再错。她恶狠狠地将手机中的刘星宇拉黑，她要让他从自己的世界里彻底消失。

身后传来一阵男人的咳嗽声，尚晓月头也不回地怒吼道："滚，有多远滚多远！"

王文帝害怕尚晓月做出过激的行为，他边慢慢地走向她，边极尽温柔地说道："我不是刘星宇，我是梦幻世界夜总会的老板王文帝，我也不是来劝你原谅他的。这年月，做点事情不容易，请吃请喝请唱是基本的应酬，刘星宇为了生意迫不得已，你应该理解、支持、配合才对，而不是……"

尚晓月抹了把泪水，转过头冷冷地问道："理解、支持、配合，你真把我当成你夜总会的坐台小姐了？尚晓可的事情还没有完，你又来充什么救世主？别靠近我，马上给我滚开！"

尚晓月气势汹汹的样子，吓得王文帝倒退了好几步，他站在原地继续劝道："NO，NO，我没有想当救世主的意思，我只是想告诉你，世界上没有完完全全相同的两个人，即便是双胞胎也存在脾气、禀性、个人爱好等方面的差异，久而久之也会产生矛盾摩擦。所以，人与人之间要想保持长久的新鲜感和吸引力，就必须掌握一个合理的距离，给彼此一点私密空间，太远了容易疏远，太近了容易产生隔阂。有时候，还要学会当'睁眼瞎'，选择性地失明，时时事事你都认真，天天拿着放大镜看人，你会输得一塌糊涂……"

"王文帝，王老板，你好好看看我的眼睛，清澈、明亮，容不得半粒沙子，收起你们那套处世哲学吧，在我这里行不通。"话毕，尚晓月脱下外衣狠狠地扔向江底，扬起双手，大声吼道："让它去见鬼吧！哈哈哈……"

九

9 月 21 日，这是尚晓月居家观察的第 11 天。

这一天黄强终于回电话了。一天始黄强就一个劲地道歉，说这几天实在太忙顾不过来取箱子，待尚晓月结束居家观察后他立即取走。对于这个箱子尚晓月已慢慢接受，她不在乎再多放几天时间。现在她急于想知道的是刘星宇到底在哪里？如何能够联系上？

黄强说，也许刘星宇也因为新冠疫情被隔离了。对于他的说法，尚晓月不太赞同，即使是隔离了手机也不应该长时间关机呀？黄强回答说，也许那个地方手机根本就没有信号。尚晓月问，是什么地方连手机信号都没有？黄强沉思许久后才说道，有时候即使是在一个家里，不同的房间、不同的位置手机信号也有差别。

黄强说的这种情况尚晓月经历过，但她想这种情况无论如何也不会发生在她和刘星宇之间，因为自己的家只两间朝南的房子，不存在信号上的差别。

刘星宇，刘星宇，我四处找你，你究竟在哪里？尚晓月在心里不停地呼喊着。

通往云南边境地区的铁路线隐藏于重叠连绵的山峰和碧绿清幽的江河之中，一座座桥梁横架在深不见底的山谷之上，一个个隧道穿过巍峨庞大的山体，洞连着桥，桥连着洞，成为这条铁路的独特景观。

风驰电掣的现代高铁给人舒适、快捷的全新体验，而行驶在这条铁路线上的是一列绿皮慢车，车头冒着浓浓的烟，整列火车在"哐当哐当"的节奏声和阵阵刺耳的汽笛声中走走停停，蜗牛一般。车上多是沿途村寨的短途旅客，身上背着、手里拎着各种土特产，不疾不徐，悠闲自在，仿佛穿越了几个时代，一下子将人们带回到了20世纪六七十年代的生活模式。

尚晓月坐在靠窗的座位上，双手托腮，木然地看向窗外，泥雕般一动不动。随着火车进洞出洞，她的脸庞忽明忽暗，显得茫然无助。

刘星宇拉黑了，妹妹失踪了，母亲病倒了，让她不得不停下紧张的工作独自面对这些烦心事。妹妹，是她割舍不去的亲情，她无法想象失去她的后果。母亲更是她不能失去的亲人。都说"父母在，人生尚有来处，父母去，人生只有归途"，她无法想象失去母亲后这个家会是什么样子。所以，一接到母亲的电话，她就向航空公司领导请了假，抱着破釜沉舟的决心去云南边境一带再次寻找。

对于刘星宇，她曾经那样的用心、用情地爱过。当她打开心房，第一次向一个男子敞开，她多么希望自己和刘星宇能像爱情天梯的那对痴情夫妻，死生契阔、与子同说，执子之手、与子偕老！但，当目睹那晚夜总会发生的那一幕，她的心直接掉进了冰谷，残酷的现实狠狠打在她的脸上，她不能接受和其他女人共同分享一个男人。可是，几天下来，她又感到目前自己的心里还是装不下其他任何人，这个位置还非刘星宇莫属，毕竟他们之间经历了太多太多的曲曲折折和是是非非，怎么可能彼此说了再见，就真的再也不见了呢？有些人有些事，是会在不经意间微妙婉转的。

这次出行，尚晓月没有告诉任何一个人，她想在寻找妹妹的同时，还要去她和刘星宇曾经去过的地方，尽快找回他们失去的爱。因为，她知道对于热恋而突然分手的恋人来说，失联期越长彼此涅槃重生的机率就越少，她不想把这个机会留给任何人。

列车的前方是一个四等小站，车站设在两山之间的一个小小坝子之上。站台上陆陆续续汇聚了十来个女孩，操着浓浓的川音，叽叽喳喳，七嘴八舌，为首的一个中年男子招呼大家抓紧赶往长途汽车站。

也许是第六感的驱使，也或者是那群女孩和妹妹年龄相仿，正在站台上呼吸新鲜空气的尚晓月，突然转身回到车上拿着行李匆匆下车，跟上了这群女孩。尽管尚晓月极力混在队伍中间，但由于年龄偏大，加之出色的长相和气质，很快就引起了中年男子的注意。中年男子悄悄把她拉到一边，低声问："哎，妹儿，你是干啥子的？"

尚晓月灵机一动："一起来的呀，人太多了，您贵人多忘事，莫来头。"

中年男子晃晃手机说："这次来的每个女娃娃情况我都了解，莫要骗人嘛。"

尚晓月哭丧个脸："大哥，我也是江阳人，老公跟小三跑了，我又被公司辞退了，还带着个娃儿，日子过不下去了，想找个挣钱的活干，帮帮忙吧。"

中年男子拿着手机对着尚晓月说："听着怪可怜的，那你叫啥子名字？家住哪里？"

"拍啥子嘛。"尚晓月用手挡住镜头说："我叫秀兰，江阳国际机场旁边的人。"

中年男子说："找工作可以，但必须是你自愿的哦，没人强迫你哈。晓不晓得？"

尚晓月说："晓得晓得，是我自愿的。"

"你刚才说的话我都录了像，有啥子事情不要怪别人哟，自己神倒。"中年男子收起手机，带有威胁地说道："要不然，后果你是晓得的。"

尚晓月连这群人来自哪里，去往何方，要做啥子，她都不清楚，就这样稀里糊涂地答应了。事后，她想想都觉得后怕，自己处理此事怎么会如此鲁莽和荒唐呢，关键时刻智商简直为零。

长途汽车经过一夜山间小路的颠簸，于次日早上八点左右在一个叫青杠岭的公安检查站前停下，尚晓月和车上其他女孩的第一反应是要下车上厕所。可是，车门开了，却上来两个年轻警察，一男一女，堵在车门口，要求大家出示证件接受检查。领头的中年男子和他所带领的女孩子，手里举着早已准备好的身份证，主动递给走在前面的男警察，并回答问询，没有任何的抱怨和不满，这与尚晓月的紧张不安形成了鲜明的对比。

其实，尚晓月的紧张与警察的查验没有直接的关系，因为她一向遵纪守法，没有不良记录。可问题出在她随身携带的身份证这时却偏偏不见了，她绞尽脑汁就是想不出丢在了什么地方，眼看就要轮到自己了，尚晓月急得满头大汗，不知所措。

面对男警察的询问，她能做的就是告诉他自己的身份证号码，希望能够通过有关系信息统查到自己的身份信息，以此证明自己的身份。她知道，现在各种查验系统、识别系统十分健全，分分钟都能搞清楚你的所有信息。

可是，跟在男警察后面、手持身份查验仪的女警察却告诉尚晓月暴雨造成网络中断，无法连接大系统，强令她下车接受检查。尚晓月伸手刚想掏包，女警察迅速扭住她的双手，将她拖下车子。一路上，尚晓月极力挣扎，愤怒地质问两个警察："你们要干什么？我有什么问题？"

女警察没做任何解释，直接将她带进一间简易的房子。室内，一名中年男子躺在地上痛苦地挣扎，旁边塑料盆里十几段圆鼓鼓香肠一般的东西。房间里的空气弥漫着一股说不出的味道，尚晓月感到一阵恶心，她本能地想转身出门，却被守在门口的男警察拦住："上哪？"她这才想起自己身居何处。

尚晓月被带进Ｘ光机室，一通检查之后，男警察露出难得的笑容说："抱歉，例行公事，请理解！"

尚晓月不解地说："理解？我理解什么呀？这么多人坐车你们为什么偏偏检查我呢？"

"理由很简单，因为无法核实你的身份信息，我们依法对你进行检查，不应该吗？"男警察递过一杯白开水。

尚晓月无奈地说："应该是应该，那请问，我现在可以走了吗？""走？去哪儿？这里是边境地区，没有身份证件，你恐怕哪里也去不了。"

尚晓月焦急地说："那到底我在这里要待多久？有没有个明确的时间？"

"我想不会太长，应该很快。"男警察站起身，戴上头盔，扎上武装带，拿着武器就往外走，临近门口他又回过身，对着尚晓月笑了笑说："对不起，我有任务要出去了，水壶里有热水，喝完了自己续，如果饿了，桌子上有方便面，不用客气。"说完，就出了门。

尚晓月起身想与男警察理论理论，一个辅警将她拦住。她只好折回屋里，急得困兽一般团团转。

人在危急时刻总会有太多太多的幻想，希望突然出来一个拯救自己的英雄。此时的尚晓月何尝不是这样，她的全部希望都寄托在刘星宇的身上。她深信，刘星宇是她的福星，是她的贵人，关键时刻他总能神话般地出现，帮助她化险为夷。

天渐渐地黑了下来，五六个钟点过去了，手机依然没有信号，刘星宇也没有任何信息，尚晓月满满的希望被黑夜一点一点地吞噬。

等待是一种煎熬，这种煎熬有时会令人发疯。百无聊赖的尚晓月向守在她旁边的辅警要来纸笔，悄作思考，就沙沙地写下了一段内心独白：

我一城一寨地走只为拥有你

没有跟任何人说清楚，我因为什么原因去了什么地方，在这个工作上很需要我的时候离开，很是无奈。

云南之行，三天两晚，行色匆匆。几乎没怎么看风景，大多数时间是一个人在路上颠簸和流眼泪。我以为这几天的离开，有可能找回我自己，重归往日时光。

置身事外总能看得很明白，深陷其中，什么运筹帷幄什么手段心计，统统使不出来。我不断地嘲笑自己，当初拼命地劝好朋友不要这样，也不要那样，但是自己却爱得天荒地老，义无反顾，这是多么热辣的讽刺啊。我不希望任何人重复我的故事，尝我尝过的苦，流我流过的泪。

身体已经虚弱到极致，脾气已恶劣到极点，还是没有想要的答案。

夜已静，心悠远。谁是谁的沧海，谁又是谁的桑田。其实，你我之间，仅隔了一座云雾紧锁的高山。心似双丝网，中有千千结，假如你愿意，请允许我预支一段如莲的时间。即便是回到从前，我为君依旧红颜。

刘星宇，山河岁月、你我可期？

男警察领着五六个辅警走进休息室，方便面就着咸菜、鸡蛋、榨菜，吃得很香。

一天没进食的尚晓月此时也饥肠辘辘，馋涎欲滴，平时最不喜欢吃的方便面现在竟成了人间美味。男警察将一碗泡好的方便面放在她面前："暴雨冲毁了通往卡点的道路，保障车上不来，只能将就点哈。"

将就点哈，将就点哈。尚晓月心里反复琢磨这句江阳人才喜欢说的口头禅，也用江阳话回应道："要得要得。"

男警察看了看尚晓月说："听口音，你是江阳人？"

尚晓月笑笑："我觉得你也是的哟。"

男警察坐在尚晓月对面，点点头回答道："对头对头。"

"老乡见老乡，两眼泪汪汪，终于见到亲人了。"尚晓月端起方便面狼吞虎咽地吃起来，她边吃边说道："你看，我感动得都要哭了。"

男警察将身份证递给尚晓月："这是你掉在火车上的身份证，乘警刚刚带过来的，收好了。"

尚晓月放下方便面，惊喜地接过身份证，紧紧握在手上，她第一次感觉到这个证件的重要性，随及起身向男警察深深地鞠躬道谢，然后拿起行李，问道："那，我现在可以走了吗？"

男警察示意她坐下，说："你当然可以走了，只是今天没有班车了，你恐怕还得在这里待上一个晚上，等天亮了再走吧。"

"是吗，这么不巧啊。"尚晓月放下行李，端起方便面一边吃着，一边好奇地问道："你一个江阳人，怎么会在这里工作？整天待在大山沟里，多无聊啊。"

尚晓月随口而出的评论，男警察没有任何的表情和回应，尚晓月继续问道："想家吗？"

男警察从抽屉里拿出一包旱烟叶，熟练地卷了一支，他猛吸一口后才漫不经心地说道："怎么会不想呢，尤其夜深人静的时候，格外的想家。唉，已经很久没有回去了。"

看着这个年轻男警察异常的举动和略带哀伤的神情，尚晓月感觉自己的问话过于唐突，旋即转移话题："其实，我是挺喜欢大山的，尤其是大山的夜。

男警察："是吗？"

尚晓月指着窗外说："是啊。当夕阳沉到山的那边，夜幕在渐渐淡去的晚霞中徐徐拉拢，远处像幅水墨画。近处那些或明或暗的灯光则忠实地守候着夜归的人。仰望夜空，繁星密布，满天眼睛，如同精灵。这时，在房间里点上一支蜡烛，或随意翻读一本书，或梳理梳理工作思路，或编写一段相思的文字，或什么也不干，独自沉思呆想，都十分的惬意……"

男警察狠狠灭掉手中的烟头，站起来望着窗外漆黑的夜空喃喃地说："可是，我却害怕夜，害怕极了。"

尚晓月睁着一双大眼睛问道："为什么？"

男警察转过身，从抽屉里又拿出旱烟叶熟练地卷了一支，猛吸一口后，慢慢地拉开墙侧的一个布帘，布帘后挂在一个镶着黑白相片的相框，像片中的人是个五十多岁的老警察。男警察将点着的烟恭恭敬敬地放在相框下面的条桌上，自言自语地说道："师傅，我又想您了……"

望着早已泪目的男警察，尚晓月吓了一大跳。她张大嘴想问点什么，可很快欲言又止。

男警察擦擦眼角的泪花，说道："警察学院毕业后，我就分配到青杠岭检查站工作，主要任务是堵截金三角地区毒品经由这个关卡进入内地。我的师傅叫何黎明，是 1982 年选入缉毒队伍的我国第一批缉毒警察。我到这个检查站的时候，师傅已在这里工作了整整 35 年，这期间查获了上千名毒品犯罪分子，从中破获了不少震惊全国的跨境贩毒大案，获得了许多国家级、省级的荣誉。青杠岭检查站也就成了毒贩进入内地的'鬼门关'，有的毒贩公开叫嚣要用 500 万块钱收买师傅的人头，并威胁要报复他的家人。"

随着男警察的讲述，尚晓月本来平静的心也越发紧张起来，脑海里尽是些刀光剑影、生离死别的场面。

男警察停了停继续道："可是，就在师傅即将光荣退休的那一天晚上，突然接到线报，一伙贩毒分子利用汽车夹藏 100 多公斤麻古准备运往内地销售。师傅马上组织警力设卡堵截，嫌疑车辆到了，师傅上前正要盘问，不料毒贩突然加大油门要冲卡，师傅紧紧抓住方向盘让其停车，疯狂的毒贩猛踩油门冲过卡点，师傅被毒贩拖出 200 多米远，当我们开枪击中汽车后轮逼停运毒车辆时，师傅全身血肉模糊，已经牺牲……"

听到此时，尚晓月捂着双眼泣不成声，连连摆摆手，示意男警察不要往下讲了。

这意外听来的故事，深深触动了尚晓月的心，生活在大都市的她根本没有想到，和平年代竟然还有这么一群人，用青春、热血和宝贵的生命默默守护在这个山沟里的卡点上，和毒贩展开着殊死搏斗。

门开了，一个满脸皱褶、眉目慈善的老大娘拎着一个小竹篓推门而入。男警察立马起身让座："嫂子，这么晚了您还过来？这黑灯瞎火的，多危险呐！"

"鸡蛋还是热的，趁热吃吧"。老大娘一边将煮熟的茶叶蛋和土烟叶放在桌上，一边打量着旁边的尚晓月，笑问道："刚子，这姑娘是你的女朋友吧？不是说过几天才来吗。"

男警察将一个鸡蛋递给尚晓月，然后转向老大娘，耳语道："不是，那个前一阵子吹了！"

老大娘诧异地问："吹了？都好几年了，啷个回事情嘛？"

"人家嫌我工作危险，整天在刀尖上跳舞，害怕成为寡妇……"男警察忽然觉得自己说漏了嘴，赶紧转移话题："嫂子，太晚了，我先送您回去吧！"

老大娘看看尚晓月，又看看男警察，笑嘻嘻地说："好好好，我这就走，你不用送，好好陪客人！"说完推门出去。

送走老大娘，尚晓月问："你们东一句，西一句，奇奇怪怪的，到底啷个回事情哟？"

男警察深深地叹了口气才说道："唉，她就是我师傅的老伴。"

尚晓月又是一阵惊讶："哦，对不起对不起，早知道我应该向她深深地鞠上一躬。

"是啊，我们都应该向她致敬。"男警察深有感触地说："自从师傅走后，她就没有再嫁，所有的心思都放在这个检查站上，不管是天晴落雨，还是刮风下雪，她每天都要到检查站来，送吃送喝，看看老何，并叮嘱大家注意安定。'"

"哦，一个伟大的母亲！一个英雄的母亲！"尚晓月不由自主地感叹道。

电话铃声响起，男警察接过电话后立即吹响紧急集合哨，临出门时，他突然回过身对着尚晓月笑了笑，说："对不起，又有警情，你就待在这里吧，天亮了再走安全些。"

尚晓月的每根神经都随着这突如其来的警情变得敏感起来，这一群年轻的生命又要为他们的誓言出征，她不知道下一秒将要发生什么，她冲着即将消失在黑夜中的男警察大声喊道："哎，你叫什么名字？"

黑夜里传来一个浑厚的声音："我叫陈刚——，你就叫我刚子吧！"

尚晓月用手握成喇叭状，大声喊道："刚子，注——意——安——全——"

尚晓月的声音消失在山谷，消失在夜空。

第二天凌晨，还没有等到刚子和他战友们的归来，尚晓月就踏上了征程。

回望焦急盼望的老大娘和渐行渐远的检查站，她的心情十分沉重。脑海里，刘星宇和刚子的形象不停地交替呈现。两个人年龄差不多，都出生在江阳这样的大都市，可为什么对待生活的态度会截然相反呢？一个为了心中的执念守护边疆，默默牺牲和奉献，从警时的一句誓言就是一辈子的践行，一生的承诺。一个为了逐利和寻乐整天混迹于风月场所，游戏人生。

那么，人的一生究竟应当怎样度过呢？她想起了保尔·柯察金那段著名的话："人，最宝贵的是生命。生命对于每个人都只有一次。这仅有一次的生命应当怎样度过呢？每当回忆往事的时候，能够不为虚度年华而悔恨，不因碌碌无为而羞愧；在临死的时候，他能够说：'我的整个生命和全部精力，都已经献给了世界上最壮丽的事业——为人类的解放而斗争'"。

如果拿这个作为标准，高下立判，刘星宇这样的人值得自己用一生去守护吗？很多的时候，我们犹如河底的泥沙，随着时间的推移或被浪涛打在河滩，或随潮水奔向大海。目前而言，她和刘星宇不管是打在河滩上，还是随潮水奔向大海，都是自己不愿意看到但又必须接受的现实。

再次来到云南边境珠宝市场，尚晓月的心志忐忑不安。一方面，上次遇险的经历让她心有余悸，每每想起此事都噩梦一般，吓得她惊恐万状。另一方面，对于这次边境之行能不能找到妹妹，她心里一点都没有底。想起边境小院那两条龇牙咧嘴、面目凶猛的狼狗，她就心虚狗软，不敢贸然前往。

她随意走进了一家玉石商店，店主满脸笑容地招呼道："欢迎光临！美女，我这里品种齐全，贵族货，平民价，绝对物超所值，要不要看看？"

"好的好的，我自己先看看，你忙你的。"尚晓月刚说完，一个正在选货的男人回过头来，惊奇地看着她，问道："怎么是你？这么巧啊！"

尚晓月正在琢磨这个人是谁时，赵启亮取下头上的阿迪达斯太阳帽和鼻梁上的雷朋墨镜："是我，赵启亮，不认识了？"

"是你？你不是回新西兰了吗？"赵启亮的突然出现，着实让尚晓月没有想到。既然没有回新西兰，为什么好几天连一个电话都没有？但凡是真心喜欢自己说什么也会无休无止的缠绕，可是他没有。这时的意外相见，她不知道是真正的巧遇还是赵启亮的设计安排。

"是啊，本来是要回去的，可是我母亲突然又说病好了，她要来中国，所以我就没有走。"赵启亮见尚晓月镇定自若、波澜不惊的样子，作了简单的解释，随后他对店主说道："老板，都有什么宝贝拿出来让这位美女掌掌眼吧。"

"是吗？"尚晓月没有心思去揣测赵启亮话的真实性，虽然没有他乡遇故知的激动，但起码这个时候也没有必要闹翻脸，让店主看笑话。

看着赵启高财大气粗的派头，店主精挑细选拿出几件材质、品相还算上乘的玉器让他过目，赵启亮看后直摇头。

店主指着地上的石头说："一看您这气势，就知道是眼光特别高的那种，成品估计您是瞧不上了，要不要开一块原石碰碰运气？如果出翡了，我免费为您加工。"

赵启亮看了看地上的一堆石头说："恕我真言，就你这些石头啊，不知被多少人挑选过，赌性不大呀！"

"赌性大不大全看运气。我看您太太面相很好，垂珠厚大，下巴有肉，鼻子高挺，人中清晰，天生带财，肯定能给您带来好运……"店主看着赵启亮身边的尚晓月说道。

赵启亮见店主越说越离谱，便打断了他的话头："哎，我说你到底是卖珠宝的，还是看相算命的？"

店主笑笑道："两种都兼着，关键看人！"

赵启亮转身看看一旁沉默不语的尚晓月说："看到了吗？这就是商家的套路，先把你身边的美女给夸晕了，再把几件价格高得离谱的东西推荐给你，这时候你恐怕顾的不是包里的钞票了，而是你的面子，不买都觉得不好意思。"

尚晓月的脸色越发难看起来，她说："赵启亮，你挑你的，我可没有那个意思哈！"

"哎哎，我说你这个人怎么啦，好不容易来一趟边境地区怎么也得买几件吧？看上哪件了，我送你。"赵启亮高声冲着店主喊道："老板，请把你的镇店之宝拿出来，让我们这位美女瞧瞧。"

店主高兴地回应道："好咧，您就看好吧。"

"赵启亮，我还有我的事先走了，你自己慢慢选吧，不陪了！"话说到这个份上，尚晓月的脸真有点挂不住了，她向赵启亮告辞道。

见尚晓月要走，赵启亮赶紧拦住："干嘛呀，一个女娃娃怎么这么任性？这里到处是深山老林，万一你走丢了，我怎么向你单位、父母交代？你坐会儿，我给自己挑一件还不成吗？"

店主热情地递给尚晓月一杯茶水，赵启亮则在一旁品鉴挑选。

尚晓月端起茶杯，望着门外瓦蓝色的天空发呆，显然她的注意力不在这里。可是，喝着喝着，她感觉自己的眼皮越来越沉重，橱柜、玉器、赵启亮、店主……越来越缥缈、模糊。

迷迷糊糊中，她感觉店主把她抱上了一辆四周封得严严实实的货车。车上，店主很不老实，借着车子晃动在她身上摸来摸去，她想反抗却浑身酥软无力。

车停下后，赵启亮不见踪影，店主背着她走进一个院子，高墙、铁门……，这些场景她似曾相识，但就是想不起来。

这时候，两条张着大嘴的狼狗尾随而来，龇牙咧嘴，很是吓人，尚晓月终于想起来了，这就是上次刘星宇救她的地方。可是，明明清醒的自己怎么一下子就晕了？还被人带到这个恐怖的地方？她心中有一种不祥之兆。

果不其然，店主抱着她重重地扔在一张脏兮兮的床上，强行、野蛮、粗俗将她的衣服一件件剥去，尚晓月雪白丰满的乳房暴露无遗，她拼命地想喊、想反抗，但浑身无力，就是喊不出声。

店主指着墙上的监控电视淫笑道："你不是要找你妹妹吗？她现在就在你的隔壁，好好看看吧。"

尚晓月使劲地扭着头，看到电视屏幕上蓬头垢面、面无血色的妹妹以及长途车上那帮女孩子，她顿时清醒了许多，挣扎着想要起来，店主突然关闭电视，喘着粗气将尚晓月死死压在身下，淫笑道："怎么样？我们作个交换吧，只要你今天乖乖地顺从了我，你立马带着你的妹妹回家。"

尚晓月想狠狠给店主一记耳光，可是手如铅一般沉重，怎么也挥不起来，她的眼里除了愤怒就是泪水。

见尚晓月默不作声，店主更加肆无忌惮，右手强行伸向了尚晓月的下身，尚晓月本来就宽松的裤子很轻松就被扒了下来，留在她两腿之间仅有薄薄的一层丁字裤，稍一使劲就会扯破。

就在这危情时刻，门窗玻璃啪的一声被一块石头击中，两条狼狗狂吠着奔向门外，店主顾不上其他，提上裤子操起一根木棍就冲了出去。

紧接着，一个全身裹得严严实实的身影迅速闪进，背着尚晓月夺门而逃，刚刚有点意识的尚晓月被这突如其来的一幕吓得又晕了过去。

第二天凌晨，清醒过来的尚晓月望着守在病床旁的文梦婕和王文帝，潸然泪下，心中的委屈不知向谁诉说。

文梦婕帮着她擦干眼泪，递上一杯糖开水，安慰道："你这是干嘛呀？尽干些没谱的悬事，妹妹没有找着，差点把自己的小命都搭上了。"

睡眼惺忪的王文帝关心地问道："晓月，感觉怎么样？"

看着眼前的王文帝，尚晓月一脸茫然。

"你是不是觉得好奇怪，我怎么会出现在这里？"对于尚晓月的茫然与疑虑，王文帝已然看出，自己莫名其妙地出现肯定会引起她的胡思乱想。于是，他主动说道："其实啊，你们在店里挑选的时候，我就在旁边店里，店主把你架上车后，我悄悄地跟着，直到把你救出。"

"是你救了我？那我得好好谢谢你。"尚晓月欠起身准备下床，立马被王文帝按住了："别动别动，好好躺着。"

近段时间王文帝频频给自己献殷勤，尚晓月对他不说有多么好的印象，但至少没有那么反感了。她问："您怎么来了？"

王文帝："到云南选点石头。"

尚晓月："上次那个姓安的不是帮您带了一块吗？"

王文帝："是啊，但安总他也有自己的生意，老麻烦人家总归不太好。本想托你帮带一块，又怕给你添麻烦，后来想想算了，还是亲自跑一趟吧。"

尚晓月："麻烦倒说不上，主要是我不懂石头啊。"

王文帝："不用你懂，让人挑好了你帮着带回来就行。"

尚晓月："如果这么简单，那今后您要有选好的，交我给就 OK 了！"

王文帝："太感谢了，一看就知道你是个爽快的姑娘。"

"王总，您千万别这么说，我还不知道怎么感谢你呢……"尚晓月又忽然想起了赵启亮，这个人莫明其妙地出现，又莫明其妙地消失，不免让人怀疑他与尚晓月受害的关系了。尚晓月问道："那个赵启亮呢，有消息吗？"

"他呀，现在不知去处，我正在想法找呢。"王文帝气愤地说道："我怀疑他和那个店主是一伙的，待我找到了非剥了他们的皮不可，不给点颜色看看，他们可能真不知道王八有几只眼。"

王文帝一改往日的儒雅形象，挥舞着拳头霸气侧漏，豪气冲天。尚晓月第一次见王文帝这样激动的样子，对他的印象立刻有了180度的转变。不为别的，就凭关键时候能挺身而出这一点，她认为这就比那个口口声声称自己是个顶天立地男子汉的刘星宇强得多。尚晓月泪眼婆娑地说道："王总，这事怨不着您，要不是您及时相救，我可能就，就……，谢谢您啊！"

王文帝急忙摆手道："谢什么谢？这话见外了哈。刘老板不在，我这个当哥的自然要替兄弟两肋插刀喽。对了，我这阵一直也没有见着他，他在干什么呀？"

尚晓月摇了摇头："他在哪里我怎么知道？我和他已经一刀两断了。"

王文帝有些惋惜地说："干嘛说断就断了呢，闹点小脾气，至于吗？"。

"他这个人就是不敞亮，一直跟我装神秘、玩失踪，就是一个口是心非的伪君子。"尚晓月坐在床沿，深深地叹了口气，继续道："唉，不怕你们笑话，他究竟是干什么的，家住哪里，我至今都不清楚。前不久，他还跟踪我，去过我老家，而且对我妹妹的情况很感兴趣，我严重怀疑我妹妹的失踪与他有直接的关系。王总，您说我要不要报警？"

王文帝急忙拦住了她："我看报警就算了，一报警说不定他会狗急跳墙，做出什么杀人灭口之类的蠢事来。"

听说杀人灭口，尚晓月更是急得没有了主意，她拉着王文帝哀求道："王总，那你说我该怎么办呢？"

王文帝望着天花板沉思片刻，说道："我看这样，你还是先回江阳休息休息，把身体养好要紧，这边的事我来处理。"

站在一旁的文梦婕用手捅了捅尚晓月，说道："晓月，你太虚弱了，我认为王总说的在理，我们就听他的吧，啊？"

尚晓月点点头说："那好吧！"

王文帝随机将一个沉甸甸的包裹递给尚晓月："这是我精心挑选的一块石头，麻烦你帮我带回江阳，我在这里看能不能救出你妹妹，到时候我们江阳见。"

尚晓月关心地问道："这里情况太复杂了，你一个人行吗？"

王文帝轻轻抚摸尚晓月的脸说："再不济，也不能让我的女神冲锋陷阵吧？"

尚晓月感动地伸出双臂轻轻抱了抱王文帝说："注意安全！我在江阳等你。"

王文帝拍了拍尚晓月的后背说："放心吧，只要有我在，你的世界就永远阳光灿烂！"

说完王文帝依依不舍地离去，他走到病房门口又特意转过身来深情款款地向尚晓月抛了个飞吻，有种"风萧萧兮易水寒，壮士一去兮不复还"的悲壮。

尚晓月也向着王文帝挥了挥手，目送他出门。

王文帝一出门，文梦婕就迅速关上门窗，压低声音对尚晓月说道："糊涂吧你就。你真以为是王文帝救的你？实话告诉你，医院接到求救电话后，迅速出车，将躺在马路边昏迷不醒的你拉到医院。为弄清你的真实身份，他们根据你手机上最近拨打的电话，分别打给我和王文帝。其实，我和王文帝是前后脚到的医院。"

听着文梦婕的介绍，尚晓月不寒而栗，她脑海里立刻浮现出那个全身裹得严严实实的身影，这个场景令她心有余悸。她紧紧地抓着文梦婕的手问道："你快快告诉我，救我的人到底是谁？那个全身裹得严严实实的人又是谁？"

文梦婕摇了摇头说："谁？我也不清楚。"

尚晓月打开手机，有一个刘星宇的未接电话和一条短信："土菜包，后天江阳见！"

此时，刘星宇的突然出现带给尚晓月的不是惊喜，而是愤怒。她想，悲剧终要落幕，残局就要收场，你一个三流的演员，拙劣的演技，这个时候出来装好人，想演给谁看？

9 月 22 日，这是尚晓月居家观察的 12 天。

这一天，文梦婕打电话说，有一个人想加她为好友，务必通过一下，具体为什么要加，文梦婕没有告诉，只说视频上聊。尚晓月通过那人好友请求后，对方马上开启视频聊天模式，视频里的他年轻帅气，说话气场很足。他说他是一个富二代，有家族企业，有私人飞机，很想找一个空姐为妻，共同守护家族的财产……

对于这种短视频相亲模式，尚晓月一向拒绝。她认为，这种方式对双方颜值要求非常高，能不能引起对方的注意关键是容颜，而对学识、性格、灵魂、为人处世等往往忽视，这让人容易偏离爱的初心。因此，还对方还未说完她就找各种理由匆匆下了线。

"梦婕，你什么意思啊？"

"上次那个高博的事没弄好，我不是害怕你孤独吗？"

"别提那事成吗，一提起我心里就难受。"

尚晓月从云南回到江阳后，变得沉默寡言起来。这个变化当然瞒不过文梦婕的眼睛："看样子，你是准备重新开始了？"

尚晓月装作听不懂："什么重新开始？"

文梦婕："装，你就跟我装吧。我问你是不是准备开始新一段感情了？"

尚晓月："开始？我跟谁开始呀？经历过这么多的人和事，哪有惊鸿一瞥、魂牵梦绕的？"

"我说你还是信一次命吧。命里有时终须有，命里无时莫强求。"文梦婕劝说道："爱情是我们一生中不可或缺的，但若走着走着走散了，也无需过于纠结，潇洒一点。请念及最初的美好，感谢他来过，不遗憾他离开。"

尚晓月认真地看着文梦婕："经历了一场婚姻挫败，你就变成人生导师了？满嘴的心灵鸡汤，人间指南。"

文梦婕："你要认为这碗鸡汤对胃口，那我就再给你灌点。"

尚晓月点点头说："好好好，再撒点胡椒粉和小葱，更有味儿。"

"看不出来，你还是一重口味的主儿。"文梦婕说："人生就像一部限量版电影，不能回放，只播一遍，有最好的回忆，也会有最坏的记忆，你会忘记其中的某个片段，但请记住，时间是最好的良方，过往的人和事，不管当初再怎样断不了、舍不下、离不开，你永远都有时间从头再来。你要相信，所有失去的，都会用另一种方式归来。"是啊，爱未必会因为没有回应而死掉，却一定会因为反复失望而衰歇。

自梦幻世界夜总会不欢而散之后，刘星宇再也没有出现过，甚至连个电话、短信、微信都没有。潜意识里，她觉得刘星宇应该而且也会就这件事情向她作出解释，即便是两人就此分手，也得把事情说清楚，好聚好散。可是，刘星宇就是那样决绝，人间蒸发似的，销声匿迹了。这让尚晓月颇感意外，她那小小的自尊心受到了严重的伤害。你想啊，一个人当着众人的面把你打倒在地，并狠狠地踢上几脚，然后拍拍身上的灰尘，大摇大摆转身离去，最后连个道歉都没有，你受得了吗？智商再低的人恐怕也想得出你在人家心目中的分量是几斤几两。

倒是王文帝时常打来电话嘘寒问暖，时不时通过快递送束鲜花、小吃、礼品之类的东西。人在低谷时，不要说鲜花，给根稻草都能当成救命的绳索。开始，尚晓月坚决拒收，到后来懒得较真也就随他罢了。

再说文梦婕、马舒同这两个死党，看着情绪低落的尚晓月都很着急，商量着给她介绍那天说的高博，一来气气那个负心汉刘星宇，二来帮助尚晓月尽快从感情的泥潭里走出来。

这天晚上，马舒同约尚晓月来到山城乡村烤脑花店。尚晓月、文梦婕刚一落座，马舒同就噼噼啪啪点了招牌烤脑花、泡椒鸭肠、烤猪蹄、竹签牛肉等一大堆自己的最爱。

尚晓月心不在焉，随意翻看着 ipad 屏幕上的菜单，嘴里碎碎念道："亲爱的，要不要再等等，看人家喜欢吃什么再下单，第一次见面我们就这样自顾自，吃相不好吧？"

马舒同点点头说："有点哈！那我赶紧问问他到哪里了？"

马舒同拨通高博电话，他支支吾吾半天也没说清楚具体位置和方向。原来高博是个书呆子，平时很少单独出门，这一天开着自己刚买的新车出来约会，本想给对方增加点印象分。哪想到，一上魔幻立交桥就傻眼了。这座桥上下五层十八个匝道，像一个硕大的螃蟹向多个方向伸出腿，稍稍走错就是江阳一日游。这不，他在桥上转了都快一个小时了，绕来绕去就是绕不出来。马舒同听了急着大骂道："你个傻子，导航啊！"

高博："马姐导了，高德、百度、腾讯都被它整晕了，我刚才问了问人，好像快转出来了。"

"真是遇衰得倒你，我看你是想美女想晕了吧。"马舒同叹了一口气问道："哎，你现在到底在哪个位置？"

高博："马姐，我前面是明月山隧道，正往温泉方向。"

马舒同气得一拍大腿，骂道："我勒个去，方向反了，温泉立交桥那边堵死人，等你绕回来估计后半夜见了。真是个书呆子，读书读傻了，这么重要的事情自己开啥子车嘛，打的啊！"

尚晓月故作伤害状，捏着马舒同的鼻子说："这就是你要给我介绍的帅哥啊，害我吧你就！"

马舒同摇摇头，难为情地："怪我怪我，光看他学历了，没想到他就是一个'废青'。今天这顿饭我请，喜欢什么，尽管点！"

尚晓月故作摩拳擦掌状："那我就不客气了，得狠狠宰你一顿，要不然我心里这个气啊出不来。"

文梦婕劝道："算了，和光同尘，与时舒卷，得饶人处且饶人。"

尚晓月用力拍打着胸膛："话是这么说，可我心里的坎就是过不去啊。"

文梦婕指着酒柜说："那你要怎样？要不咱们来一瓶啤酒解解愁？"

尚晓月显然不满意："什么呀，啤酒就把我打发我了，来瓶白的，高度的。"

马舒同吃惊地看着尚晓月："想买醉呀？好，我陪，两瓶。"

于是，三个人你一杯我一杯，喝得昏天黑地。等到高博赶到时，已经醉得东倒西歪，只会胡话连篇了。正在发愁的服务员见高博就像看见了救星，立刻把账单递给他："真是急死我了，我们都准备打烊了，正好你来了，来来来帅哥，麻烦把账单结一下。另外，这几位美女就交给你了哈！"

高博为难地杵在那里，脸色非常难看，抱怨道："啧，这叫是什么事呀？我到现在连一口水都没有喝，就要买单？"

这个时候，一辆迈巴赫 S560 停在门口，王文帝从车上走下来，看见三个美女醉得人事不省，不仅没有责备，反而露出了开心的笑容，他毕竟浸淫风月场所多年，这种事对他来说司空见惯。行话讲，女人不醉，男人没机会。示意服务员把账单给他。结完账，王文帝扶起尚晓月，指着马舒同和文梦婕对高博说："眼镜，麻烦你把这两个美女送回家，我给你报销车费。"

高博推了推金丝边眼镜，不屑地说："有钱就瞧不起人啊？老子还不伺候呢，有本事自己来吧。"说完气哼哼地走了。

王文帝嘿嘿嘿地笑骂道："尼玛的，书读多了，脑子坏掉了，活该找不到婆娘。"

第二天早上，尚晓月醒来的时候，头晕目眩，全身酥软无力，想起昨天晚上的丑态，她立即弹坐起来，掀开被子，浑身上下反复打量一通，确定自己没有被人趁机"捡尸"占便宜，她这才长长地松了一口气。

　　突然，一个陌生手机号码发来一张尚晓可的照片。照片中，尚晓可比过去憔悴了许多，整个人神态木然而哀伤，像极了飞机上那个因带毒而死的女孩。她马上回拨过去，对方电话却处于关机状态。谁？为什么会有尚晓可的照片，而且还知道自己的手机号码。尚晓月感到一种莫名的恐惧，背脊一阵阵发凉。她本能地拿起电话打给刘星宇，可刘星宇的电话处于关机状态。无奈之下，她只好转向王文帝求救。

　　"昨天晚上哈，你让我们想想，现在脑子有点乱。"王文帝似乎也刚睡醒过来，边打着哈欠边说道："哦，我想起来了，昨天晚上是我和保安一起送你回去的，怎么啦？有事吗？"

　　听说是他和保安一起送回来的，尚晓月顿时心中一暖，笑应道："不好意思哈，劳烦您这个大忙人，谢谢了！"

　　"这是什么话？大千世界，芸芸众生，能有机会照顾你这个大美女，算是我的荣幸。你有什么事尽管劳烦，不要客气哈。"

　　尚晓月想了想，还是没有提尚晓可的事，她再三道谢后，匆匆挂了电话。

　　玛丽斯的豪华别墅客厅里。杨伟守在电脑前，一脸倦容，哈欠不断，他已经通宵达旦、一夜未眠了。

　　玛丽斯亲自为他煮了一杯咖啡，递给他说："宝贝，来，喝杯咖啡，醒醒脑子，外卖马上就到。"

　　杨伟接过喝了一口："谢谢！"

　　玛丽斯看着即将完成的编程，问道："看样子，快成了？"

　　"是的。"杨伟点点头。

　　听着杨伟的介绍，玛丽斯抑制不住内心的喜悦："那就好，今后我就不用天天担惊受怕了……"

"哎，我还是不明白，你让我昼夜兼程开发这款软件，到底要干什么呀？"

看来，玛丽斯并没告诉杨伟设计这款软件的具体用途。玛丽斯一屁股坐在杨伟的腿上，双唇在他脸蛋上亲了下，说道："宝贝，生意上的事你不懂，不该问的就别问哈，按我说的做就 OK 了！"

对于玛丽斯的一次次回绝，杨伟很不舒服。生意上的事，玛丽斯从不让自己过问，处处防着自己。虽然天天好吃好喝地侍候着，但总感觉自己像是被人关在笼子里的一只小鸟，怎么飞也飞不了，更别提往日的时光了。

> 时光已逝永不回，
>
> 往事只能回味。
>
> 忆童年时竹马青梅，
>
> 两小无猜日夜相随。
>
> 春风又吹红了花蕊，
>
> 你已经也添了新岁。
>
> 你就要变心，
>
> 像时光难倒回，
>
> 我只有在梦里相依相偎。
>
> ……

窗外，传来这首杨伟最喜欢的歌曲，勾起了他对往事的回味，想着多日未见的文梦婕，他的心隐隐作痛，毕竟是自己辜负了她的爱。研究生毕业时，本想去一家国有企业从事网络开发，实现他科技报国的理想，没想到在网上认识了玛丽斯，并一步步陷入了她的圈套，无法自拔。

他推开玛丽斯来到阳台，浓郁的晨雾给不远处的航运码头披上了一层薄薄的纱衣，江上的轮船和岸上的建筑物忽隐忽现，如海市蜃楼。

家里门铃响起，杨伟打开门，一个戴着头盔和口罩的外卖小哥拎着油条、豆浆等早点站在门外，杨伟示意交给他。

外卖小哥边取出鞋套套在鞋上，边盯着桌上的电脑，说："怪沉的，还是我来吧，放哪？"

杨伟说："随便吧。"

随后，外卖小哥拎着早点蹑手蹑脚走向电脑。这时，穿着真丝睡衣、脸上贴着面膜的玛丽斯突然从卧室出来，外卖小哥吓了一跳，手里的早点掉在电脑键盘上，豆浆顺着键盘缝隙渗入主板，随及电脑黑了屏。

杨伟奋不顾身冲向电脑，绝望地怒吼道："我靠，完了完了，我一个礼拜的心血全废了。"

玛丽斯听说软件废了，气得浑身发抖，她立刻叫来保安，准备好好收拾收拾这个外卖小哥。外卖小哥取下头盔，表情异常平静，不慌不忙掏出一叠现金，递给杨伟，说道："哥们，我叫乔健，一个不知名的外卖公司的，凭我的经验肯定是主板坏了，这是 5000 块钱，买个新的电脑应该够了。"

听到乔健的名字，杨伟突然想起来了，他是马舒同的男朋友。杨伟本来很生气，但看到乔健一身倒霉穷酸的样子，他的心里似乎平衡了很多，顿时气也消了一半，于是他选择了原谅。事实上，不原谅又能怎么样。报警？估计玛丽斯也不会同意，个中缘由兴许只有她自己知道。

看着沉默无语的杨伟，玛丽斯也没了脾气。她抓起乔健递过来的一叠现钞，狠狠砸在乔健脸上，吼道："个龟儿子，简直就是个丧门星，给老娘滚——"

离开玛丽斯、杨伟，乔健心情大好，骑着外卖小车，风一般驶过大街小巷，仿佛自己干了一件利国利民的大好事情。

乔健做外卖小哥的消息传到马舒同那里，犹如地震引发的海啸，顷刻，波涛汹涌、巨浪滔天。电话里，她梨花带雨、泣不成声地向尚晓月诉说了整整一宿。

十一

9 月 23 日，这是尚星期月居家观察的倒数第 2 天。

这一天尚晓月特别兴奋，因为一早社区通知她，经评估，决定提前解除她的居家观察。挂了电话，她就开始梳洗打扮，准备走出房门好好去拥抱久违的大自然，好好去迎接那场即将到来的流星雨。可是，两件意想不到的事情相继发生。第一件事，清晨保洁阿姨在擦拭黑色箱子时突发心脏病被 120 拉走了。虽然尚晓月平时对她多有抱怨，但看着一个活生生的人一下子昏倒在地，人事不省，着实吓了她一大跳。第二件事，自己母亲淑兰在没有任何预报的情况下，一身白衣白裤从老家来到尚晓月这里。进屋之后，神情凝重，没有一丝的笑容。尚晓月猜想母亲可能是为尚晓可的事来兴师问罪的。于是，尚晓月主动检讨道："妈，晓可在云南，还活着，我正在想办法，您就不要催我了。"

淑兰拿出煮熟的鸡蛋："妈不责怪你，这是老家的土鸡蛋，吃吧。"

尚晓月边剥鸡蛋皮边问道："妈，你走了星星怎么办？"

"星星，星星，它很通人性。今天一直陪着我走到汽车站，汽车开动后还跟着追了好几里地，当时我那个难受啊，真该带着它一起来。"

"是啊，星星很通人性。妈，它跟着汽车跑了那么远，不会迷路找不到家吧？"尚晓月将拨好的鸡蛋放在一边，有些担心起来。

淑兰看着书房里黑色箱子，若有所思地说道："一路上我也担心这个事。假若真的走丢了，再也见不到了，我们也得接受这个现实啊。你说是不是？"

对妈妈的话，尚晓月不以为然，很自信地说道："妈，您说的假若不可能发生在我家的星星身上，因为星星比警犬还聪明，它一定会找到家的。"

"是啊，是啊，也许星星这时候就在家里哩。"淑兰拉着尚晓月的手说道。

这时，马舒同突然发来的一张照片，上面是一个模模糊糊的男人背影。紧接着，马舒同打来电话："看清楚了吗？像不像那个人？"

尚晓月一脸蒙圈："哪个人？"

马舒同："就是你要等的那个人，刘星宇呀！"

尚晓月不以为然地问："像又怎么啦？"

马舒同："怎么啦？他可能是个大毒贩，正在逃。你看，网上报道说，十几天前腾冲警方在摧毁一个特大跨区域贩毒集团时发生枪战，主犯在逃。"

刘星宇？毒贩？尚晓月突然神志恍惚，脑袋炸裂般的疼痛。这个消息对她来说，简直就是晴天霹雳。她万万没有想到，自己一直念兹在兹、放心不下的人竟然和毒贩联系在一起。如果说几分钟前尚晓月还抱有一丝丝希望的话，那么现在这个希望却被这条可怕的消息彻底浇灭了。

尚晓月一头扎进卫生间，抑制不住内心的悲伤号啕大哭起来。联想到刘星宇同伙黄强存放在这里的黑色箱子，她终于明白了其背后不可告人的秘密，说不定这箱子本身就是贩毒活动的一个罪证。想到这里，她细思极恐，犹豫片刻之后，决定向江阳警方举报。

小区停车场，十几辆警车闪着警灯整整齐齐地排成两行，刺耳的警报声响个不停，上百名警察左手托着警帽、胸前戴着白花，低头无语。

室内，她和母亲守着黑色箱子紧张得快要窒息。

房门打开了，身着二级警监警衔制服的刘安定表情肃穆缓步走向书房，黄强泪流满面，上前慢慢打开黑色箱子。里面，赫然是一个暗红色的骨灰盒，骨灰盒正面贴着死者的遗照，仔细一看，这个人不是别人，是刘星宇。

刘星宇？刘星宇！

眼前的一幕犹如晴天劈雳，令尚晓月猝不及防，她推开紧拉着她手的母亲，不顾一切冲向黄强，伸出颤抖的双手抚摸着照片上穿着警服、一脸灿烂笑容的刘星宇。没错，这就是她的刘星宇！那个帅气、深沉、智慧、勇敢的刘星宇！那个出入风月场、行踪不定的刘星宇！那个爱他很深、伤她很重的刘星宇！

尚晓月抢过骨灰盒，不停地拍打着刘星宇的照片，埋怨道："说好了家里见，为什么一个人孤孤单单地回来也不告诉我一声，为什么？为什么？为——什——么——？"

过度悲伤的尚晓月当即晕倒在地。

当她从江阳市人民医院抢救室里苏醒过来的时候，黄强才告诉她事情的来龙去脉。他说，今年以来，我们发现江阳梦幻世界夜总会老板王文帝网罗上千名年轻人到云南边境一带，利用人体藏毒方式将毒品带到江阳等地售卖，谋取暴利。这些人被骗到边境后被强制关押，然后进行暴力威逼、强行洗脑、吞毒排毒训练，直至成为一名百依百顺的贩毒"骡子"。据了解，这种训练是极其残酷的，稍有不从，轻则打伤，重则打死。为了打掉这个贩毒集团，分局局长也就是刘星宇的父亲刘安定决定，派自己刚刚从警察学院毕业的儿子刘星宇以玉石商人的身份打入王文帝贩毒集团内部，获取内幕消息，伺机里应外合一网打尽。知道玛丽斯为什么会突然爱上小她十几岁的杨伟吗？

尚晓月摇摇头，表示不知道。

黄强说，他和杨伟之间的所谓爱情只是一块遮羞布。据我们掌握，这个玛丽斯身份不简单，她有个儿子叫赵启亮，和你有过短暂的交往，我就不多说了，我重点要说的是玛丽斯，她是这个贩毒集团真正"扛把子"的幕后老板，王文帝不过是她的一个提线木偶而已。你别看她表面温柔，可背着好几条人命呐！她看上杨伟，只是想利用杨伟在 IT 方面的专长帮她设计一款集贩毒人员招募、管理于一体的智能软件，逐步替代王文帝那种雇用"骡子"风险大、成本高的带毒方式。你可千万别低估了这个软件。一旦开发成功，它不仅可以与众多的人员进行智能对话，而且还可以根据设定的条件自动筛选目标对象，并对他们进行网上培训及任务分配。这样，玛丽斯就可以坐在国外遥控指挥了，即便是下游端出了事，牺牲的也都是些"马仔"，而她本人则完全可以高枕无忧，坐收渔利。知道你的身份证怎么失而复得的吗？

尚晓月还是摇摇头，表示不知道。

黄强说，刘星宇在跟踪王文帝带毒马仔的时候，意外地发现你误打误撞也跟着上了车。他急中生智叫过列车乘警专门作了交代，后来乘警在查验你的身份证的时候偷偷藏了起来。待你滞留在青杠林检查站时，才让下班车乘警带了过去。知道你帮王文帝带的那块石头有多危险吗？

尚晓月依旧摇摇头，表示不知道。

黄强说，你以为王文帝靠近你是真心喜欢你呀？错！他除了想占有你外，还想利用你经常飞云南边境地区的便利帮他带毒。你好好看看，王文帝让你带的石头都是什么东西？看起来像一块完整的石头，实际上是用强力胶粘合的，里面藏的全是毒品。要不是刘星宇偷偷将它换掉，你可就有大麻烦了！

黄强将一个小包递给尚晓月，说道："星宇牺牲前，他让我一定要将这个小包转交给你。你先休息休息，我还要去隔壁病房看一个人。"

"等等。"尚晓月叫住即将走出病房门的黄强，问道："刘星宇牺牲了十几天了，为什么一直瞒着我？"

"因为，因为……"黄强犹豫要不要告诉尚晓月实情，他想想后说道："因为你很快就会知道案件的结果，你好好休息吧，我走了。"

黄强含含糊糊、欲言又止，让尚晓月十分不安。她轻轻地捧着小包，感觉刘星宇的体温犹在。打开小包，里面是一部最新款的华为手机，手机主屏上有一个"土菜包"专栏，格外醒目，点开后立刻跳出刘星宇的卡通头像，他那浑厚而深沉的声音也随之出现：欢迎浏览本页，记住，这是"土菜包"专享区域，人像识别，非请莫入！请对准镜头，左转、右转、抬头、低头、眨眼。

按照手机提示，界面成功打开。刘星宇的画外音：谢谢！重合度百分之百，请您继续浏览！

专栏内页是刘星宇的日记，日记的开头是一首词：

> 江南忆，
>
> 最忆是粼洲。
>
> 民和寨上觅旧址，
>
> 星月湖畔诉离愁。
>
> 何日再重游？

显然，这首词是刘星宇填写的，表达了他对尚晓月老家的思念之情。紧接着是一段短视频。

江阳家中，刘星宇手持话筒深情地唱着：不要让生命再悔悟伤悲，不要让生命再失去遗憾，孤独黑夜的前方还有曙光，把生命的天空照亮……

土菜包，这首禁毒公益歌曲《生命》是由郭峰先生作词作曲并由百名明星演讲的，我超级喜欢。它告诫所有的人要热爱生活，珍惜生命。我常想，再过若干年，我们都将离去。一辈子真的好短，有多少人说好要过一辈子，可走着走着就剩下了曾经，有的明明说好明天见，可醒来就是天各一方。

缉毒是一场没有硝烟弥漫、刀光剑影却危机四伏、险象环生的特殊战场，时时都有可能流血牺牲。当你打开这个视频的时候，我已经先行一步了，你不要难过，也不要伤悲，我在选择了这个职业之时就已做好了牺牲的准备。

今天，我想与你分享一个故事。相传，一个仙女与凡间书生相爱了，他们一个在天上一个在地下，不能天天在一起。书生相思成疾，仙女便用心头的血化成了丹，书生的病好了，而仙女却死了。死时，仙女将自己的泪水变成了流星雨，并从爱人头顶的天际划过，她希望爱人看见它并且能够得到幸福。

土菜包，往后假若夜空中有一颗流星从你头顶上空划过，请记住：那就是我！那就是我！！那就是我！！！

好了，不多说了，在我化作流星即将离去之前，请你务必满足我一个小小的愿望，就是在你江阳那个小窝和灪洲的老家各停留两周时间，可以吗？

……

"姐姐，姐姐——"尚晓月回头一看，是妹妹尚晓可，她赶紧伸出双臂，姐妹俩紧紧地抱在一起，又喜又悲。

一个月未见，那个玉润冰清的妹妹一下子变得面目黧黑，形容枯槁。蓬头垢面不说，关键是全身上下还散发着一股怪怪的味道，令人作呕。她那晕黑而深陷的眼眶，仿佛是一潭绝望的深渊，有一种无法掩饰的迷茫和无助。

站在一旁的文梦婕拿着尚晓月的衣服，说道："晓月，还是让晓可先洗个澡吧，然后好好休息休息，刚回来肯定疲惫。"

尚晓月紧紧地抱着妹妹，没有理会文梦婕。她问尚晓可："你去云南为什么不告诉我，啊？"

尚晓可低声抽泣，她真不愿提及那段噩梦般的经历。也许当初去梦幻世界夜总会就是个错误，刚开始还好，端茶倒水，洗碗扫地，她都接受。时间长了，王文帝要求陪坐、陪唱、陪喝、陪聊和陪睡。这些远远超出了尚晓可的做人底线，在她严词拒绝后，王文帝便对她下了黑手。一天，在喝了王文帝专门为员工准备的饮料之后，尚晓可就人事不省。待她醒来之时，已锁在边境地区一个小黑屋里。接下来，威逼利用、强制洗脑、注射毒品、暴力性侵、练习吞毒、殴打昏迷……

这一幕幕非人的生活，她本想独自忍受，永远埋在心里，姐姐的刨根问底无异于再次撕开了她那道深刻在皮外和心里的伤疤。此时，她宁肯独饮苦酒，也不愿将痛楚示人。

"说！哭哭哭，光哭有个屁用啊！"尚晓月有些生气，她突然推开尚晓可吼道："知道吗？为了解救你们，有多少警察舍生忘死，拼死相救，有的还献出了年轻的生命，年轻的生命啊……"

想起刘星宇，尚晓月潸然泪下，几度哽咽。

尚晓可双膝跪地祈求姐姐原谅。这时，黄强急急忙忙跑进来，对尚晓月说道："我刚接到一个匿名电话，说玛丽斯跑了，我要去追捕。尚晓月，你好好休息。"说完，他向尚晓月打了个手势，就匆匆离去。

盛开莱紧追两步，冲着黄强大喊道："注意安全！"

顿时，现场气氛骤然紧张起来。大家面面相觑，束手无策。

文梦婕突然拉着马舒同的手说："走，我有办法。"

盛开莱急忙拦住："哎哎哎，有什么办法说出来听听，大家一齐分析分析，看可不可行……"

文梦婕一把推开盛开莱："没时间跟你啰唆了，你留下陪着晓月、晓可，不要恍兮惚兮的哈！"

还未等盛开莱说话，文梦婕、马舒同就火急火燎走出了病房。

医院门口正好停着一辆长安SUV，戴着一副大墨镜的司机师傅远远地向她们招手，文梦婕、马舒同二话没说，拉开车门就上了车。

司机："二位美女准备去哪？"

文梦婕将手机递给师傅，指着定位说："按这个走就行了。"

司机："这是一辆正在行驶的汽车哦，跟踪呀？这个是要加钱的……"

早就起疑的马舒同一把摘下司机的墨镜，训斥道："加，加你个头啊。一上车我就看出你了，还跟我装神弄鬼，让你怎么走就怎么走，废什么话呀？"

乔健笑嘻嘻地跟文梦婕打招呼："你好！梦婕姐。"

文梦婕一脸蒙圈，不知是碰巧还是乔健有意而为，她机械地点点头算是回答。

按照手机定位的指引，乔健驾驶车辆抄近道、走捷径，一路狂奔，很快就跟踪到一家5星级宾馆的地下车库。

车库最西侧，一辆红色轿跑左右晃动，示警灯一闪一闪，防盗报警器发出一阵阵刺耳的尖叫声。

文梦婕、马舒同捂着耳朵不敢下车，乔健抄起车上的灭火器，壮着胆子向轿跑慢慢走去。当他猛地拉开车门后，见车后座一个黑色麻袋不停地蠕动，吓得他直往后退，大声喊道："快来，快来，有动物！动物！"

两个保安手持警棍飞奔而来，一人警戒，一人将黑色袋子打开，双手被双绑、嘴巴被不干胶封住的杨伟正痛苦地挣扎，身上的手机闪烁不停。

"什么动物啊，分明是绑票。"保安拿起手机准备报警，文梦婕拦住："等等，问清楚了再说！"

文梦婕边给杨伟松绑，边问道："嘟个回事，说！"

杨伟一把抱住文梦婕，像个受了委屈的孩子，痛哭流涕。

文梦婕摸了摸杨伟的头，安抚道："别哭了，快告诉我到底是嘟个回事？"

杨伟抹了把泪，说道："他们跑了。"

乔健忙问："他们？都有谁呀？"

杨伟："玛丽斯和王文帝。"

乔健："王文帝跑回来了？"

杨伟："是的，昨晚专门开车从云南回来接玛丽斯的。"

乔健："他们什么时候跑的？"

杨伟："10分钟前。"

乔健："怎么走的？"

杨伟："开车。"

乔健："准备去哪里？"

杨伟："云南边境！"

听说云南边境，乔健拉着杨伟和文梦婕、马舒同上车，然后风驰电掣驶离车库。后面的保安边追边喊道："站—住—！站——住——！"

汽车穿过隧道、驶过桥梁，向着云南方向的高速公路疾驶而去。两辆警车拉着警报，闪着警灯，穷追不舍。

出城检查站，三辆警车一字排开，全副武装的特警拦下所有车辆。

乔健收紧油门，右手拍打着方向盘，叹气道："这下完了，人没追上，我还违了法。"

坐在副驾驶位置上的马舒同欠起身，在乔健脸上亲了一下："乔老爷，不要害怕，你要是去坐班房，我就天天给你送饭，等着你出来！"

乔健摸着滚烫的脸蛋，嘿嘿地笑着："冲你这个 Kiss，就是刀山火海也值了！"

乔健的车被警察拦下，四个人被强行带到检查站。

刚进房间，杨伟就看见戴着手铐、蹲在地上的玛丽斯和王文帝，他一下子失去了理智，箭步冲到玛丽斯面前，撕扯着她的头发又踢又骂，站在一旁的黄强立刻将其按住，大声呵斥道："住手！她会受到法律制裁的，你就不要一错再错了。"

一错再错，道出了文梦婕的心声。是啊，一路走来，他们错过了最好的年华、最好的时机、最好的风景。杨伟既是这一系列错误的参与者，也是见证者，她不知道如何对待这个既熟悉又陌生的旧面孔。

黄强似乎读懂了文梦婕的心思，他说："依我看，这个人关键时刻还是大义凛然的，浪子回头金不换，目前，你应该是救赎他的最佳人选，我说的对吗？"

"对吗？"

文梦婕一脸茫然，不置可否。

江阳市人民医院 ICU 病房，刺鼻的消毒水味加上阴冷的风，让人有种悲凉的感觉。保洁阿姨戴着呼吸机，左手插着输液针头，躺在床上一动不动，嘴里时不时叫喊着"星儿星儿"。

黄强看着输液瓶里一滴一滴往下滴的液体，握着保洁阿姨干瘦无力的小手轻声地问尚晓月："你知道她是谁吗？"

尚晓月点点头："知道，我家保洁阿姨。都怪我，是我把她气到医院的。"

黄强："你错了。"

尚晓月："错了，我怎么错了？"

黄强："她不是你家的保洁阿姨。"

尚晓月："那她究竟是谁？快告诉我！"

黄强："她，她是刘星宇的妈妈。"

刘星宇的妈妈？长得一点也不像，这怎么可能？尚晓月不敢相信这是事实。

黄强说，得知刘星宇牺牲的消息，他的母亲整天茶饭不思，以泪洗面。星宇骨灰盒送回江阳后，她执意要留在自己家里为星宇守灵。最后还是星宇的父亲决定遵从星宇的遗愿，将他的骨灰盒暂放你家几日，于是，我连夜送到你家。刘局长害怕你接受不了星宇牺牲的事实，要求先不告诉你实情。当天上午，星宇的母亲就装扮成了保洁阿姨住进你家，目的就是好好陪陪自己的儿子！

难怪这个保洁阿姨整日愁眉苦脸、行为异常，原来她心里隐藏着这么大的秘密、忍受着这么大的悲伤啊。尚晓月得知真相后非常自责，后悔自己误会了隐蔽战线上的缉毒英雄，不该对她无端指责与嘲讽；后悔不该对送回家的星宇冷漠无情、不管不顾，让他一个人孤零零地待在一边；后悔不该对英雄的妈妈发脾气、甩脸子……尚晓月慢慢蹲在床边，轻轻地抚摸着星宇妈妈的脸颊和额头，泣不成声地请求老人家原谅："阿姨，对不起啊，我，我，我……"

一直昏迷不迷的星宇妈妈似乎听出了尚晓月的声音，她拼出全身力气，喃喃地说道："谢，谢，谢谢你给我星儿一个落脚处。你是好人，好人……"

"阿姨，您别说了，我向您发誓，我的家就是星宇的家，那里永远有他一席之地！"

星宇妈妈被尚晓月的一片真情感动，她不顾医生的劝阻，摘下了呼吸面罩，并挣扎着坐起来，拉着尚晓月的手久久不放……

尚晓月带着一颗愧疚的心依依不舍地离开星宇妈妈，刚出医院大门就被早已等候在此的赵启亮拦住，他一手捧着鲜花，一手拎着水果，说道："都是给你的！"

赵启亮的突然出现让尚晓月大吃一惊，自己母亲因为贩毒刚刚被抓就跑来献殷勤，既荒唐又违和，这实在让人接受不了。她板着脸问道："你在云南的时候，莫明其妙地出现，又莫明其妙地离去，怎么解释？"

赵启亮怯生生地说道："我不想解释，我只想永远陪在你的身边……"

"你说什么，永远陪在我身边？你是谁啊，救世主？护身符？守护神？"尚晓月没想到赵启亮竟然会有如此幼稚的想法，这简直是对自己和刘星宇这样的缉毒英雄的一种污辱，这绝对不可原谅。她挥手打断赵启亮的话："赵启亮，你给我听好了，今生今世我永远不会原谅伤害英雄的人，永远！请你马上从我的视野里消失，有多远滚多远。请吧，走好不送！"说完，尚晓月愤然离去。

尚晓月的话犹如一声响雷，炸得赵启亮头晕目眩，他目光呆滞，傻傻地立在那里，过了好一阵才自言自语道："我妈是我妈，我是我，她是毒贩，罪有应得，我是无辜的……"

社区志愿者办公室，尚晓月将一个记载着过去 14 天她和刘星宇恩爱情仇的 U 盘递交给蔡怡芬，说道："过去的 14 天是改变我命运的 14 天。14 天里，曲曲折折，坎坎坷坷，既有刻骨铭心的爱，也有咬牙切齿地恨；既有幸福的欢笑，也有辛酸的泪水；既有对未来的憧憬，也有对生命的敬畏。如果你们对这些感兴趣的话，我可以协助你们拍成影视剧，让更多的人记住那些为了人类禁毒事业默默牺牲与奉献的人们。"

十二

晨光熹微，天气阴冷，厚重的积云格外的低。刘安定穿着深色西装，怀抱着刘星宇的骨灰盒一脸倦容从黑色轿车上下来，径直走向位于星月湖畔的墓地。

尚晓可和母亲淑兰搀扶着一身缟素的尚晓月来送刘星宇最后一程。短短几日，尚晓月消瘦得已然有些脱形，脸色十分苍白。

文梦婕、杨伟、马舒同、乔健、盛开莱、黄强等亲友、战友紧跟其后。

黄强拉着盛开莱走到尚晓月跟前，指着刘安定轻声地告诉她："这位父亲很伟大，他是新中国第一代缉毒警察。20世纪八十年代，在一次围捕毒贩的行动中身受重伤，至今子弹弹头还在身体里。这次刘星宇去执行卧底侦查任务，就是他亲自安排的。这次卧底是刘星宇第一次单飞，没想到也成了他最后一次执行任务。"

望着两鬓斑白却依然高大魁梧、晏然自若的刘安定，尚晓月心里五味杂陈、一阵酸楚。她打心眼里佩服这个一身正气的铮铮铁汉，无私无畏，顶天立地，舍小家顾大家。

墓地里，一块空无一字的石碑静静伫立着，尚晓月质问道："刘星宇是缉毒英雄，是为我们老百姓免受毒品侵害而牺牲的，为什么墓碑上连个名字都没有？"

刘安定抚摸尚晓月的头，缓缓地说道："他是一个英雄，一个不图名不图利的英雄，只要我们在心中记住他就好了。"

听完刘安定的话，现场所有人的目光都投向了那块无字墓碑，他们要将刘星宇的名字永远铭记在心里。

黄强对尚晓月感慨地说："是啊，一个事业，一生执念，两代勇士，共写忠诚。这，搁谁也会为之动容的。"

此时，尚晓月心潮起伏，思绪万千，眼前立刻浮现出一个个被鲜血染红的缉毒警察，一场场痛别战友的场面，一次次送别英雄的悲壮，一个个禁毒警察家属撕心裂肺的哭泣。

远山近水星湖边

英雄浩气在长天

出生入死斩毒魔

要留忠诚在人间

刘安定举起右手向自己心爱的儿子敬了一个标准的军礼！用沙哑的声音说道："星儿，你生，没有惊天动地；你死，也悄无声息。这里山清水秀，人杰地灵，既是你向往的乐园，更是一片无毒的净土！安息吧，我的孩子！你永远活在我们的心中！"

尚晓月强忍着泪水，将自己偷偷订制而还没有来得及告诉刘星宇的一块玉观音紧紧地贴在脸上，然后，又连同刘星宇送给她的那件玉佛一起放进骨灰盒里，她希望兑现诺言，与刘星宇生死相依。

刘安定重新捡回玉佛，并亲自给尚晓月戴上，说道："孩子，戴上它吧，今后你就是我的女儿。"

望着刘安定慈父般的目光，尚晓月一头扎进他的怀里，失声痛哭，大声喊道："爸爸，爸—爸——"

尚晓月的呼喊声在林间、田野和村寨久久回响……

天空，两只鸟儿带着一只小鸟，盘旋在刘星宇坟墓的周围，哀声鸣叫着，尚晓月认出那只小鸟儿，正是他和刘星宇放进鸟窝的那只，如今小鸟已经长大飞翔了。可拯救它的人却成了英雄，长眠于此。

你是星星，我是月亮，本要同耀夜空，只因这场突如其来的狂风暴雨，让未了的故事匆匆擦肩。就这样，丢失了想要的永远。尚晓月多么希望这是一个虚幻的故事，希望有一天写故事的人能够把这个故事改写一下，让故事里的男主人公起死回生，再好好地爱她一次。同她一起回到这里，守着一亩三分地，男耕女种，生儿育女，白头偕老。

尚晓月想，如果还有"如果"，她一定会深情地注视着他，发自肺腑把深藏于心灵深处的"我爱你！"三个字大声说出来。她想如果还有"如果"，当他与坏人周旋搏斗、饥肠辘辘、带着伤痕回到家里的时候，她一定亲手为他煮一碗鸡汤面、外加一个荷包蛋，而不是随意扔给一袋爆米花。她想如果还有"如果"，她一定……

青杠岭公安检查站的刚子闻讯后也从云南赶来送别老同学。刚子坐在轮椅上，老大娘推着他来到墓地。

刚子艰难地从轮椅上掏起来，拄着拐杖来到无字碑前，并亲手卷了一根旱烟，点着后放在碑前，说道："老同学，抽一根吧！照说我们这些干禁毒的人不应该抽这玩意儿的。可是，师傅说旱烟劲大，熬夜时管用。"

随后，他自己也卷一根，挨着墓碑坐下。他环视周边的青山、溪水，点点头："老同学，这个地方环境不错，我也喜欢，到时候我们还坐住一起哈。"

尚晓月远远地站在刚子身后，老大娘示意她不要打扰，让他和老同学好好摆摆龙门阵。

尚晓月后来才知道，在青杠岭的那个晚上，刚子带着队伍去附近山间小道堵截一伙武装贩毒团伙时受了重伤，右腿残疾。让她没想到的是，今天这两个警察学院的老同学竟然以这种方式相见，其场面无不令人动容。在她看来，英雄多是在战争年代涌现出来的，和平年代很少出现。特别是像刘星宇这样一个家庭优渥尚没长大的邻家男孩，怎么突然就阴阳两隔、成了英雄呢？也许还有很多的人并不知道他曾经来过这个世界，曾经干过缉毒这个伟大的事业呢。

人类，大概是唯一清醒地知道自己终将走向死亡的生命体。既然我们无法延伸生命的长度，那我们可不可以通过做一些有益的事业来增加它的厚度、宽度和广度呢？尚晓月认为，刘星宇和他的战友们已经做出了最好的回答。

是啊，哪有什么岁月静好，不过是有人在替我们负重前行！

深夜，赵启亮久久地跪在无字碑前，向刘星宇表示深深的歉意。

远远站着的尚晓月正想上前骂他一顿，却被黄强阻止。黄强问尚晓月，你知道是谁举报玛丽斯的吗？尚晓月摇摇头，表示不知道。黄强告诉她，是玛丽斯的亲儿子赵启亮。这个赵启亮虽然出生在新西兰，但是他疾恶如仇，发现母亲贩毒行为后，他不仅没有同流合污，而是偷偷地搜集线索，帮助警方破案。这次玛丽斯逃跑的消息就是他向警方提供的。

赵启亮大义灭亲，向公安机关举报自己的母亲贩毒行为，这是尚晓月无论如何也没有想到的，看来自己误会他了。同时，她再一次感受到了正义的力量，它像阳光一样普照大地，躯走黑暗，带来光明。

星月湖畔，尚晓月家的农家小院格外宁静，就连一向喜欢狂吠的小狗"星星"也趴着一动不动。

刘星宇母亲大病初愈就来到尚晓月老家，与尚晓月、尚晓可和妈妈淑兰一起，经过几天的设计布置，总算把房间彻彻底底装点完毕。深蓝色的布艺窗帘、淡蓝色的吊灯，铺上崭新的蓝底白格纹被毯，这些都是刘星宇最喜欢的颜色。墙上挂着檀木边框装饰的刘星宇便装照，贴墙摆放着一张条形桌子，桌面水晶花瓶里红玫瑰、满天星、勿忘我……都是刘星宇喜欢的花。尚晓月多么希望刘星宇闻着花香，翩翩归来，故地重游。

再重游，
依旧是郴州。
故人暗随仙鹤去，
音容笑貌心中留，
来世共白头。

尾 声

　　草木有心，河山有情，人世山高水远，红尘苍翠生烟。生命，是一场庄严而又美丽的修行。

　　不久，尚晓月辞去了航空公司空姐职务，回到生她养她的星月湖，守着初心，明净不争。

　　再不久，尚晓月报名当了一名禁毒志愿者，天天奔波在乡间田野，走村入户，宣传禁毒知识，教授防毒技能，挽救涉毒人员。

　　陈刚也在组织的照顾下，从云南青杠岭公安检查站调到江阳星月湖派出所，专门负责禁毒工作，继续刘星宇未完成的事业。

　　每当夜深人静的时候，尚晓月和陈刚都会手牵着手，肩并着肩，伫立在黄桷树下，一同仰望星空，寻找那颗一闪而过的流星，诉说着对亲人、同学和战友的思念之情：

　　　　夜深沉，难入梦，

　　　　我在凝望那颗星，那颗星。

　　　　它是那么灿烂，

　　　　它是那么晶莹，

那是我敬慕的一颗心灵。
我思念着你呀，
你可思念着我，
海誓山盟彼此忠诚，
彼此忠诚。
即使你化作流星毅然离去，
毅然离去，
你也永远闪耀在我的心中，
在我的心中。
……

朱丹感言

你

是流星

在璀璨的夜空

拖着耀眼的光芒

瞬间照亮了昏暗的大地

也燃烧尽了你的生命

你的光

却开始了星际间的远航

你

是闪电

在乌云翻滚的森林大海上

扇动着刚铁的翅膀

像一把利剑　舞动着锋芒

斩除尽魑魅魍魉

你的翼

却折断在了曙光的前方

你
是我的星座
在浩瀚的宇宙中
为我导引着航向
我的心
不再孤单和迷迷茫
思念
给我划动着双桨
……

　　这是我读过这篇小说后的一点感触吧，随手拈来几行小诗送给她，聊表我对英雄们的一点崇敬之心。

　　这或许是文馨女士的处女作，虽然略显青涩，但字里行间却透露着一股少女的天真烂漫。仿佛春天的原野上盛开着的一朵无名小花，清新淡雅。没有名花倾国的娇艳俗媚，却无处不透着青春的气息和旺盛的生命力。

　　当下，我们处在一个纷繁复杂，却又前所未有的繁华盛世。近几十年来，我国经济的高速发展，物质财富的积累和充足，带来了中华大地的空前繁荣。但在物质文明充分满足的同时，也伴随着一些负面的东西滋生蔓延，时空的压缩，信息的泛滥，欲望的膨胀……让许多青年一代迷失了方向，丢掉了自我，淹没在了这物欲横流的滚滚洪涛中，浑浑噩噩，随波逐流，逐渐沦为了物质的奴隶或是被IT圈养的宠物，拖着肥胖的躯壳却又承受着极度空虚的灵魂的折磨，像行尸走肉，糜烂而麻木。

　　古诗云"沉舟侧畔千帆过，病树前头万木春。"值得庆幸的是，在这滚滚红尘当中，却有着这样一些清醒的头脑和冷静的目光。他们年轻而又富有朝气；精力充沛而又不失睿智深邃。他们同样享受着现代社会发展所带来的文明福利和生活便捷，却也不忘用理性的眼光去审视关注这个时代背后的架构，并去探究和关照保障我们社会机器能正常运转的底层支撑。文馨或许就是这样一位年轻而有为的作家。

在本书中，她以一个高级白领的视角出发，给我们绘制了一幅宏大的时代画卷。现代化的繁华都市，车流人流滚滚穿梭的街头；美丽的乡村小镇，鸡犬相闻的田园村舍；霓虹闪烁的高楼大厦，来往穿梭靓丽的男女……飞机、高铁、高架桥、轮船、滴滴等；还有灯火辉煌的夜总会，富丽堂皇的高级酒店，以及人头攒动的老街古巷，让人垂涎欲滴的各色地方特色小吃和琳琅满目的商场橱窗……这一切都在向我们展示这个时代的文明与发达。城市与乡村，工业与农业，工人与农民等，这一个个在过去存在巨大差异的不同社会单元，正在被这个飞速发展的时代所改变。它们被高速公路网、高速铁路网和光纤信息网等逐渐串联在了一起，且在不断地拉近着距离。区域差别，城乡差别，工农差别也正在不断地缩小。一个全面进入小康，共同发展，共同富裕，相对和谐的新兴社会，多么像一艘盛世起航的巨轮，在无数双看不见的大手的操控下，正在驶向更加灿烂辉煌的未来。

然而，在这些表面光鲜与繁华的背后，却无处不潜藏着危机和隐患。在黑暗处，在大多数人不太关注的犄角旮旯里，一些邪恶的疾瘤和病毒在滋生，正在悄悄地侵蚀我们社会的健康肌体。危机无处不在。特别是在和平年代，敌人从来是不会把阴险和敌意标注在脸上的。他们很善于伪装，从表面上看，和我们一样光鲜靓丽，暗地里却时时准备着啃食我们社会的肌体，吞噬无辜的生命。而要维护这一切的正常运转，就需要我们的钢铁卫士——人民警察为我们保驾护航。是他们默默无闻地战斗在各自的岗位上。晨曦中，在繁华的街市街头；霓虹灯下，在车流穿梭的马路上；在人群熙熙攘攘的车站广场中，在夜晚寒冷空寂的大街上；在飞机上，在火车上；在边境，在口岸……他们在站岗，在巡逻；或值守，或潜伏，或正在追击抓捕罪犯。他们无时无刻不在守护着我们的安宁，并为此随时随地准备着付出青春和热血，乃至生命。

歌德说"那个少男不多情，那个少女不怀春"，青春和爱情，总会让每个少男少女产生出无尽的美好幻想和憧憬的，然而，严酷的现实生活却并不总是那么浪漫和美好。对于好多肩负特殊使命的青年一代来说，爱情又是多么的遥远。但故事总会或早或晚地开始的。而浪漫的爱情故事也总会起于各种冲突和矛盾，止于各种冲突和矛盾的解决而结束。记得谁曾说过"不寻常的开始，必然有不寻常的结束。"文中主人公尚晓月和刘星宇的爱情便是开始于一场不可思议的冲突……

作者在书中对女主人公尚晓月的塑造和描写无疑是很成功的，她青春靓丽，有知识，有文化，又有教养，对自己的事业和前途充满着信心。渴望上进，渴望爱情，渴望未来的新生活。是一个积极健康向上的现代女生的典型代表，就仿佛出没在我们身边的一道风景线，可亲、可近、可爱。而对男主人公刘星宇的塑造是在不经意之间展开的。他没有高大上的形象，没有豪言壮语，甚至还有些猥琐。就像一个毛手毛脚的邻家小哥，活泼好动，不太引人瞩目，来无影去无踪。乍一看，一点都没有人民警察沉稳和干练的形象。但其身处灯红酒绿的夜总会，却能洁身自好，出淤泥而不染。且随时随地透露出的善良本性，让读者不能不对其真实的身份充满好奇联想，有一点欲罢不能，我就是一口气读完了这本书。

品读本书，让人有如沐浴在春天的黄昏里，能嗅到淡淡的梅花的香气，愿久久徘徊其中，不忍离去。本文多以主人公尚晓月的工作环境（机场、航班、机舱）和生活休闲场所（公寓、商场、夜市）等为场景，以妹妹尚晓可的神秘失踪为线索起因，开始了尚晓月的寻妹历险，书写了一场荡气回肠的爱情故事，把喧闹的市井和恬静的乡村，把纸醉金迷的夜总会和人声鼎沸的夜市，把都市生活的平静祥和与缉毒战场危机四伏的险恶环境等交织融汇在一起。人物鲜活，故事生动，情节跌宕起伏。有如坐着过山车，一会儿似闲庭信步，一会儿又跌落万丈深渊，让人有点喘不过气的感觉，且又环环紧扣主题。在不经意之间，表达了作者对我们这个时代的热爱，对美好生活的热爱，对辛勤工作在各条战线上的劳动者的热爱。特别是表达了作者对那些出生入死，战斗在生死一线缉毒公安干警的歌颂和热爱。

"好雨知时节，润物细无声。"这些无名英雄们，我们不知道他们现身在何处，但我们却清楚地知道，他们时时刻刻都在保卫着我们的国家，保卫着我们的人民。当我们遇到危险时，他们会及时地出现在我们身旁。他们是我们国家得以祥和安宁的根本所在。他们是保卫我们幸福生活的钢铁卫士，他们才是我们广大人民群众的真正守护神。没有太多的豪言壮语，也不需要号啕大哭。珍惜这每一天，好好地生活！那才是我们对他们最好的尊敬和热爱。

朱丹（原名朱耀谋，诗人、书画家）

2022 年 3 月 28 日于北京缘庆堂

写在最后的话

于常人来说，毒品，仿佛就是另外一个世界。然而，它却并非是一个与己无关的平行世界，而是一直与我们这个世界深深交涉。这个交涉的深度，大概随着社会的现代化，人类的物质、精神生产对人性深处欲望的开掘和迎合而日益加深。毒品，或是上帝放出来的恶魔，它仿佛是对人类欲望之海的终极探底，牵涉出的正是人性的本来面目，由此演绎出的人间活剧，也必然是极致的，处处震颤灵魂，处处让人大喜大悲。

作为斩毒降魔的重要力量——缉毒警察，常常被人们称为"刀尖上的舞者"。震惊中外的"10·5湄公河大案"告破不久，我就对这个特殊的群体产生了浓厚的兴趣，渴望走进他们的生活，了解他们的工作，探寻他们背后鲜为人知的故事。

记得有一天，我随慰问组走进因与毒贩搏斗而牺牲的缉毒民警家，刚踏进房门，一个不足周岁的孩子睁着一双大眼睛，目不转睛地看着我们，他那清澈明亮的眼中充满了期待、迷茫、失望与不安。孩子的妈妈告诉我们，自从半个月前孩子的爸爸牺牲之后，孩子突然间变得懂事起来，不哭不闹，要不呆呆地望着墙上爸爸的遗像，要不就是眼巴巴地盯着房门，盼望着爸爸能如往常一样平安归来，呼喊他的乳名，亲亲他的小脸蛋儿……

说实话，那一刻我和在场的每一个人心里都十分难受，轮流地抱着这个英雄的后代不忍离去。真不知道孩子还要这样期盼多久，也不知道孩子的爸爸会在他幼小的心灵里留下什么样的印迹。

也正是从那一刻开始，我就萌生了创作一部禁毒文艺作品的想法，想通过自己的亲身经历和所见所闻，好好讴歌日夜战斗在禁毒斗争最前沿的这个英雄群体。特别是那些深入虎穴，屡建奇功，而破案后连真实姓名都不能公之于众的卧底警察。

经过两年多的构思、写作与反复修改，这部名为《流星划过悄无声》的作品终于要付印了，此时此刻，我的心情是极其复杂的。本想要讲述一个美丽知性的空姐与穿梭于无间道的卧底警察之间的天地绝恋，可是，收笔之时才感觉到，不管怎么设计，都无法把卧底警察那种责任与担当、忠诚与奉献、机智与勇敢、艰辛与危险充分展示出来；不管怎么叙述，都无法把男女主人公那种既高尚纯洁，又充满了浪漫英雄主义色彩的爱情故事充分表现出来；不管怎么描写，都无法把毒品给社会、给家庭、给个人造成的严重危害充分揭示出来。对此，本人深以为憾，还望大家给予海涵！

作品创作过程中，得到了电影文学剧本《此碑无文》另外两位作者宋胤喜、曾艳的大力支持。同时，也得到了杨志宏、俞亚峰、李太极、张珑耀等朋友的热情帮助，在此一并表示谢意！

文馨

2022 年 6 月 6 日于北京